新潮文庫

或る「小倉日記」伝

傑作短編集（一）

松本清張著

目次

或る「小倉日記」伝

或《あ》る「小倉《こくら》日記」伝

（明治三十三年一月二十六日）
終日風雪。そのさま北国と同じからず。風の一堆《いったい》の暗雲を送り来るとき、雪花翻《ひるがへ》り落ちて、天の一偶《（ママ）》には却《かへ》りて日光の青空より洩《も》れ出《い》づるを見る。九州の雪は冬の夕立なりともいふべきにや。（森鷗外「小倉日記」）

一

昭和十五年の秋のある日、詩人K・Mは未知の男から一通の封書をうけとった。差出人は、小倉市博労町《ばくろうまち》二八田上耕作とあった。

Kは医学博士の本名よりも、耽美《たんび》的な詩や戯曲、小説、評論などを多く書いて有名だった。南蛮文化研究でも人に知られ、その芸術は江戸情緒と異国趣味とを抱合した特異なものと言われていた。こうした文人に未知の者から原稿が送られてくることは珍しくない。

が、この手紙の主は詩や小説の原稿を見てくれというのではなかった。文意を要約すると、自分は小倉に居住している上から、目下小倉時代の森鷗外の事跡を調べている。別紙の草稿は、その調査の一部だが、このようなものが価値あるものかどうか、先生に見ていただきたい、というのであった。田上という男は当てずっぽうに手紙を出したのではなく、Kと鷗外との関係を知っての上のことらしかった。

Kは同じ医者である鷗外に深く私淑し、これまで「森鷗外」、「鷗外の文学」、「或る日の鷗外先生」など鷗外に関した小論や随筆をかなり書いてきていた。現に、その年の春、「鷗外先生の文体」を雑誌『文学』に発表したばかりであった。

Kが興味を起こしたのは、この手紙の主が小倉時代の鷗外を調べているということである。鷗外は第十二師団軍医部長として、明治三十二年から丸三年間を小倉に送っているが、この時書いた日記の所在が現在不明になっている。これはKも編纂《へんさん》委員である岩波の『鷗外全集』が出るに当たって、その日記編に収録しようと、当時、百方手をつくして捜したのだが、ついにわからなかった。世の鷗外研究家は重要な資料の欠如として残念がっていたものである。

この田上という男は丹念に小倉時代の鷗外の事跡を捜して歩くと言っている。根気のいる仕事だ。四十年の歳月の砂がその痕跡《こんせき》を埋め、もはや鷗外が小倉に住んでいたということさえこの町で知った者は稀《まれ》だと、この筆者は言うのだ。当時、鷗外と交遊関係にあった者は皆死んでいる。だから、その親近者を捜して鷗外に関した話が残っていれば聞こうというのだった。実際の例が書いてある。読んでみて面白かった。研究も草稿も途中のものである。完成させたらかなりのものができそうに思えた。文章もしっかりしていた。

彼は五六日して返事を書いて出した。五十五歳のK・Mは相手が青年であることを意識して、充分激励をこめた親切な手紙であった。

それにしても、この田上耕作という男は、どのような人物であろうかと、彼は思ったことである。

二

田上耕作は明治四十二年、熊本で生まれた。

明治三十三年ごろ、熊本に国権党という政党があり、大隈《おおくま》の条約改正に反対して結成された国粋党であるが、佐々友房《さっさともふさ》が盟主で当時全国的にも有名であった。この党員に白井正道という者がいて、佐々と共に政治運動に一生を送った。

白井には、ふじという娘がいた。美しいので評判であった。あるとき熊本に来た若い皇族の接待役を水前寺《すいぜんじ》庭園につとめたが、林間の小径《こみち》を導くふじの容姿は、いたく若い宮の心を動かした。宮は帰京すると、ぜひあの娘を貰《もら》ってくれと言いだして、側近を愕《おどろ》かせたと、今でも熊本に話が残っている。

ふじの美しさは年とともにあらわれて、縁談は降るようにあった。いずれも結構な話だった。が、白井の政党的な立場から考えて、どれもまとまらなかった。つまり一方を立てれば、他方の義理がすまぬというわけだ。白井が自分の甥《おい》の田上定一《さだいち》にふじをめあわせたのは全く窮余の結果であった。これなら、どこからも恨みを買うことはなく、彼は諸方への不義理を免《まぬか》れた。田上定一にとっては、ふじのような美人を得たことは、いわば漁夫の利といえないこともなかった。

二人は結婚して一男を産んだ。これが田上耕作である。明治四十二年十一月二日生と戸籍に届けた。

この子は四つになっても、なぜか、舌が回らなかった。五つになっても、六つになっても、言葉がはっきりしなかった。口をだらりとあけたまま涎《よだれ》をたらした。そのうえ、片足の自由がきかず引きずっていた。

両親は心労して、諸所の医者にみせたが、どこもはっきりした診断をくださなかった。神経系の障害であることはわかったが、病名は不明だった。Q大にもみせたが、ここでもわからないのだ。多くの医者は小児麻痺《まひ》だろうと言ったが、ある医者の言う、頸椎《けいつい》付近に発生した何か腫物《ツモール》のようなものが緩慢に発達して、神経系を冒したのではないかとの想像のほうが実際に近いかもしれない。治療の方法はないということである。

自分の義理合いばかりで、この結婚をさせた白井正道も、このような不幸の子が生まれたことに何か責任のようなものを感じ、大いに心配して、人にもいろいろききまわり、治療費も出した。

白井は政治運動をやる一方、実業にも少しは手を出したとみえ、門司を起点とする九州鉄道会社の創立にも与《あず》かった。これが現在の国鉄鹿児島本線になる。白井は、だから、この鉄道敷設《ふせつ》の功労者の一人だ。

田上定一が九州鉄道会社にはいったのは白井の世話による。田上の一家は勤めの関係で小倉に移ったが、これは耕作が五つの時であった。白井はこの地の博労町に地所を買い、娘夫婦に家をたててやり、五六軒の家作もつけた。もともと政治運動に没頭して、伝来の家財を蕩尽《とうじん》した白井は、金儲《かねもう》けはへたで、生涯《しょうがい》これという産はなさなかった。ふじが親からしてもらったのは、この家ぐらいなものである。

博労町は小倉の北端で、すぐ前は海になっていた。海は玄界灘《げんかいなだ》につづく響《ひびき》灘だ。家には始終荒浪《あらなみ》の音がしていた。耕作はこの浪の響きを聞きながら育った。

耕作には、六つぐらいのころ、こういう一つの思い出がある。

父の家作に貧しい一家があった。老人夫婦と五つぐらいの女の児《こ》であったが、夫婦はこの子の親ではないらしかった。

六十ぐらいの、その白髪頭のじいさんは、朝早くから働きに出ていった。色の褪《あ》せた法被《はっぴ》をきて、股引《ももひき》をはき、わらじを結んでいた。じいさんは手に柄《え》のついた大きな鈴をもっていて、歩きながらそれを鳴らすのである。

耕作の両親は、この一家を「でんびんや」と呼んでいた。「でんびんや」は、どうやらじいさんの職業であるらしかった。でんびんやとは何のことか耕作にはわからなかった。が、彼はよくおじいさんの家に遊びにいって女の児と遊んだ。女の児は眼《め》の大きい、色の白いおとなしい子であった。彼が遊びにいくと、ばあさんはよろこんで、干餅《ほしもち》などを焼いてくれた。

耕作の言葉は舌たるくて、たどたどしく、意味がわからなかった。左足は麻痺で、跛《びっこ》だ。じいさん、ばあさんが彼に親切だったのは、家主の子という以外に、こういう不幸な身体《からだ》に同情したのであろう。彼は後年こういう憐愍《れんびん》には強い反発を覚えたが、六歳の彼にはまだこのような感情があるわけでなく、老夫婦の歓待に甘えた。女の児は、お末《すえ》ちゃんといったが、他に遊び友だちのない彼にとっては唯一《ゆいいつ》の相手だった。そして、言ってみれば、彼が最初にほのかに愛した子であった。

じいさんは朝早く家を出ていって、耕作がまだ床の中にいるころ表を通った。ちりんちりんという手の鈴の音はしだいしだいに町を遠ざかり、いつまでも幽《かす》かな余韻を耳に残して消えた。耕作は枕《まくら》にじっと顔をうずめて、耳をすませて、この鈴の音が、かぼそく消えるまでを聞くのが好きだった。それは子供心に甘い哀感を誘った。日が暮れて、じいさんは帰りも通る。

ああ、今、でんびんやさんが帰る、と父も晩酌《ばんしゃく》を傾けながら、鈴の音が耳にはいると、呟《つぶや》くことがあった。じいさんは、そのようにおそくまで働いた。秋の夜など響灘の浪音に混じって、表を通る鈴の音を聞くのは、淡い感傷であった。

この、でんびんやの一家は一年ばかりいて、とつぜん夜逃げをしてしまった。六十をこしたじいさんの働きではやっていけなかったのであろう。耕作が行ってみて、家に戸が堅く閉まり、父の筆で〝かしや〟の紙が貼《は》ってあるのは、何か無慙《むざん》な気がした。

耕作は老人一家が今ごろどうしているであろうかとたびたび考えた。じいさんの振る鈴の音はもう聞けなくなった。もしかすると、知らぬ遠い土地で、あの鈴を鳴らしているかもしれないと思うと、ひとりで、その土地の景色まで想像した。

この思い出は、彼を鷗外に結ぶ機縁となるのである。

三

田上定一は耕作が十歳の時に病死したが、死ぬまで耕作の身体を苦にした。言葉のはっきりしない、口も始終あけ放したままで涎をためている跛のわが子の姿は親としてたまらなかったであろう。いろいろな医者にかかった。近在ばかりでなく博多、長崎まで連れていったが、どこの医者も首を傾けた。はっきりした病名さえわからない。祈禱《きとう》や民間療法のようなものにも迷った。田上家の財産らしいものは、ほとんどこの子のむだな療養に費消された。

定一が死んだ時、ふじは三十歳であった。ようやく中年に達して、美貌《びぼう》は一種の高雅さえ添えた。再縁の話は諸所から持ちこまれた。熊本の方から相当に話があったのは、十年前、聞こえた美人であったからである。

そのいっさいをふじは断わった。縁談の中にはずいぶんうまい話もあって、耕作の療養にはどんな大金も惜しまず注《つ》ぎこんでやるというのもあった。が、ふじはそういう相手の申し出は、どこまでが本当であるかわからず、言ってみれば好餌《こうじ》としか考えられなかった。どこに縁づくにしても、耕作を手ばなす気にはなれず、連れていけば、こういう病気の子が婚家先でどんな扱いをうけるか、知れていた。彼女は生涯耕作から離れまいとし、再婚の意を絶った。生計は切りつめていけば、五六軒の家作の家賃で立てていけた。

耕作は小学校に上がったが、口を絶えずあけ放したままで、言語もはっきりしないこの子は、誰が見ても白痴のように思えた。が、実際は級中のどの子よりもよくできた。話ができないので教師は口答はなるべくさせなかったが、試験の答案はいつも優秀だった。これは小学校だけの間でなく、私立の中学校にもあがらせたが、ここではズバ抜けた成績をとった。

ふじのよろこびは非常であった。これが正常な身体であったらと、不覚に涙を出すこともあったが、ともかく頭脳が人並以上と思えたことは、うれしいかぎりであった。母一人、子一人である。こんな身体でも、ふじから見れば杖《つえ》とも柱とも頼りに思えるのであった。

そのころ、すでにふじの実父白井正道は死んでいた。一生を政治運動に狂奔したから死んでみると遺産はなく、借金が残った。白井家は熊本藩の家老の家柄《いえがら》で名家であったが、正道一代で家財を蕩尽してしまった。遺族は借金にいつまでも苦しまねばならなかったから、ふじは実家から何らの助力も得られなかった。

学校の成績のよかったことは、耕作自身にも、多少、世間に対して、自信らしいものをつけさせ、不具者がもつ、ひけめな暗い気持から救った。が、やはり孤独はまぬがれない。彼は文学書を好んで読むようになった。

耕作の中学時代からの友人に江南鉄雄《えなみてつお》という男がいた。江南は文学青年で、この地方の商事会社につとめながら、詩など書いていた。勤務中でも、ひろげた帳簿の下に原稿紙をしのばせて、こっそり何か書いているような熱心さだった。彼は耕作と不思議に気が合って、耕作の生涯中、ただ一人の友人であった。

ある日、江南は耕作に一冊の小説集をもってきて見せて言った。

「これは森鷗外の小説だが、この中の『独身』というのを読んでみろ。鷗外が小倉にいたころのことが書いてあるから面白いよ」

耕作はそれを借りて読んだが、その中の文章ははからずも彼の心を打った。あまり感動が大きくて、数日はそればかりが頭から離れなかった。それは「独身」の中の一節だ。――

〈外はいつか雪になる。をりをり足を刻んで駈《か》けて通る伝便の鈴の音がする。

伝便と云《い》つても余所《よそ》のものには分かるまい。これは東京に輸入せられないうちに、小倉へ西洋から輸入せられてゐる二つの風俗の一つである。（略）

今一つが伝便なのである。Heinrich von Stephan《ハインリヒフォンステファン》が警察国に生れて、巧に郵便の網を天下に布《し》いてから、手紙の往復に不便はない筈《はず》ではあるが、それは日を以《もつ》て算し月を以て算する用弁の事である。一日の間の時を以て算する用弁を達するには、郵便は間に合はない。Rendez-vous《ランデヴウ》をしたつて、明日何処《どこ》で逢《あ》はうなら、郵便で用が足る。併《しか》し性急な恋で、今晩何処で逢はうとなつては、郵便は駄目《だめ》である。そんな時に電報を打つ人もあるかも知れない。これは少し牛刀鶏を割《さ》く嫌《きらひ》がある。その上厳《いか》めしい配達の為方《しかた》が殺風景である。さういふ時には走使《はしりつかひ》が欲しいに違ない。会社の徽章《きしやう》の附いた帽を被《かぶ》つて、辻々《つじつじ》に立つてゐて、手紙を市内へ届けることでも、途中で買つて邪魔になるものを自宅へ持つて帰らせる事でも、何でも受け合ふのが伝便である。手紙や品物と引換に、会社の印の据《す》わつてゐる紙切をくれる。存外間違はないのである。小倉で伝便と云つてゐるのが、この走使である。

伝便の講釈がつい長くなつた。小倉の雪の夜に、戸の外の静かな時、その伝便の鈴の音がちりん、ちりん、ちりん、ちりんと急調に聞えるのである〉

耕作は幼時の追憶がよみがえった。でんびんやのじいさんや、女の児のことが眼の前に浮かんだ。あの時はでんびんやとは何のことか知らなかった。今、思いがけなく、その由来を鷗外が教えた。

〈戸の外の静かな時、その伝便の鈴の音がちりん、ちりん、ちりんと急調に聞えるのである〉は、そのまま彼の幼時の実感であった。彼は枕に頭をつけて、じいさんの振る鈴の音を現実に聞く思いがした。

耕作が、鷗外のものに親しむようになったのは、こういうことを懐《なつ》かしんだのが始まりだったが、鷗外の枯渋《こじゅう》な文章は耕作の孤独な心に応《こた》えるものがあったのであろう。

四

ふじは耕作の将来を考えて、洋服の仕立屋に弟子入りさせた。手職をつけさせるためだ。が、彼は三日と辛抱ができなかった。左手が不自由であったせいもあるが、職人という世界が気に合わなかった。ふじも強《し》いては言わず、以後、耕作は死ぬまで収入のある仕事につけなかった。ふじの裁縫の賃仕事と、家作の家賃とで生計をたてた。

耕作の風丰《ふうぼう》は、知っている者は今でも語り草にしている。六尺近い長身で、顔の半面は歪《ゆが》み、口は絶えず閉じたことがない。だらりとたれた唇《くちびる》は、いつも涎で濡《ぬ》れて艶《つや》光《びか》りがしていた。これが片足を引きずって、肩を上下にゆすって歩くのだから、路《みち》で会った者は必ず振りむいた。痴呆《ちほう》としか思えなかったのである。

耕作は街の中を出歩いても、他人がどんな眼つきで自分を見ようといっさい関《かかわ》りのないふうに見えた。江南のいる会社にもかまわずに現われた。女事務員などは見世物でも来たように、わざわざ椅子《いす》から背伸びして見る。耕作の言葉は吃《ども》りのうえに、発音がはっきりしない。江南は慣れているが他人には意味がよくとれなかった。

「江南君、ありゃ痴呆《ばか》かい？」

と耕作が帰ったあと、誰でもにやにやとしてきいた。

何を言う、あれで君たちよりましだぞ、江南は反発して答える。実際、江南は耕作を尊敬していた。耕作が少しも自分の悲惨な身体を暗いものに考えないのにひそかに感心していた。

が、江南にもわかっていない。耕作が自分の身体に絶望してどのように煩悶《はんもん》しているかは、他人にはわからないのだ。ただ煩悶して崩れなかったのは、多少とも頭脳への自負からであった。言ってみれば、それは羽根のように頼りない支えではあったが、唯一の希望でないことはなかった。どのように自分が見られようとも、今にみろ、という気持もそこから出た。それが、たった一つの救いであった。

だから、他人は知るまいが、時には彼はわざと阿呆のポーズさえ誇張して見せた。これを擬態だと思い、時には自分の本来の身体さえ擬態のように錯覚してわずかに慰めた。人が嗤《わら》っても平気でいられた。こちらから嗤ってやりたいくらいである。自分の肉体をわざと人前に曝しているようで、自分ほど手を掩うようにしてかばっているものはないのだった。

そのころ、小倉に白川慶一郎という医者がいた。大きな病院を持っていた。どこの小都市にも一人はいる指導的な文化人だ。資産家で蔵書が多い。地方の俳人、歌人、画家、文学青年、郷土史家などが集まって会をつくり、自分でもそのグループの中心におされ、パトロンともなった。病院の経営は順調なのだ。一つの地方の勢力である。先代の菊五郎でも羽左衛門でも、この地方の興行の前には必ず挨拶《あいさつ》に来たくらいである。

白川を知っていた江南は耕作をつれていって紹介した。白川は五十近い長身の大男である。君は本が好きかと彼は耕作にきいた。好きです、と耕作が答えると、それならおれの書庫の目録をつくるのを手伝うがよい、と言った。耕作が、白川の書庫に自由に出入りしだしたのはそれからだ。そこには保存のよい本が三万冊近くあった。哲学、宗教、歴史から文学、美術、考古学、民俗学など図書館のようであった。本道楽の白川が買いこんだものである。

耕作はほとんど毎日来た。本の整理は別に一人いたから、彼には別段の仕事はなく、たいていは本を読んで暮らした。この書庫のある母屋《おもや》と病院とは離れていたが、その間は長い渡り廊下でつないでいた。看護婦がしきりとそこを往来した。この女たちをちらちら見ることも愉《たの》しみでないことはなかった。

白川病院の看護婦たちは美人ばかり集めているという評判だった。夜になると白川は何人かの看護婦をつれて街に散歩に出かける。行きあう人が一行を振りかえらずにはおられない。美しい女たちを引き具して押しだしていく長身の白川は悠然《ゆうぜん》と人の注目をあつめた。時には耕作も皆のあとからついていくことがあった。片足をひきずり、口を野放図にあけて涎を見せて歩く耕作の格好で一行に一種の対照の妙ができた。人は必ず失笑した。が、耕作の才分を認めていた白川は気にもせずにつれてまわった。耕作にとって白川に識《し》られたことは一つの幸福であった。

白川はかねてから論文を書く準備をしていた。母校のQ大に出すつもりだった。テーマは〝温泉の研究〟である。資料はかねがね集めていた。が、忙しい仕事をもっている白川は、一々、汽車で二時間もかかるQ大まで頻繁《ひんぱん》に出向くわけにはいかなかった。これが日ごろからの悩みだったが、白川が思いついたのは耕作を使うことだった。要領を言って、参考文献を書き写してくる仕事である。

耕作は一年以上Q大へ通った。白川が予見したとおり、耕作の熱心は非常だった。ものを調べるという興味はこの時から耕作の身についたのであろうか。

〝温泉の研究〟は不運にも他に同じテーマで学位をとった者が現われ、白川は研究の意欲を失ってしまった。耕作の努力も水泡《すいほう》に帰した。が、このことから白川の気持は耕作の面倒をかなり見るまでになった。

白川は毎月の新刊書を耕作たちが言うままに買った。一々、自分が読むわけではない。〝白川蔵書〟の判を押して書庫にならべさせた。耕作のすることは整理番号をつけることとそれを読むことだ。そのころ、岩波版の『鷗外全集』が出版された。昭和十三年ごろである。

五

『鷗外全集』第二十四巻後記は、鷗外の小倉時代の日記の散逸したしだいを載せている。

鷗外は明治三十二年六月、九州小倉に赴任した。以来三十五年三月東京に帰るまで満三カ年をこの地で送った。この時代につけていた日記は人に頼んで清書し保存していたが、全集を出すときに捜してみても所在が知れなかった。日記があったことは、観潮楼の書庫の一隅《いちぐう》にある本箱の中で見たと近親は言っている。誰かが持ちだしたまま行方がわからなくなったという。この捜索は編集者も書店も〝百方手をつくした〟

が、ついに発見できなかった。

鷗外が小倉に来た時は、年齢も四十前という男ざかりである。その独身生活は簡素をきわめ自ら後の作品「独身」、「鶏」に出てくるような風姿であった。その後、母のすすめる美人の妻と再婚したのもここである。満三年間の「小倉日記」の喪失は世を挙げて惜しまれた。いよいよ失われて無いとなると、「小倉日記」は、そのかくれている部分の容積と重量を人々に感じさせたのだった。

耕作の心を動かしたのはこの事実を知ってからだ。幼時の伝便の鈴の思い出がはからずも鷗外の文章でよみがえって以来、鷗外を読み、これに傾倒した。いま、「小倉日記」の散逸を知ると未見のこの日記に自分と同じ血が通うような憧憬さえ感じた。

耕作がいわゆる足で歩いて資料を集め、鷗外の「小倉生活」を記録して失われた日記に代えようとした着想はどうして得たであろうか。そのころは柳田国男の民俗学が一般に流行しだした時だった。白川のグループの青年たちの間にも民俗学熱があがり、『豊前《ぶぜん》』という雑誌まで出した。同人たちは郷土から資料を〝採集〟し、毎号の誌上にのせた。耕作も初めは郷土誌の上から小倉時代の鷗外を考えていたが、民俗学の〝資料採集〟の方法を見て、しだいに「小倉日記」の空白を埋める仕事を思いたった。小倉時代の鷗外を知っている関係者を捜してまわり、どんな片言隻語《へんげんせきご》でも〝採集〟しようというのだ。

耕作はこれに全身を打ちこむことにした。鉱脈をさぐりあてた山師のように奮いたった。一生これと取りくむのだと決めた。

が、これを聞いて一番よろこんだのはふじだった。わが子が初めて希望に燃えたったのだ。何とかして成功させてやりたかった。

ふじはもう五十に近くなっていた。が、外見は美貌のため四十ぐらいにしか見えなかった。これまで幾多の誘惑があった。それを切りぬけ、耕作を唯一のたよりとして生きてきた。あんな不具の子にというのは関りのない世間の話だ。実際、ふじは耕作にわが夫のように仕え、幼児のように世話をした。もつれた舌でわが子が鷗外のことを話すのを、いかにもうれしそうな顔をしてこの母は聞いていたのである。

当時、小倉の町に長い髯《ひげ》をたれ、長身を黒い服に包んだ老異国人があった。香春口《かわらぐち》に教会を持つカトリックの宣教師で、仏人F・ベルトランといった。よほどの老齢であったが、小倉に在住していたころの鷗外にフランス語を教えた人である。

耕作はまずベルトランを訪ねた。

ベルトランは耕作の異常な身体を見て、病者が、魂の救いを求めにきたと思ったに違いない。が、耕作のたどたどしい言葉で、鷗外の思い出を話してくれと聞かされて柔和な眼を皿のように大きくした。むろん、何にするのだと反問した。耕作の説明をうけとると、両手をこすりあわせて、それはいい考えだと髯の頰《ほお》を微笑させた。

「ずいぶん昔のことで、わたしの記憶もうすれている。しかし森さんはもっとも強い印象をわたしに残した」

ベルトランは巴里《パリ》に生まれ、若いころ日本に来て、四十年以上も日本にいたから日本語は自在であった。七十の老齢の皺《しわ》を顔にたたんでいたが、澄んだ深い水の色の瞳《ひとみ》をじっと宙に沈ませて、遠い過去を思いだしながら、ぽつり、ぽつりと話した。

「森さんはフランス語に熱心でした。週のうち、日、月、水、木、金、と通ってきました。時間は正確で、長い間遅刻はなかった。ある時など、師団長の宴会があるのに、ここに来たので従卒が心配して馬をひいて迎えにきたくらいです」

匂《にお》いのいい煙草《たばこ》のパイプをふかしながら言うのだった。

「ここにフランス語を習いにくる人は、他にもたくさんあったが、ものになったのは森さんだけで、これはズバ抜けていました。もっともあれだけの独逸《ドイツ》語の素養があったせいもあります。ここには役所が退《ひ》けるといったん家に帰ってすぐ来ました。キモノに着替えて葉巻をくわえ途中の道を散歩しながら来るのだと言っていました。歩いて三十分の距離です」

こういうことから話しだして、だんだん思いだしながら聞かせてくれた。耕作は二三日通ってメモをとった。

江南に見せると、

「なかなかいいじゃないか。この調子この調子。いいものになるよ」

と励ましてくれた。江南の友情は耕作の生涯《しょうがい》に一つの明かりとなった。

ベルトランはフランスに帰るのだと、うれしそうにしていたが、まもなく小倉で死んだ。

六

次に耕作は〝安国寺《あんこくじ》さん〟の遺族を訪ねたいと思った。短編「二人の友」では安国寺さん、「独身」では安寧寺《あんねいじ》さんとなっている。

〈安国寺さんは、私が小倉で京町の家に引き越した頃から、毎日私の所へ来ることになつた。私が役所から帰つて見ると、きつと安国寺さんが来て待つてゐて、夕食の時までゐる。此間《このあひだ》に私は安国寺さんにドイツ文の哲学入門の訳読をして上げる。安国寺さんは又《また》私に唯識論の講義をしてくれるのである〉（「二人の友」）

その安国寺さんは、鷗外が東京に帰ると、別れるに忍びず、あとを追って東京に出る。しかし田舎にいる時と異《ちが》って鷗外は忙しい。ドイツ語はF君——後の一高教授福間博が代わって教えるが、基本から叩《たた》きこむのでなかなか苦しい。安国寺さんは仏典に通じ鷗外に唯識論の講義をするくらい学識があったし、鷗外からはドイツ語の初歩をとばして、最初からドイツ哲学の本を逐語的に、しかもつとめて仏教語を用いて訳してもらって理解していたが、F君の一々語格上から分析せずにはおかない教授法に閉口する。高遠な哲理を解する頭脳を持った安国寺さんも、年齢《とし》をとっているので、名詞、動詞の語尾変化の機械的暗記に降参してドイツ語の勉強をやめる。鷗外が日露役で満州に行っている間に、病いにかかって帰郷した。

〈私は安国寺さんが語学のために甚《はなは》だしく苦んで、其《その》病を惹《ひ》き起したのではないかと疑つた。どんな複雑な論理をも容易《たやす》く辿《たど》つて行く人が、却《かへ》つて器械的に諳《そら》んじなくてはならぬ語格の規則に悩まされたのは、想像しても気の毒だと、私はつく〴〵思つた。小倉に近い山の中の寺で、住職をすることになつたのである〉(「二人の友」)

満州で年を越して私が凱旋《がいせん》した時には、安国寺さんはもう九州に帰つてゐた。

安国寺さんの本名は玉水俊虠《たまみずしゅんこ》といった。大正四年の鷗外日記には、〈十月五日。僧俊虠の訃《ふ》至る。福岡県企救《きく》郡西谷村護聖寺の住職なり。弟子玉水俊麟に弔電を遣《や》る〉とある。

病気は肺患であった。俊虢は青年のころ、相州小田原の最上寺の星見典海に私淑して刻苦勉学し、その無理から病いを得る原因をつくった。

俊虢に子はなかった。護聖寺も何代となく人が替わっていた。

耕作は西谷村役場にあてて俊虢の縁故者の有無を問いあわせた。役場の返事では、「俊虢師の未亡人玉水アキ氏は現在も健在で、当村字三岳《みたけ》片山宅に寄寓《きぐう》している」とのことであった。

鷗外のいう〝小倉に近い山の中〟といっても、そこは四里以上あった。二里のところまではバスが通うが、それから奥は山道の徒歩である。

耕作は弁当のはいった鞄《かばん》を肩から吊《つ》るし、水筒を下げ、わらじをはいて出かけた。ふじが気づかったが、大丈夫だと言って出発した。

バスを降りてからの山道はひどかった。そのうえ、一里以上は歩いたことのない耕作にとって普通人の十里以上にも相当した。何度道端に腰をおろしたかしれなかった。息切れがして、はあはあ肩で呼吸した。

が、それはちょうど晩秋のことで、山は紅葉が色をまぜていた。林の奥からはときどき、百舌《もず》の鋭い囀《さえず》りが聞こえるほか、秋陽の下に静まった山境は町の中では味わえない興味があり、耕作の難儀をいくぶん慰めた。

三岳部落は山に囲まれた袋のような狭い盆地にあった。白壁と赤瓦《あかがわら》の家が多いのは、北九州には珍しかった。裕福な家が多いと見え、どこの構えも大きい。山腹に寺門が見えるのが護聖寺であった。耕作は今でもその屋根の下に〝安国寺さん〟が住まっているような気がして、しばらく立ちどまって見入った。

片山の家をたずねると、護聖寺のすぐ下であった。が、ここまで耕作がくると、いつか彼の背後には好奇な眼《め》を光らした部落の者たちが集まっていた。跛で、特異な顔をした耕作が珍しいのだ。

田から帰って庭先で牛から犂《すき》を降ろしていた片山の当主というのは、六十ぐらいの百姓だったが、これも耕作を見て呆《あき》れたように立っている。この相手に耕作の来意が通じるのは骨の折れることだった。どんな用事だ、玉水アキは自分の姉だが、と彼は、やがてにやにや笑いながらきいた。薄ら笑いは耕作の人体を見た上でのことなのである。

耕作はできるだけ、ゆっくり事情を説明した。が、不明瞭《ふめいりよう》な発音で、オウガイ、オウガイとくり返しても、老農には何のことかわからなかった。彼は啞《おし》か阿呆を見るように、姉は居らんからわからん、と手真似《てまね》をまじえて言った。

二里の山道を耕作は空《むな》しく引き返した。帰路は石のように重い心で疲労はいっそうだった。

ふじは帰ってきた耕作の姿を一目見ると、その疲れきった顔色で、どういう結果だかすぐ察してしまった。

「どうだった？」

ときいてみると、耕作は急には物の言えないような疲労のはげしい身体《からだ》を畳に仰向《あおむ》けて、大儀そうに留守だったと呟《つぶや》くように答えた。それで、彼がどういう仕打ちをされたか、ふじにはすぐわかった。不愍《ふびん》でならなかった。

「明日、もう一度行ってみよう、お母さんも一緒にね」

と、やがてふじは励ますように言った。

その翌日、ふじは朝早くから人力車を二台雇った。途中のバスの停留所からは乗物の便がないのでここから乗って行くより仕方がなかった。往復八里だ。この俥《くるま》賃だけでふじの切りつめた生活費の半月分にも当たった。せっかくの耕作の希望の灯《ひ》をここで消させたくない一心である。

田舎道を人力車が二台連らなって走るのは婚礼以外に滅多に見られぬ景色であった。畑にいる者はのびあがって見た。片山の家では呆気《あっけ》にとられた。

ふじは来意を述べたが、手土産をさしだし、上品な物腰とおだやかな挨拶は、先方を恐縮させた。わかってみれば、やはり田舎の人なのだ。二人を座敷に上げ、ちょうど居合わせた老婆《ろうば》をひきあわせた。

玉水アキはこのとき六十八歳、小柄《こがら》な、眼に愛嬌《あいきょう》のある老媼《ろうおう な》だった。計算すると、夫の安国寺さんとは二十近くも年齢《とし》が違っていた。聞けば俊虠とは初婚で、村の者が護聖寺に居つくよう無理に嫁にとらせたということであった。したがって鷗外が小倉にいるころは、まだ嫁にきていないのだ。

しかし生前の夫俊虠から、小倉の鷗外のことを、やはりいろいろ聞いていた。

七

耕作はともかくこれまでのベルトランと俊虠未亡人との話のメモをまとめて草稿をつくり、東京のK・Mのもとに送った。Kをえらんだのは、かねてその著書も読んでいたし、『鷗外全集』の編集委員の一人であることも知っていたからだ。

耕作はKに手紙を書いて、まだ途中のものだが、このような調査が価値のあるものかどうか先生に見ていただきたいと請《こ》うた。

これは全く彼の本心からの声だった。自分だけでは安心ができなかった。何か自分がひどく空しいことに懸命になっているような不安にたびたび襲われた。ここで誰か権威ある人にきいてみないと心が落ちつけなかった。意義のないことに打ちこんでいる一種のおそれであった。Ｋに手紙を出したのは、全くそれを確かめるためだった。

二週間ばかりたって、良質の封筒の裏に名前が印刷されたＫの手紙をうけとった。耕作は胸を躍らしてしばらく封を切るのが怕《こわ》かった。返事は次のとおりだった。

拝啓
貴翰《きかん》並《ならびに》貴稿拝見しました。なかなかよいものと感心しています。まだはじめのことで何とも言えませんが、このままで大成したら立派なものができそうです。小倉日記が不明の今日、貴兄の研究は意義深いと思います。せっかく、ご努力を祈ります。

来た、と思った。期待以上の返事であった。みるみる潮のように、うれしさが胸いっぱいにどっと溢《あふ》れてきた。文面をくり返して読めばよむほど、歓喜は増した。

「よかった。耕ちゃん、よかったねえ」

とふじは声をはずませた。母子は顔を見合ったまま、涙ぐんだ。これで、耕作の人生に希望がさしたかと思うと、ふじはうれしさをどう表わしようもなかった。自分の心も暗い地の底からやっと出口の光明を見た思いだった。ふじはＫの手紙を神棚《かみだな》に上げ、その夜は赤飯を炊《た》いた。

白川のところへ耕作は手紙を見せにいくと、白川は何度も読み直してはうなずき、よろこんでくれた。江南などはわがことのように興奮して、K先生からこんな手紙をもらうとはたいしたものだと、会う者ごとに吹聴《ふいちょう》した。

さあ、これで方向は決まった、と耕作は急に自分が背伸びして、胸の鳴るのを覚えた。

が、これから後の調べはすすまなかった。鷗外が初め移った家は鍛冶町だった。これは現在ある弁護士が住んでいるが、家主はずっと以前から宇佐美という人だった。耕作は母と一緒に宇佐美を訪ねた。ふじがついてきたのは三岳に行ったときの経験からだが、以来ずっとふじが耕作の通訳のような形でつきそったのである。

宇佐美の当主は老人だったが、来意を聞くと、さあ、と言って首を傾《かし》げた。私は養子に来たのだから何にも知らぬ、家内が子供の時にかわいがられたそうだから、家内にきけば何か覚えているかもしれぬ、しかしなにぶん、旧《ふる》いことですからなあ、と笑って老妻を呼んだ。

小説「鶏」はこの家である。だから耕作はぜひ何か聞きたかった。しかし、呼ばれて出てきた老婦人は眼尻《めじり》にやさしい皺をよせて笑っただけで、

「もう、何一つ覚えておりませんよ。なにぶん私が六つぐらいの時ですからね」

と答えるだけであった。

鷗外はこの家から新魚町《しんさかなまち》の家に移った。ここは「独身」に、

〈小倉の雪の夜の事であつた。新魚町の大野豊の家に二人の客が落ち合つた〉

と出ている家だ。

現在はある教会になっているが、鷗外のいたころの家主は、誰にきいても、全然わからなかった。耕作はふと市役所の土木課で調べることを思いつき、明治四十三年までさかのぼった帳簿で調べてもらうと、当時その土地の所有者は東《あずま》という人であることがわかった。この人の孫が舟町《ふなまち》にいることを探りだし、あるいはきけばわかるかもしれぬと思い、訪ねていってみると、そこは遊廓《ゆうかく》だった。

東某という妓楼《ぎろう》の亭主は耕作の身体を意地悪く見ただけで、鷗外に関係したことは何も知ってはいなかった。

「そんなことを調べて何になります?」

と、傍《かたわ》らのふじに言いすてただけだった。

そんなことを調べて何になる——彼がふと吐いたこの言葉は耕作の心の深部に突き刺さって残った。実際、こんなことに意義があるのだろうか。空しいことに自分だけ

が気負いたっているのではないか、と疑われてきた。すると、不意に自分の努力が全くつまらなく見え、急につきおとされるような気持になった。Kの手紙まで一片の世辞としか思えない。たちまち希望は消え、真っ黒い絶望が襲ってくるのだった。このような絶望感は、以後ときどき、とつぜんに起こって、耕作が髪の毛をむしるほど苦しめた。

ある日、耕作が久しぶりに白川病院に行くと、一人の看護婦が、なれなれしそうに近づいてきた。山田てる子という眼鼻立ちのはっきりした娘だった。

「田上さんは森鷗外のことを調べているって先生がおっしゃったけど、本当なの？」

ときいた。てる子の話は耳よりだった。何でも自分の伯父は広寿山の坊主だが、鷗外がよく遊びに来たことを話していた、行ってたずねれば何か面白いことがわかるかもしれない、というのだ。

耕作はにわかに青空を見たように元気づいた。

「あなたが行く時、わたしが案内するわね」

と、てる子は言ってくれた。

耕作は期待をもった。広寿山というのは小倉の東に当たる山麓《さんろく》の寺で福聚禅寺《ふくじゆぜんじ》といった。旧藩主の菩提寺《ぼだいじ》で、開基は黄檗《おうばく》の即非《そくひ》である。鷗外は小倉時代に「即非年譜」というのを書いているから、よく広寿山を訪れたかもしれない。そのころの寺僧がまだ生きていたとすれば、思わぬ話が聞けるかもしれなかった。

それは暖かい初冬の日だった。耕作は山田てる子と連れだって広寿山に登った。歩行の緩《のろ》い耕作にてる子は足を合わせて、よりそった。林の中に寺があり、落葉を焼く煙が木立の奥から流れていた。

てる子の伯父というのは、会ってみると、七十ぐらいの老僧だった。

「森さんは、寺の古い書きものや、小笠原《おがさわら》家の記録など出してあげると、半日でも丹念にみておられた。先代の住職が生きていたら、もっとわかるのじゃがな。二人が話をしているのを、わしはよく遠くから見かけたものじゃ」

僧は茶を啜《すす》りながら、こうも言った。

「一度、奥さんと一緒に見えたことがある。奥さんの記憶はないが、この寺で奥さんの詠《よ》まれた歌をご存知か」

老僧は干乾《ひぼ》したような頭を傾けて思いだすように、その文句を考えると、紙に書いて見せた。

払子《ほっす》持つ即非画像がわが背子《せこ》に似ると笑ひし梅散る御堂《みだう》

鷗外が新妻と浅春の山寺に遊んだ情景が眼に見えるようだった。

「そうじゃ、森さんは禅にも熱心でな、毎週日をきめて同好の人と集まっていたよ。堺町《さかいまち》の東禅寺という寺じゃ」

八

耕作とてる子はあとで開山堂の方に回った。暗い堂の中には開基即非の木像が埃《ほこり》をかぶって、くすんだ黝《あおぐろ》い色ですわっていた。

「鷗外さんて、こんな顔に似てたのかしら」

とてる子は白い歯なみを見せておもしろそうに笑った。即非の顔は怪奇であった。

二人は林を抜けて下山にかかった。道の両側は落葉が堆《うずたか》く積もって、葉を失った裸の梢《こずえ》の重なりから、冬の陽射《ひざ》しが洩《も》れおちていた。足の不自由な耕作は、てる子に手をとられていた。柔かい、やさしい指だし、甘い匂《にお》いも若い女のものだった。

耕作は自分の醜い身体を少しも意に介しないようなてる子の態度に少なからず立ち迷った。若くて美しい娘なのだ。こういう女が、こんなになれなれしく身近によりそってくることは初めての経験だった。耕作はこれまで自分の身体をよく知っていたから、女に特別な気持を動かすことはなかった。が、てる子から手を握られ、まるで愛人のように林間を歩いていると、さすがに彼の胸も騒がずにはいられなかった。この冬の一日、てる子と逍遥《しようよう》した記憶はしだいに忘れがたいものとなった。

耕作は三十二になっていた。今までも嫁の話はあった。が、見合いとなると、必ず破談であった。格別資産家でもない、このような不具者のところへ誰もくる者はなかったのだ。嫁さえ来てくれたらと、ふじの心労はたいていではなかった。あらゆる人に世話を頼んだが、話はいずれもできなかった。若いころ、降るような縁談に困ったふじは、息子の嫁を迎えることができず、言いようのない辛《つら》さを味わっていた。

こういうときに、てる子のような女が現われたのは、ふじにとっても大きな希望だった。てる子は耕作の家にも、たびたび遊びにくるようになったのだ。広寿山に行って以来、彼とてる子とはそれほど打ちとけた間になっていた。

が、耕作の感情を、てる子が知っていたかどうかわからない。彼女の天性のコケットリイは白川病院に出入りするどの男性とも親しくしていた。彼女が耕作の家に遊びにいくようになったのも、いわば気まぐれで、深い子細があったのではなかった。しかし、ふじも耕作も、てる子の来訪を一つの意味にとろうとしていた。彼の家に、てる子のような若い美人が遊びにくることはほとんど破天荒なことだった。ふじはてる子がくると、まるでお姫さまを迎えるように歓待した。

だが、ふじはさすがに、てる子に息子の嫁に来てくれ、と頼む勇気はなかった。これまで、てる子と比較にならない器量の劣った女から、ぴしぴし縁談を断わられてきたのだ。ふじはてる子に心の隅《すみ》で万一を空頼みしながらも、半分は諦《あきら》めていた。が、その諦めのなかにも、やはり、何か奇跡のようなものを期待していた。

東禅寺は小さい寺だった。塀《へい》の内側から木犀《もくせい》が道路に見えていた。ふじと耕作とが庫裏《くり》に回ると眼鏡をかけた小太りの僧が白い着物をきて出てきた。胡散《うさん》げに耕作をじろじろ見た。

ふじが丁寧に、広寿山のほうで聞いたのだが、こちらで明治三十二三年ごろ、鷗外先生などで禅の会があったそうですが、ご承知でしょうかと言うと、僧は無愛想に、

「何か、そんなことも聞いたようだが、わしの祖父《じい》さんの代だし、何もわかりません」

と言った。その硬い表情からは、これ以上きいても、むだのように思われた。

「その時のことが、何か書きものにでもなって残っていませんか」

と念をいれたが、

「そんなものはありません」

と返事はやはりにべもなかった。

失望して寺の門を出た。四十年の年月が今さらのように思われた。時間の土砂が、痕跡《こんせき》をいたるところで埋めているのだった。

道路を歩いていると、後ろから声が追いかけてきた。振り返ると、先刻の白い着物の僧が手招きしている。

「今、思いだした。そのころの、寺に寄進したという魚板《ぎょばん》があるが、見ますか。名前が刻んであります」

と僧は言った。やはり根は親切な人のようだった。

魚板は古くて黒くなっていた。寄進者の名は捜してやっと判読できるほどである。が、その名前を見て耕作は息を詰めた。

寄進　玉水俊虠
　　　森林太郎
　　　二階堂行文
　　　柴田董之
　　　安広伊三郎
　　　上川正一

戸上駒之助

思いがけない発見に、耕作はよろこび、手帳に書き写した。これは重要な手がかりだった。鷗外、俊虢以外の人の名は耕作も知らぬし、この寺僧も心当たりがなかった。が、何とかして、その身もとを捜し出せば、新しい資料を得る途《みち》が開けそうだった。耕作は小倉に古くからいる知人にほとんどききまわったが、誰もそれらの名前を知ってはいなかった。江南も心当たりがないと言った。耕作は白川のところへも行った。白川は種々な人が出入りするから、何かわかりそうだった。

「僕にもわからんな」

と、白川は、その名を見て言った。

「しかし、この安広伊三郎《やすひろいさぶろう》というのは伴一郎《ともいちろう》の何かに当たる人かもしれんな。実六《じつろく》さんにでもきいてみたらどうだ」

安広伴一郎は満鉄総裁などやったことのある男だ。反対党から〝アンパン〟とアダ名された。この人の甥《おい》が安広実六で、独身で、酒好きの老画家だった。

耕作は実六の家を訪ねていった。路地裏の長屋の一軒で、出てきたのは同居人だったが、

「安広さんなら東京に行きました。当分帰りませんよ」

と教えた。

がっかりして家に帰ると、耕作に意外な人から手紙がきていた。それは鷗外の弟の森潤三郎《じゅんざぶろう》からだった。

文意は、「貴下のことはK氏から承ったが、今度自分が兄のことを書くにあたって小倉時代のことを知りたい、貴下のご調査で差支えなくばご高教を仰ぎたい」という非常に丁重な文面だった。

耕作はよろこんで書き送った。

昭和十七年に出た森潤三郎著『鷗外森林太郎』の中には、〈小倉市博労町の田上耕作氏は、在住中の兄の事蹟《じせき》を調べて居られるが、——〉と耕作がベルトランに会った話などが載っている。

九

『鷗外全集』を見ると、鷗外が小倉時代に書いて地元紙に発表したのは次のとおりだ。

「我をして九州の富人たらしめば」　——明治三十二年　福岡日日新聞

「鷗外漁史とは誰ぞ」

――明治三十三年　福岡日日新聞
「小倉安国寺の記」
――明治三十四年　福岡日日新聞
「和気清麻呂《わけのきよまろ》と足立山と」、「再び和気清麻呂と足立山と」
――明治三十五年　門司新報

耕作が考えたのは、鷗外の原稿は当時新聞社の小倉支局が連絡に当たったかもしれないことだった。『門司新報』はずっと昔になくなっているから、『福岡日日新聞』の後身、『西日本新聞』社について聞くよりほかはない。

明治三十二三年ごろの小倉支局長の、名前と、もしまだ存命であれば、その住所が知りたいと、新聞社の総務課あてに郵便で聞きあわせた。

この返事に期待することはほとんど不可能だった。五十年に近い昔の一地方支局長の名をいまだに新聞社は記録に残しているであろうか、しかも社は途中で組織が変わっているのだ。もしかりに幸運にも名がわかったとしても、おそらく生きてはいないだろう。むろん、現住所などもわかるまい。耕作の問合わせは万一の僥倖《ぎょうこう》を恃《たの》んだにすぎなかった。

しかし、しばらくたって届いたその返事を見ると、奇跡というに近い感じだった。

「調査の上、明治三十二年〜三十六年の小倉支局長は麻生作男《あそうさくお》。現在、当県三潴《みずま》郡柳《やな》河《がわ》町の寺に居住の由《よし》なるも、寺名不詳」

寺名などわからなくてもよかった。これだけで充分だ。小さな町だから寺をたずねまわればわかるに違いない。

耕作は矢も楯《たて》もたまらない気持になった。

「それなら一緒に行っておたずねしようよ」

と、ふじが話を聞いて言ったのは耕作が望むなら、どこまでも、ついていってやりたかったのだ。

二人は汽車に乗った。もう、そのころは戦争がかなり進んでいた。汽車の窓から見る田舎の風景も、農家のほとんどの家が、〝出征軍人〟の旗をたてている。車中の乗客の会話も、戦争に関連していた。

小倉から汽車で三時間、久留米で降りて、さらに一時間ほど電車に乗ると柳河に着いた。有明海に面し十三万石のこの城下町は、近年水郷の町として名を知られてきた。道を歩いていても柳を岸辺に植えた川や堀《ほり》がいたるところに見られたが、町はどことなく取り残された静かな荒廃が漂っていた。

柳河の某寺とのみで、寺の名は知れなかったが、行けば田舎のことだから二三の寺

をまわるだけで何とかわかるものと勢いこんできたのだが、町の人にきくと、

「柳河には寺は二十四もあるばんも」

と聞かされて、ふじも耕作も途方にくれた。これだけの寺の数があろうとは予想もしなかったのだ。

それでも、四つ五つの寺をたずねたが、心当たりはさらに得られなかった。

二人は道端の石の上に腰をおろして休んだ。そこにも堀が水を湛《たた》えていて、向かい岸の土蔵造りの壁の白さをうつしていた。空は晴れ渡り、ただ一きれの小さな白い雲が不安定にかかっていた。それは妙に侘《わび》しいかたちの雲だ。見るともなくそれを見ていると、耕作の心には、また耐えがたい空虚な感がひろがってくるのだった。こんなことを調べてまわって何になるか。いったい意味があるのだろうか。空疎《くうそ》な、たわいもないことを、自分だけがものものしく考えて、愚劣な努力を繰り返しているのではないか。――

ふじは横にならんでいる耕作の冴《さ》えない顔色を見ると、かわいそうになってきた。それで引きたてるように自分から起《た》ちあがり、

「さあ、元気を出そうね、耕ちゃん」

と歩きだした。ふじのほうが一生懸命であった。

二十四の寺々を一つ一つ尋ねまわらねばならないかと思われたが、あんがいなところに手蔓《てづる》をみつけた。道を歩いているうちに、ふと、〝柳河町役場〃の看板を見つけ、ここにきいてみる工夫を思いついたのである。

粗末な机に向かって書類を書いていた女事務員には、麻生作男の名前だけで、心当たりがあった。が、寺の名はやはり覚えぬと言い、傍《かたわ》らの年上の同僚に相談していた。それなら誰々さんに聞いたらわかるだろうとその女が言うと、若い女事務員はうなずいて、その誰々に電話をかけに席を立った。

電話はなかなか交換手が出ないらしかった。何度か指で電話機をかちゃかちゃいわせていたが一向に手応《てごた》えなかった。

「このごろは局《こ》が混んでいるものですから、なかなか出ないのです」

と女事務員は言いわけのように言った。それは二十ばかりの娘だったが、全体の顔の輪郭から眼《め》もとのあたりが、どこか山田てる子に似ているとふじは思った。

近ごろ、局が混んでいるというのも戦争の慌《あわただ》しさが、この片田舎の城下町にも押しよせているのだった。やっとのことで電話が通じ、女事務員は相手と問答しながら紙に鉛筆を走らせた。

「麻生さんはここにおられるそうです」

と彼女はそのメモを渡し、道順を詳しく教えてくれた。

ふじは丁寧に礼を述べて表に出た。やっとわかったという安心と女事務員の親切が心を明かるくした。山田てる子に似ていたということも微笑《ほほえ》みたい気持だった。

ふじには、てる子が今の女事務員のように親切な女のように思えた。嫁になったら耕作のような不自由な身体《からだ》をやさしくいたわってくれそうだった。そう考えると、てる子にどうしても来てもらいたかった。ふじは横にならんで歩いている耕作に話しかけた。

「ねえ、耕ちゃん。てる子さんはお嫁にきてくれるかねえ？」

耕作は何とも返事をしなかった。その顔は苦しそうだった。それは、不自由な肉体を引きずって、こうして不案内な土地を歩きまわっている苦痛からか、てる子の真意が摑《つか》めずにいる苦しみからかわからなかったが、ふじは耕作のために小倉に帰ったら、思いきって必死に話をてる子に切り出そうと決心した。

天叟寺《てんそうじ》は禅寺だった。藩祖の父に当たる戦国武将の菩提寺《ぼだいじ》である。案内を請《こ》うと四十ぐらいの女が出てきて、わたしが麻生です、と言った。

「麻生作男さんとおっしゃるのは？」

「はい、父でございます」

元気だという返事である。まだ生きていたのだ。耕作もふじも、思わず叫びたいくらいうれしかった。さっそくに来意を言うと、

「さあ、もう老齢ですから、どうでしょう」

と首を傾けて笑った。

「おいくつでいらっしゃいますか?」

「八十一になります」

それから、一度奥へ引っこんだが、すぐ出てきて、

「どうぞ、お上がりください。父がお会いすると申しております」

と言った。

十

耕作は柳河から帰ると、麻生の話を整理した。

直接鷗外に接触していただけに麻生作男の話は期待以上のものがあった。八十一というが非常に元気だった。記憶の薄いところはあるが、呆《ぼ》けたようには見えなかった。

「鷗外先生にはたいへんお近づきを得ていましたな。役所から帰られると、よく私の家の表から、麻生君、麻生君と呼ばれて、一緒に散歩などに連れだされ、安国寺にも

たびたびお供をしました。そんな時の先生はまことに磊落《らいらく》でした。私が仕事で司令部に伺っても軍医部長室に請《しよう》じられて、大声で馬鹿《ばか》話をしては笑われたものです。ある時など隣りの副官室で、閣下（当時少将）があんなにおもしろそうに話される相手は誰だろうというので、出て見ると私なので、麻生はよほど閣下と親しいに違いないと言っていたほどです。鷗外といえば、むずかしい人のように思われるが、なかなかわれわれに対してはざっくばらんでしたよ」

という話のはじまりだった。ここに三時間ばかりいたが、鷗外の私宅まで自由に出入りしたという老人は、鷗外の日常生活をもっともよく知っていた。耕作の資料は、これでかなり豊富になった。

「しかし公私の別は非常にやかましかった。いったん軍服同士のつきあいとなると厳格でした。一度私が親戚《しんせき》の者で薬剤官をしている者が遊びにきたので心安だてに先生のところへ連れていったのです。その男はその時、大尉《たいい》か何かの軍服で行ったのですが、いやもう、大変な扱い、見ていてかわいそうなくらいでした。ところが二三日して、その男が今度は和服で行くと、前とは打って変わって丁重な客扱い、玄関まで送ってくださるというしだいでした。小倉の町を着流しで散歩の時などは、知った者がお辞儀をすると、ていねいに笑顔で礼を返されたものですが、軍服を着て小倉駅に人を迎えに出ておられた時など、汽車の着くまでプラットホームに椅子《いす》を出させて腰をかけ、傲然《ごうぜん》とでもいいたげに控えていて、答礼もロクにはしませんでした。先生はまた時間にやかましい人でな、会合などでも遅れてきた者は絶対に、どんな有力者でも室には入れなかった。婦人関係には細心なほど気を配り、自分が独身だものだから、女中も必ず二人は置いた。やむをえず一人しかいない時は、夜は近所に頼んで寝泊まりにやるという具合でした。三樹亭《さんじゅてい》という料亭があって、ここの娘が先生は気に入ってよく出かけていたが、決して一人だけを呼ぶということはない、いつもその妹娘と二人を呼んでいました。時の師団長の井上さんも独身でしたが、この方は本能の赴くままの行動で、先生といい対照でしたよ。何しろ勉強家で、夜は三四時間しか眠らないということでした。『即興詩人』の訳稿もそのころ続けておられました。各藩の古《こ》文書《もんじょ》も熱心に調べていました。私がもともとお近づきになったのも、柳河藩の古記録をお世話したことからです。それから小倉藩士族の藤田弘策という心理学者からも心理学を習っていました。この人の孫が小倉の魚町にいるはずです。先生が心理学に興味をもっておられたのは、同郷の西周《にしあまね》の影響ではないかと思われます――」

麻生の話はこういうことからはいっていって、鷗外の生活を語って尽きるところがなかった。

耕作はかねて疑問に思っていた東禅寺の魚板に刻《ほ》った名前を持ちだして見せた。

「ああ、これは――」

と老人はわけもなく言った。

「二階堂は門司新報の主筆です。柴田は開業医、安広は薬種屋、上川は小倉裁判所の判事、戸上は市立病院長です」

これを聞いて思いあたることがあった。「独身」に出てくる〝病院長の戸田〟、〝裁判所の富山〟はこの人たちがモデルであろう。

耕作は麻生の話を草稿にする一方、極力、東禅寺のメンバーの行方を捜した。これは身もとがわかってしまえば、困難な仕事ではなかった。柴田董之《ただゆき》の長女が市内の医者の妻になっていることがわかると、その人に会い、その口から他の人たちの所在もしだいに知ることができた。ことに戸上駒之助がただ一人、福岡になおも健在でいたことは彼を有頂天にした。

安広の老画家も東京から帰ってきたし、鷗外の家に女中でいたという行橋《ゆくはし》在の身内の人からも手紙が来た。これは耕作のしていることが、新聞の記事になって出たからである。鷗外が偕行社《かいこうしゃ》でクラウゼイッツの戦争論を講じていた時に、聞いていたという老軍人、始終宴会に使われていて鷗外をよく知っているという旅館『梅屋』の主人であった故老、藤田弘策の息子など、小倉の鷗外に関係をもつ人が次々に捜しだされた。耕作がこうして躍起となったのは、山田てる子が縁談を断わってからなおさらであった。てる子はふじに、

「いやね小母《おば》さん、本気でそんなことを考えていたの」

と言って、声を出して笑った。彼女は後に入院患者と恋愛が生じて結婚した。このことから母子の愛情はいよいよお互いによりそい、二人だけの体温であたためあうというようになった。

耕作の資料はしだいに嵩《かさ》を増していった。

が、戦争が進むにつれ、彼の仕事はだんだんと困難を加えてきた。誰もこんな穿鑿《せんさく》など顧みるものはなくなった。敵機が自由に焼夷弾《しょういだん》を頭上に落としている時、鷗外も漱石もあったものではない。人々は明日の命がわからないのだ。人をたずねて歩くなど思いもよらない。終戦まで耕作もまた巻脚絆《まききゃはん》をつけて、空襲下を逃げまどわねばならなかった。

十一

戦争が終わると、しかしさらにいっそう悲惨であった。もともと、その前から彼の

病状は少しずつ昂進《こうしん》していたが、食糧の欠乏がいっそう症状を悪化させた。老人と病人とでは買出しにも行けなかった。麻痺《まひ》症状はひどくなり、歩行は困難となり、ほとんど起きていることさえできなくなった。

耕作はずっと寝たきりとなった。インフレが激しくなり、家賃以外にほとんどたよる生活費はなかったが、その家賃が僅《わず》かな値上げでは追いつかなかった。

家作が一軒ずつ失われていった。思えば白井正道も、このようにして母子の急場を助けようとは、予期しなかったであろう。ふじはヤミ米やヤミ魚を買って耕作にたべさせた。

「どう耕ちゃん、うまいかえ。これは長浜の生き魚だよ」

近くの漁村からとれる釣《つ》り魚である。耕作は、うなずきながら、腹這《はらば》いになって、手摑みで飯と魚をたべた。もはや、箸《はし》を握ることもできなくなったのである。

江南はよく耕作を訪れた。よく気のつく彼は、来るごとに卵や牛肉のようなものを、どこからか、手に入れて持ってきた。

「早くよくなって、あれを完成させろよ」

と江南が上から覗《のぞ》きこんで言うと、このごろはだいぶいいから、またぼつぼつはじめようとおもっている、というような意味を、いつもよりは、もっとわかりにくい言葉で言った。その顔は肉を削《そ》いだようにやせていた。

終戦後、数年の間に、家作の全部は売られ、自分の住居も人に半分は貸して、母子は裏の三畳の間に逼塞《ひっそく》した。長い歳月と、絶えず玄界灘の潮風に曝《さら》されているこの家は、ほとんど軒も傾きかけていた。建具のたてつけは、どこもかしこも、がたがたであった。

耕作はやはり寝たままであった。病状は、停頓《ていとん》しているのか、よくもならず、悪くもならなかった。どうかすると、床の上に腹這って、自分の書いたものを出して見ることがあった。それは風呂敷《ふろしき》包みに一杯あった。足で歩いて蒐《あつ》めた彼の『小倉日記』だ。彼は江南にたのんで整理してもらおうかと思った。が、まだまだ身体は癒《なお》るという確信があった。癒った時の空想をいろいろ愉《たの》しむふうだった。

昭和二十五年の暮になって、急に彼の衰弱はひどくなった。ふじは日夜寝もせずに看病した。

ある晩、ちょうど、江南が来合わせている時だった。今までうとうとと眠ったようにしていた耕作が、枕《まくら》から頭をふともたげた。そして何か聞き耳をたてるような格好をした。

「どうしたの？」

とふじが聞くと、口の中で返事をしたようだった。もうこのころは日ごろのわかりにくい言葉がさらにひどくなって、唖に近くなっていた。が、この時、なおもふじが、

「どうしたの？」

ときいて、顔を近づけると、不思議とはっきりと物を言った。

鈴の音が聞こえる、というのだ。

「鈴？」

とき返すと、こっくりとうなずいた。そのまま顔を枕にうずめるようにして、なおもじっと聞いている様子をした。死期に臨んだ人間の混濁した脳は何の幻聴を聞かせたのであろうか。冬の夜の戸外は足音もなかった。

その夜あけごろから昏睡《こんすい》状態となり、十時間後に息をひきとった。雪が降ったり、陽《ひ》がさしたり、鷗外が〝冬の夕立〟と評した空模様の日であった。

ふじが、熊本の遠い親戚の家に引き取られたのは、耕作の寂しい初七日が過ぎてで、遺骨と風呂敷包みの草稿とが、彼女の大切な荷物だった。

昭和二十六年二月、東京で鷗外の「小倉日記」が発見されたのは周知のとおりである。鷗外の子息が、疎開先から持ち帰った反古《ほご》ばかりはいった簞笥《たんす》を整理していると、

この日記が出てきたのだ。田上耕作が、この事実を知らずに死んだのは、不幸か幸福かわからない。

菊《きく》　枕《まくら》

――ぬい女略歴――

一

三岡圭助《みつおかけいすけ》がぬいと一緒になったのは、明治四十二年、彼が二十二歳、ぬい二十歳の秋であった。結婚は双方の父親同士が東北の同県人で、懇意であったためである。

ぬいは九州熊本で生まれたが、これは父親が軍人で家族と任地にあったのである。父親は連隊長などをして各地を転々としたから、ぬいも赴任の先々で大きくなった。父親は現役をひき一家は東京に居を構えた。ぬいが東京お茶の水高等女学校を出たのは、そのためである。

在学当時のことについては格別のことを聞かない。ただ、作文が巧みであったという。その時もう一人同級に作文のうまい娘がいた。二人はそのためたがいに意識していたが、仲よくはできなかった。その娘は、後年、名のある女流作家となった。

ぬいの母は士族の女《むすめ》で端麗な顔だちをもって郷里に知られた。ぬいの容貌《ようぼう》はこの母のものをうけついだが、舞台にでも出せば映えそうな、他人よりも一まわり大きいはなやかな顔の道具立ては、父親の相貌が加勢したといえる。父親は六尺近い大男だったが、ぬいも普通の男以上に長身であった。女学校を出るころは道で行きあう学生たちが眼《め》のやり場に狼狽《ろうばい》した。

圭助は山形県鶴岡在の酒造りを業とする三男に生まれたが、幼時、多少絵を好んだところから父が美術学校に入れてくれた。彼はなんとなく学校を卒業したが、もともと画家で名を成そうという気持はなく、才能のないことは自身でよく承知していた。学校はただ技術や知識を教えるところで、才能とは別個の問題だと自分でも悟りきっていた。

だから九州福岡のある中学校の絵画の教師の口があると、彼はすぐ話に乗って九州にくだった。ぬいと一緒になった翌年の春である。

ぬいが厳格な父親の命とはいえ、一言の苦情もなく、体格、容貌ともに見劣りのする彼に嫁いだのは、美術学校卒業というのに期待したからである。美校出であれば相当な芸術家になれると思った錯覚のはなはだしさは彼女に似ず愚かである。

福岡の家は城に近い士族の借家で、昔どおり内部《なか》は暗かった。そのころの福岡はまだ城下町の名残りをとどめていた。ぬいは家の中が暗いので、どこかもっと明かるい家に引っ越そうと主張した。圭助はこの暗い家が気に入っていたが、ぬいは日ごろめったに冗談など言わぬかわりに、言いだしたらきかなかった。それでやむなく別の借家を求めたがはなはだ品のない家であった。

美校出というので彼の学校での評判は、多少の東北弁への非難を別にすれば、概して人気があった。事実、彼は授業に熱心であった。中学校の先生ながら、絵の教師としては、最良を志したのである。

しかし、これはぬいの気に入るところではなかった。ぬいは圭助が展覧会の出品一枚描こうとしないのを不満とした。そしてしだいにそれを露骨に非難するようになった。

「うん、そのうち気分が出たら何か描くよ。わしも一生、田舎の中学校教師でもないからな」

と彼もまだ多少の見栄《みえ》があったからこう応《こた》えた。ぬいは当座この返事に満足した。以来、ぬいは何度もこの言葉に欺《あざむ》かれた。彼もまたこの文句を呪文《じゅもん》のように何度も使った。その間に、ゆうに数年がたった。

そのころの画壇は、後期印象派がはいったころで、若い画家たちは、セザンヌ、ゴーグ、ゴーガンなどの目新しい絵に興奮していた。雑誌『白樺《しらかば》』でも有島生馬や柳宗悦などが図版をつかってしきりとこの新風を紹介していた。中央と離れたとはいえ、画壇のこの活気が地方にもひびかぬはずはない。しかし彼は目のあたりにそのような傾向を見てもいっこうに血も沸かなかった。野心とか覇気《はき》というようなものは彼の体質にはみじんも存在していないようであった。

そのうち描く描くと一寸のがれをしながら、圭助は海や川に釣《つり》に行ったり、近所の碁打ちのところへ出かけたりした。そんなふうにして数年もたつと、さすがのぬいも彼に諦《あきら》めてしまった。いつかそのことを言わなくなり、その失望は、ひそかに彼への軽蔑《けいべつ》に変わった。

ある時、圭助の家に同僚の教師たちが二三人遊びにきたことがあった。その時ぬいの態度は、さのみ変わるところはなかったと思ったが、あくる日、学校に出ると、

「三岡さんの奥さんなじょうもん（美人）ばってん、ちょっと、われわれじゃ近づきがたい権式《けんしき》があるやな」

という陰口を聞いた。彼が帰ってぬいにこのことを告げてたしなめると、

「そうですか。どうせ中学校の先生では、わたしには性に合いません」

と言って硬い表情になり、横を向いて涙を流した。

圭助がぬいの心底を知った、これが最初である。

しかし、ぬいはその時、最初の子を妊《みご》っていた。

二

長女が生まれた。ともかく、彼らは世間体には仕合わせそうな夫婦であった。圭助は美人の妻をもった幸福な男という評をとった。二年後には次女が生まれた。二児の世話でぬいは忙しい母親となった。大正四五年のころである。

そのころ、彼らの間には、小さないさかいが起こりがちであった。多くは日常、愚にもつかぬことが原因である。そして、少しばかり言い争いがもつれると、ぬいはたちまち癇癖《かんぺき》の声をあげて、その場の物をほうるようになった。

圭助は最初はぬいのこのような態度がひどく腹に据《す》えかねたが、よく考えてみれば、ぬいが斯《か》く怒りやすくなったのも、元《もと》は自分への失望が起因であると思った。当時のお茶の水を卒業し、美貌にも恵まれていることであるから、もし縁あればどのような良家へも嫁げたかもしれない。それを貧しい田舎教師の妻になった憤懣《ふんまん》が鬱積《うっせき》してこのヒステリーをひき起こしたとすれば、もともと自分の甲斐性《かいしょう》のないことに在るのだから、ぬいがかえって哀れだ。そう反省すると、それからはできるだけ自分の感情を抑えるようにした。このことが習慣となって、ぬいが圭助を下に敷いているなどと世間に伝わったのは余儀ないことである。

ある晩、圭助が学校から帰って教材など調べていると、ぬいが幼児を寝せつけて、いつになくおとなしく机の横にすわって言った。

「あなたと毎日、口争いばかりしてもつまりませんから、少し趣味をもとうと思います」

圭助は、ふだんと異《ちが》うぬいの態度によろこびながら、

「それは結構だ。趣味とは何か、茶か、花か」

ときくと、

「俳句をやろうと思います」

と言った。圭助は、ぬいがかねて文章を好み、小説を書こうなどと言っていたことを思いだし、

「俳句か。おまえは小説を書くつもりだと言っていたではないか」

と言うと、ぬいは彼を強い眼《きつ》つきで見て、

「あなたは何もごぞんじではありません。とにかく俳句をやります」

と宣言するように言った。ぬいにすれば、彼から苦情が出ぬよう、これで彼の承諾をとっておいたつもりである。

ぬいが俳句に志したのは、国もとにいる従姉《いとこ》のすすめによった。

すでに福岡から発刊している俳誌『筑紫野《つくしの》』に句を投じはじめていた。『筑紫野』の主宰者はぬいの句を女流俳句の新しい秀絶であると評した。選は東京の瀬川楓声《せがわふうせい》に送っていたが、毎号、ぬいの句は上位に採られぬことはなかった。楓声はやがて、ぬい女は九州女流三傑の一人であると評した。他の二人はぬいよりずっと俳歴は旧《ふる》かった。

俳句をはじめてからのぬいは、以前のように些事《さじ》に怒りやすい癖がおさまった代わり、俳句に凝るのあまり家事を疎《おろそ》かにするふうが見えてきた。たとえば、圭助が勤めをおわって帰ってきても夕飯の用意ができておらぬ。二児は腹を空《す》かして泣いている。本人は机の前にすわって凝然としているという具合である。これを咎《とが》めると、またどのような騒動になるかもわからぬので、仕方なく圭助が台所におりたりした。その他、子供の世話、家の掃除、洗濯物《せんたくもの》、彼の身の回りの始末まで目立って疎略《そりやく》になっていった。日中、句作を求めて家を外にして彷徨《ほうこう》するのが多くなったせいでもある。夜中、寝しずまって、四囲寂寥《せきりよう》たる二時、三時のころを好んで起きていることもしきりとなった。

句の知友もまたできたと見え、知らぬ名前の手紙もくるし、訪問客もぽつぽつあって、圭助が帰ってみると、玄関に来客の靴《くつ》や下駄《げた》が揃《そろ》えてあったりした。

圭助はぬいの客にはつとめて会わぬようにした。玄関脇《わき》の階段から二階に上がって、本を読みながら客の帰るのを待った。階下からしきりと笑声が聞こえ、ぬいの別人のように生き生きとした話し声がした。

ぬいも彼を客に引きあわそうとはしなかった。彼も客に会うことを好まない。やむなく家の中で顔を合わす時は、ちょっと頭を下げる程度であった。そのため、彼は陰性で、人嫌《ひとぎら》いで、家では妻の頤使《いし》に甘んじているという評判をひろめられた。

三

初めて瀬川楓声が九州に来たのは、大正六年ごろであったろうか。『筑紫野』社同人あげて歓迎したが、楓声が福岡滞在中の三日間、ぬいは毎日朝から晩まで傍《そば》に詰めていた。句会とか吟行とかが連日つづいていたのである。この時、ぬいの楓声に対する態度は、他人から見ていささか含嬌《がんきよう》にすぎたという。

その時を契機としたように、ぬいは俳誌『コスモス』に投句しはじめた。『コスモス』が天下に雲霞《うんか》のごとき読者を持ち、その主宰者宮萩梅堂《みやはぎせんどう》が当代随一の俳匠であることは、俳句に縁のない者でも知っている。楓声が梅堂門下の逸足だから『コスモス』への投句は彼がすすめたのであろう。ぬいの句は『コスモス』の婦人欄に出はじめた。

大正六年秋、梅堂選の雑詠に初めてぬいのものが一句載った。ぬいはその句を短冊《たんざく》にかいて床懸けにし、神酒《みき》を供えて祝った。

爾来《じらい》、毎月かかさず投句をつづけたが、雑詠にはいらぬ月はほとんどなかった。多いときは四句、少ないときでも二句は載った。

大正七年三月ごろ、ふたたび楓声が来福することになった。前回の来遊より半年もたっていなかったが、理由は筑紫の春を探るというにあった。

そのため、ぬいは春着を新調したいと言った。実は去年の句会の折りにも苦しい中から一枚つくってやった。圭助がそれを言うと、ぬいは、楓声さんの前に同じ物を二度着ていかれないと返事した。彼は思わずかっとなり、それなら俳句などやめたらどうかと言った。するとぬいは眦《まなじり》をあげて彼を罵《ののし》り、ここに嫁いで以来、八九年の間、着物らしいものを買ってくれたのは去年一枚ではないか。その他、帯一つ、半衿《はんえり》一本買ってくれたことがない。羽織でも娘時代の派手なのを未《いま》だに着くずしている有様ではないか、と並べだした。はては、

「じゃあ、よろしいです」

と切り口上に言うと、ぷいと彼の前から立っていった。

言われてみると、なるほどそのとおりで、圭助の貧乏な教師の収入では、何もしてやれなかった。二人の子供のもので精いっぱいである。またも自分の才覚のなさを反省して、ぬいの怒るのも一理あると思った。しかし、ではといってすぐ買えるわけもないので、そのまま黙ってすごした。

ところが、ぬいはどう工面したのか、新しい着物をつくった。春らしい色と柄《がら》でぬいによく似合い、気品があった。

楓声が来た第一日は、ぬいは朝から出かけ、夜遅く帰ってきた。もっとも今までも夜の句会は遅くなりがちであるが、この時、ぬいは少し酒気を匂《にお》わせていた。たぶん歓迎句会というので、座上、酒が出たのに違いない。

その翌日、ぬいは今日は太宰府《だざいふ》、観世音寺《かんぜおんじ》、都府楼址《とふろうし》などの吟行で、晩はまた句会でおそくなるかもしれないからと、晩飯の支度などこまごま言いおいて出ていった。そしてその夜、十二時近くになってかえってきた。

あくる日、圭助が学校に出ると、かねて俳句が好きで、昨夜の句会にも出ていた教員が寄ってきて、さりげなく彼に話しかけ、

「昨夜は大変でした。楓声がどこかへ雲がくれしましてね、とうとう夜の句会はお流れでさ」

と言って、圭助の顔から、何かを読みとろうとした。

それからさらに、

「そういえば、奥さんも早くお帰りのようでしたね」

と言いながら、自分でごくりと唾《つば》をのんだ。

が、圭助のいっこうに動揺のない顔色が、

「いや、帰りは少し遅いようでしたよ」

と答えた時、相手は、へへえ、とさもあんがいそうに彼の顔を眺《なが》め、やがて底に嘲《あざけ》りの色を見せてはなれた。

ぬいと楓声の間は、とかく風聞があった。当時、ある者は二人の姿を近郊の温泉地で見た人があると言った。この噂《うわさ》はぬいがあまりに楓声に近づいたためで根はなかった。

楓声が東京に帰ると、それまでしきりとあった文通は遠ざかった。それについてぬいは俳句の友だちにこう語ったことがある。

「楓声という人は、遠くから考えると、なかなか風袋《ふうたい》の大きい人ですが、叩《たた》いてみると、内容のない人ですね」

この言葉によると、ぬいは楓声に失望したのだ。これは楓声がとうていぬいの話相手とはならなかったということである。以来、ぬいは彼を歯牙《しが》にもかけなかった。

四

大正八年、ぬいは、ひたすら『コスモス』の雑詠に打ちこんだ。そのころのぬいは生き生きとしたものがあった。句も、当時の梅堂門下の錚々《そうそう》の者とならんで巻頭にせまった。このような月には非常に機嫌《きげん》がよく、意気があがったが、成績の悪い月は沈みきったり、と思うと、必死の面持《おもも》ちで勉強にたちむかった。

このころから梅堂がぬいの太陽となった。梅堂は客観写生をやかましく言ったから、彼を崇拝するぬいが、花鳥諷詠《ふうえい》に心をひき入れられたのは当然である。たとえば、椿《つばき》の句を作るために、毎日、弁当もちで野山を歩いた。郭公《かっこう》を写すために、英彦山《ひこさん》に登ったのは何度かしれなかった。

その間、家の掃除も、飯も、二児の世話もすべて圭助がみなければならない。彼の市場に行く買物姿が、生徒の嘲笑《ちょうしょう》にさらされたのはそのためである。

大正の終わりから昭和の初頭にかけては、ぬいの好調の時代で、巻頭をたびたびとって天下の俳人にその名を知られた。

ぬいの句は、華麗、奔放と称され、後年評家によると、「奔放な詩魂、縦横なる詩才を駆って光炎を放った。その句は、一言をもっていえば、古代趣味であり、浪漫派であり、万葉趣味である」ということだ。

だが、ぬいは同性の俳人からは、あまり人気がなかったようである。それはいわばぬいのほうから求めたことで、それについて、ある評家はこう言った。

「ぬい女は勝気の念がはなはだしく強かった。したがって瀬川はな女、竹中みちの女、窪田《くぼた》りえ女、山本ゆり女など当代の女流をほとんど仇敵視《きゅうてきし》していた。自分より地位の高いもの、才藻《さいそう》の豊かなもの、権勢のあるもの、学歴のあるものをはなはだしく悪《にく》んだ。上記の人はそのいずれかを具備していると、ぬい女はきめていた」

これはぬいの性格を言いあてている。ぬいが女流俳人に迎えられなかったのは、このためである。

ぬいの名が知れるにつれ、俳句を教えてくれという人はあったが、女の場合、長つづきはしなかった。裕福な弟子たちの機嫌をとったり、世辞を言ったり、甘やかしたりするのは、ぬいの我慢できないことであった。

いつだったか、土地の良家の夫人たちの集まりに俳句を教えにいっていたが、ある日、その日に茶会があったので、この次に来てくれと言われた、ぬいは色をなして、わたしは、しがない中学教師の妻だが、俳句は自分の生命と心得ている、あなた方のような有閑夫人のお相手はごめんですと座を蹴《け》った。そのころは有閑何々という言葉がはやったのである。ぬいはその日家に帰って泣き、勤めから帰った圭助にひどく辛《つら》く当たった。彼女の心の底には絶えず、無気力な貧乏教師の妻というひけめが、のたうっていた。

女流の俳人におおむね同情をもたれなかったとはいえ、少しの知己はあった。たとえば植田幾久女《うえだきくじょ》がそうである。幾久女は植田巴城《はじょう》の妻で、ことさらにぬいの句を好んで東京からたびたび手紙をくれた。ぬいにすすめて上京させ、片瀬《かたせ》にいる梅堂にひきあわせたのも彼女である。

はじめ幾久女から、上京して梅堂に会わないかという手紙がきた時、ぬいの喜びはひとかたではなかった。梅堂はぬいにとって神様にも等しい。それまでにも、たびたび、梅堂に手紙を出して一二回ぐらい返事をもらっている。その書簡は大切に蔵《しま》ってある。梅堂に面接することは、ぬいの宿願である。彼女はすぐ前後の考えもなく幾久女に上京すると言ってやった。

ぬいは圭助に上京を強請《せが》んでやまぬ。その費用がない。圭助はやむなく国もとの兄に無心してやった。国では父が死に、兄の代になっている。家業は傾いていた。が、兄は言うとおりに送金してきた。ぬいはさすがに夫に手をついた。

上京したぬいは植田巴城夫妻の所へ十日ばかり厄介《やっかい》になった。その間、圭助にはがきが一本来た。片瀬に梅堂を訪ねた直後らしく、簡略ながら興奮した文字が綴《つづ》ってあった。一生の感激だと書いてある。俳人が梅堂を見ることとほとんど信仰的なのは、ひとりぬいにとどまらず、他人の想像以上である。

ぬいはさらに梅堂信者になって帰ってきた。会う人ごとに吹聴《ふいちょう》する。時にはその回想に陶然茫乎《とうぜんぼうこ》となり、いっさいの憂苦、煩悶《はんもん》を忘れるのだと言った。

ところが、ぬいが梅堂に会った時の模様はこうである。ぬいは初対面の梅堂に向かって、わたしは魂全部を先生に捧《ささ》げていると言い、天下に女流俳人多しといえども、学ぶにたりない、また自分の句を真に理解するものは少ない。ただ自分の才能天分を認め、これを引きのばしてくれる者は、ひとり先生あるのみと臆面《おくめん》もなく言った。傍に居合わせた弟子の二三は呆《あき》れてぬいの顔を見た。ぬいが梅堂の周囲から顰蹙《ひんしゅく》され、排斥された原因はすでにこの時からである。

ぬいは競争相手の女流俳人が雑詠で自分より上位に出ている時などは煩悶やるかたなかった。果ては、たまたまあの作家が金持であるところから、何か先生に裏で工作したのではあるまいかと疑う始末だった。金持には敵《かな》わない、貧乏人がいくら真剣になっても、相手は金を持って立ちまわるからだめだ、とはぬいの口ぐせであった。

五

いつかぬいは梅堂のことを書いた本を読んで、彼が以前脳溢血《のういっけつ》をやり、以来、用心しているということを知った。それからは心配で心が落ちつかなかった。梅堂が死ねば、自分の俳句生命もないと思ったのである。

昭和三年か四年の秋であった。ぬいは布で作った嚢《ふくろ》をもってしきりと出歩いた。帰ってくると嚢の中は、大小いろいろの菊の花がはいっていた。それを縁側にならべて陰干しにした。大輪の花でも干すと、凋《しぼ》んで縮まる。それを香りがぬけぬよう別な布嚢に入れ、さらに花を摘んできては干した。何をするのだと圭助がきくと、

「先生に差しあげる菊枕《きくまくら》です」

と言った。

「これをするととても寿命が長くなるんだそうです。陶淵明《とうえんめい》の詩文の中にあるそうです」

その菊の花がいっぱい詰まった枕は長さ一尺二寸ばかりで、普通の枕の上に重ねて頭を載せるのだと説明した。(近ごろ、教えてくれた人は、陶淵明に菊枕の詩はなく、「澄懐録」というのに、秋采《とり》㆓甘菊花㆒、貯以㆓布嚢㆒、作㆑枕用、能《よく》清㆓頭目㆒、去㆓邪穢《じゃわい》㆒

とあるそうである）

ぬいはその菊枕を幾日がかりで丁寧に作りあげた。そしてうれしくてたまらず、菊花に因《ちな》んだ数句を作った。

その時の三句は、今でもぬいの代表作にはいる。

それから、ぬいはこの枕をもって片瀬にまた行きたいと言いだした。送ったのでは真心が届かぬというのだ。

言いだしたらきかない。圭助は仕方なく金の都合をした。もっともそのころになるとぬいの弟子たちの謝礼も、あるにはあった。が、むろん知れていた。彼はまた国もとに借金を言ってやった。兄からしぶしぶ送金があった。ぬいは菊枕を大切そうに持って上京した。

この時も十日あまり、巴城の家で厄介になった。そして心を裏切られて帰ってきた。

そのしだいは次のとおりである。

ぬいは片瀬の梅堂草庵《そうあん》をたずねて梅堂に会い、菊枕を呈した。梅堂は期待したほど喜ばず、ただ簡略な礼だけひとこと言った。彼にすれば、その場に他の弟子たちがいたのでその手前を考えたのであろう。ぬいには案外であった。たくさんな菊花を丹念に採集し、苦しい都合をして九州から持ってきた苦労を少しも梅堂が認めてくれぬと思ったのである。それで周囲を見ると、誰もその枕のことを言ってくれる者はおらず、鼻白んだ思いで梅堂の前を退った。

その翌日は武蔵野に吟行があった。ぬいも行くと五十人ばかり集まっていて、さすがに賑《にぎ》やかであった。

ところで、ぬいは梅堂が自分に注目してくれるであろうと思って、彼の前に行って挨拶《あいさつ》すると梅堂はちょっと頭を下げただけで、たちまち周囲の者と雑談のつづきの中に戻った。ぬいなど眼中にないようである。ぬいはまた突きはなされたような気がした。それで気持が惑い、いい句ができず、披講《ひこう》の時も名乗るのを怯《ひる》んだほどだった。もちろんよい成績ではなかった。それでいよいよ心が乱れた。

三日めには句会があった。この時も、誰も自分にかまってくれぬ。ぬい女といえば俳句をする者は誰でも知っているようにひそかに自負していたぬいは、裏切られた思いがした。皆が何をこの田舎者が、という眼《め》つきをしているように思えた。そう思うと、自分の身なりまでがなんだか野暮ったく、はなはだ見劣りがした。

いったいに梅堂の側近の弟子たちは、それぞれ社会人としても地位のある人たちであり、富裕である。

『コスモス』で出世するには金か地位がなければならぬという悪口はしばしば言われ

ているのをぬいは思いだし、貧しい田舎教師の妻という自分の身分を考え、ますます恥と憤《いきどお》りに心が騒いだ。

それで、その晩の句会の成績もよくなかった。その夜、ぬいは床の中で反転して眠れず、一夜を煩悶に送った。朝、巴城夫婦がぬいの眼の赫《あか》いのを咎《とが》めたので、先日来の憤懣《ふんまん》と悩みを明かした。

巴城はぬいの自負の強いのに内心驚き、その時はなんとか慰めておいて、外から電話を片瀬にかけ、今度ぬいが行ったらなんとか言ってやってくださいと頼んだ。梅堂は仕方なく電話口で苦笑していた。

その午後ぬいは片瀬に行った。梅堂はぬいの顔を見ると横に人はいたが、巴城から頼まれたとおり、

「この間の菊枕はありがとう。たいへん気持よく眠れます」

とお世辞を言った。

ぬいの今までの不満も恚《いか》りも、そのひとことでにわかに消え、かわりに甘える気持がわいて、

「先生は他の人たちばかり大事にされて、ちっともわたくしのことなんか考えてくださらないんですのね。それで吟行でも句会でも気持が乱れて日ごろの調子が出ません

でしたわ」

と恨み言を言った。

それを聞いて傍の弟子たちがおどろいた。ぬいのはなやかな美しい顔が自然と上気し、ことさらに媚態《びたい》もみえたので、ぬい女は怪《け》しからぬ、先生を色じかけで籠絡《ろうらく》しようとすると陰で憤慨する者があった。多少は嫉妬《しっと》もあった。

あたかもその非難に油をそそぐように、ぬいは毎日片瀬に日参した。梅堂の家で自分から台所におりて家事を手伝ったり、客には茶を運んだりした。ぬいにすれば、少しでも梅堂の身近におられるのをうれしく思い、お客らしくぼんやりもしていられないので、女らしい振舞いをしたまでである。しかし、他人にはずいぶんにがにがしく映った。

梅堂も少し手にあまり、ついに、ぬいに向かって、他の者の思惑もあることだから、もう九州に帰られたほうがよかろうと言った。

ぬいがそれから死ぬるまで、

「先生はたとえば月のようなものです。いつも澄ましておられる。その月影をとりまいて周囲の蛙《かえる》どもが、があがあ騒ぐのです」

とも、

「先生のお側《そば》の者がいけないんです。あれは君側《くんそく》の奸《かん》です」

とも言いつづけたのはこの時からである。

ぬいは失望して帰ったが、それは梅堂の周囲に対してであって、梅堂自身への尊敬の念は少しも衰えなかった。彼への景仰《けいこう》はいよいよその念を増した。

六

昭和七年、圭助四十五歳、ぬい四十三歳。

圭助は一度の転勤辞令も貰《もら》わず、同じ学校にいつか在職二十年以上となった。図画の教師であれば校長にも教頭にもなれない。自身も一教員で満足している。

ぬいにとっては圭助は気力のない無能者である。彼への軽蔑《けいべつ》は二十年来のものだが、時には限りない憎悪《ぞうお》を感じて、わけのわからないことに突っかかって罵《ののし》った。

ぬいは外ではできるだけ圭助のことは口外せぬことにした。お宅のご主人は、ときかれるのが骨身に徹した。

「はあ、何をしておりますやら」

と言って、さりげなく話題をかわした。しつこく粘られても、はあ、はあ、と要領を得ぬ返事をした。相手のほうがあわてて話を変えた。

ぬいは土地の良家に出入りした。その前から『コスモス』の同人になっていたし、およそ俳句をするもので、ぬい女の名をきかぬ者はなかった。ぬいが地方の、医者とか、弁護士とか、実業家とかの知名の家庭に出入りするようになったのは難事ではなかった。

ぬいは四十をこしたが、色白の大柄な派手な顔だちは三十四五ぐらいにしか見えぬ。濃茶の縦縞《たてじま》のお召に錦紗《きんしや》の黒紋付を羽織った姿は、背が高いという難を除くと、中年以上の男心をそそった。あまり艶色《えんしよく》がありすぎるという非難で相変わらず夫人たちには人気がなかった。

ぬいが自分の主宰誌『春扇《しゆんせん》』で育てた女弟子は十数人で、それもたいていの者はあまりぬいの性格の強さに恐れをなしてついてこなかった。その一人の若い娘も、『コスモス』の雑詠で伸びはじめると、

「あなたの実力ではありません。お父さんの商工会頭という財力がモノをいっているのです。『コスモス』という所はそんな政策的な一面がありますから、うぬぼれてはいけません」

と言って相手を怒らせ、以後絶縁となった。ぬいの嫉妬は必ず教師の妻にすぎぬという自分の卑屈と焦燥につながっていた。

しかし『春扇』は二号でつぶれはしたが、ぬい女の秀作を多く残した。その句は浪漫的な香りの強いもので人の心をうつものがある。彼女の性格として一木一草の客観をうつすよりも奔放な詩情を託した主観句にみるべきものが多い。彼女自身も、

「梅堂先生は写生句をやかましくおっしゃるけれど、ご自分のは主観句のほうが面白い」

と洩《も》らして自分の本心を覗《のぞ》かしている。が、そういう心をできるだけ抑え抑えして客観からはみ出ることを自戒した。ぬいにとっては梅堂は絶対であり、その教えは聖典であった。

そのころの梅堂の門下にも、その〝砂を嚙《か》むような写生俳句〟にあきたらず、主観句に奔《はし》る者があった。ぬいはその主張に心をひかれながらも、弟子たちには、

「俳句は心をさきにして作るのではなく、自然を虚心に詠《よ》むべきです」

と言い、梅堂のもとを背き去った者は、忘恩の徒であると悪口した。

ぬいは写生のためなら気のむくまま、どこへでも出かけた。思いたつと、矢も楯《たて》もたまらぬのだ。圭助が学校から帰ると戸締まりがしてある。こじあけてはいってみると、机の上に紙片があって行く先が書いてあるというふうで、そのまま二晩も三晩も帰ってこないことが多かった。

ぬいが好んで行ったのは英彦山《ひこさん》であった。高さ千二百メートル、北九州最高の山で、昔は修験者《しゅげんじゃ》の霊場であった。全山老杉《ろうさん》がしげって昼間も暗い。ぬいは宿をとって二日でも三日でも山を歩いた。

ある時、知人である二科の画家がこの山にスケッチにきて、山中でぬいと会った。巌角《いわかど》から現われたぬいは、髪は乱れ、顔色はなく、眼は憑《つ》かれたように光り、りんどうの花を手にもったその姿には一種の妖気《ようき》が漂い、画家は顔色を変えて宿に遁《に》げ帰った。昭和十年ごろのことである。

このころからしだいに彼女の神経に苛立《いらだ》ちが感ぜられ、様子が変わった。評する者は、

「昭和八年と九年とはぬい女の詩魂が最高度に飛躍発揮された年で、昭和十年となると彼女もにわかに衰微を見せて、その数もぐっと少なく、かつ、すこぶる精彩を欠いている」と言う。

その後、ぬいは『コスモス』にどれだけ投稿しても載らなくなった。

彼女の顔は日々憔悴《しょうすい》していった。あせればあせるほど、だめであった。

「先生のお側の連中が悪いのです。あの人たちが私に妬《や》いて邪魔しているのです。先生に会ってきます」

と言った。圭助が制《と》めてきく女でもなければ、そんな状態でもなかった。上京して、まず巴城の家に行くと、巴城夫婦はぬいの様子のただならぬのに愕《おどろ》き、いろいろなだめすかして九州に帰した。

七

ぬいはほとんど毎日のように栴堂に手紙を書いた。

「先生。私はもっともっと先生にお近づきしたいのです。弟子としてもっと先生の懐《ふところ》にとびこみ、愛されたいのです」

とも書いた。

「先生はおやさしい反面、冷たい方です。私は寂しくて仕方がありません。先生のご身辺に侍されている多くの方々が、先生の鍾愛《しょうあい》を恣《ほしいまま》にしていると思うと、ほんとに悲しくなります。でも先生、私をお見捨てにならないでください」

とも書いた。

「先生。どうぞわがままをお許しいただきとうぞんじます。私の俳句がどうして掲載にならないのでしょうか。悪いところはいかようにもご指摘くださいませ。なにとぞ、ご高教を賜わりとうぞんじます」

とも書いた。

しかし梅堂からの返事はめったになかった。

ぬいは毎日時刻になると門口に立ったが、郵便配達人は素通りした。知らぬ顔をしていく配達人の姿は、自分をかまってくれない梅堂の冷淡さをそのまま見る思いで、ぬいにはにくにくしかった。

句は相変わらず入選しなかった。彼女は日夜懊悩《おうのう》にやせた。家の中は、ぬいの喚《わめ》く声や、泣く声がして、訪問客を門口から遁げ帰らせた。

昭和十一年、梅堂は外遊に旅立った。船は箱根丸で、途中、門司に寄港した。ぬいは梅堂に会うため、花束をもって門司の港に行った。そのころ、汽船は横づけでなく、沖合いの停泊だった。ぬいは小舟をたのんで箱根丸に乗船した。一等船室の梅堂の部屋は人でいっぱいではいれなかった。ぬいは人に頼んで梅堂に通じてもらったが、忙しいのか梅堂は出てこずにかわりの者が現われた。そしてぬいの手から花束をうけとり、

「どうもありがとう。先生によく言っておきます」

と言って、何気なく、その辺に置いた。その人はせまい船室に持ちこんでも人でいっぱいだから後から持ってはいるつもりだったかもしれないが、ぬいにはそうは思え

なかった。梅堂にも会えず、すっかりいらいらしていた彼女はかっとなってその花束を奪いとるなり、束を崩してばらばらになった花を甲板いっぱいに撒《ま》いた。花は二月の寒い海峡の風に散った。

ぬいは下船してまた門司に上がり、昂《たか》ぶる気持にすぐにも立ち去りかねていると、箱根丸からランチが離れてこちらにくるのが見えた。それは梅堂の一行が他の船客や見送人と一緒に海峡にのぞむ和布刈岬《めかりのはな》に吟行するためだった。一行が桟橋《さんばし》から上がって、待たしてある自動車に乗りこむ姿を遠くから目撃すると、ぬいはたまらずに走りよった。しかし、もう梅堂も他の者も車内にはいっていた。

「先生、先生。わたくしもお供させてください」

ぬいは自動車のステップに片足をかけようとしたが、内側からばたんと音をたてて、扉《とびら》が閉まった。走り出る車内の中央には、澄んで端正な六十何歳かの梅堂の横顔が、ちらりと見えただけであった。ぬいは声を上げて哭《な》いた。

それでも、ぬいは梅堂が帰朝するまではと思った。その梅堂は数カ月間、ヨーロッパをまわり六月に横浜にかえった。

しかし、ぬいは『コスモス』同人を除名されただけであった。

彼女の句集年譜によると、この年、「句作を断念す」とある。

その後も、ぬいはしきりと梅堂に手紙を出した。その数は前後二百数十通に達したという。終わりになるほど常態を失った。文面は前後の意味がわからなくなり、一通一通、哀訴したり、憤慨したり、電報で前便の手紙を取り消したり、また以前にかえったり、支離滅裂であった。如意輪《にょいりん》観音がどうの、観自在菩薩《ぼさつ》がどうの、と書いたり、ぐるぐると墨を塗ったり、くしゃくしゃにしたり、しだいに健康人でなくなる状態が知られた。

ぬいは昭和十九年、圭助につれられてある精神病院にはいった。はじめは、俳句を作らねばならぬなどと口走り、しきりと退院をせがんだが、その後は、終日、ひとりで口の中で何かを呟《つぶや》いていた。

ある日、圭助が面会に行くと、非常によろこび、

「あなたに菊枕を作っておきました」

と言って布の嚢《ふくろ》をさしだした。時は夏であったから、菊は変だと思い、圭助が内部を覗くと、朝顔の花が凋《しぼ》んでいっぱいはいっていた。看護婦がぬいにせがまれて摘んできたのである。

圭助は涙が出た。狂ってはじめて自分の胸にかえったのかと思った。

ぬいは昭和二十一年に病院内で死んだ。五十七歳であった。看護日誌を見ると、連日「独言独笑」の記入がある。彼女をよろこばすどのような幻聴があったのであろうか。

火の記憶

一

頼子が高村泰雄との交際から結婚にすすむ時、兄からちょっと故障があった。兄の貞一《ていいち》は泰雄に二三回会って彼の人物を知っている。貞一の苦情というのは泰雄の人柄《ひとがら》でなく、泰雄の戸籍謄本《とうほん》を見てからのことだった。

その戸籍面には、母死亡、同胞《きょうだい》のないのはいいとして、その父が失踪《しっそう》宣告を記されて名前が除籍されていた。

「これはどうしたのだ。頼子は高村君からこのことで何か聞いたかい？」

滅多にないことだから、貞一が気にかけたのであろう。頼子の家では父が亡《な》くなってからは万事この兄が中心になっている。三十五歳、ある出版社勤め、すでに子供がいる。

「ええ、何かご商売に失敗なすって、家出されたまま、消息がないとおっしゃっていましたわ」

それはそのとおりに頼子は聞いていた。が、泰雄がそれを言った時の言葉の調子は何か苦渋なものが隠されているように感じられた。それで悪いような気がして、そのとき、頼子も深くはきかなかった。

「あまり変なことだったら、この話は少し考えるよ」

貞二は謄本を眺《なが》めて浮かぬ顔で言った。そういう兄の気持はわかっていた。〝失踪〟という文字に兄は暗い事情の伏在を考えているのだ。もともと、泰雄が天涯《てんがい》孤独であることが、兄や母は気がすすまなかった。肉親としてはやはりちゃんとしたところにやりたかったのであろう。しかし、頼子が泰雄を好きになったのだから、これは諦《あきら》めた。だが、それ以上に暗い秘密めいた内情が相手の家庭にかくされているのだったら、兄は考え直さざるを得ないというのであろう。

頼子は、ある商事会社に勤めていた。その取引先の会社に泰雄がいて商売上、よく頼子の会社にやってきているうちに近づきになった。頭髪は油気がなく、いつもばさばさしていて、服装も構わないほうであったが、眼《め》はやさしかった。あの眼の象徴化したのが仏像の慈眼《じげん》というのであろうと、頼子はひとりで微笑したことがある。

二人は社が退《ひ》けると、電話で誘って銀座で落ち合い、茶をのんだり、時には映画をみたりするようになった。泰雄は口数も少なく、動作も無器用であったが、誠実さが溢《あふ》れていた。それは彼の日ごろの仕事面にもあらわれていて、取引先である頼子の社の者は誰でも、彼に好感をもっていた。泰雄は両親なく縁辺《よるべ》の者もない環境の中で、働きながら勉強してきたという経歴に似合わず、いつまでも世慣れのしない稚《おさな》さがどこかあった。

頼子は泰雄と結婚する決心がつくと、兄に話して彼と会ってもらうことにした。二三度、兄は泰雄と会ったが、その印象はよかったようである。ただ、彼が全くの孤独なのが多少気にそまなかったが、だいたい、結婚には同意してくれた。そのため泰雄の原籍地役場から戸籍謄本をとりよせたのだが、そこではじめて彼の父の名が〝失踪宣告ニヨリ除籍〟されてあるのを見たのである。戦時にはあることだが、平常《ふだん》は珍しかった。

「よしそれじゃ、おれが確かめよう」

そう言って兄の貞一は、そのことで泰雄に会ってきたらしい。その後で頼子に、

「おい、おまえの聞いたとおりだ、あれはもういいよ」

と言った、その言葉で兄に納得がいったということがわかった。事実、それからすぐに結婚の話がすらすらと進んだ。それで、泰雄の父の失踪の事情は、兄が気にかけたほどのことはなかったのだと頼子は安心した。

しかし、問題はそれですんだのではない。

泰雄と頼子は式をすませて湯河原《ゆがわら》に新婚旅行した。一夜をそこで送ると、泰雄は急に伊豆に回る予定を変えて、房州のある漁村に行ってみようと言いだした。

「まあ、そんな所、何があるんですの?」

と頼子は愕《おどろ》いて泰雄の顔を見た。

「いや、何もないけれど——とにかく前から行ってみたいと思っていたんです」

泰雄は頭髪を指でがりがり掻《か》きながら、弱った表情をした。

泰雄が言うように、行ってみて、そこはやはり何もない寂しい普通の漁村であった。二人はその村にたった一軒しかない、魚臭い宿に泊まった。どうしてこんなところに来なければならないのか、頼子はわけもわからず少し情けなかった。

「いや、すまないすまない、急にこういうところに来てみたかったのでね、どう、夜の海を見に行かない?」

泰雄は少し機嫌《きげん》を悪くしている頼子をすかすようにして海岸につれだした。月のない晩で、ほの白い砂浜を劃《くぎ》って、真っ黒い海がねっとりと塊のように見えた。岸を儞《は》う単調な波音のくり返しと汐香《しおのか》の強い風だけで沖に漁火《いさりび》一つなかった。泰雄は黙ってその真っ暗な海面を眺めていた。

頼子はふとここで泰雄が何か言いだすのではないか、と思った。たとえば、告白の

ようなものを。——が、泰雄は頼子の指を重ねて握っただけで、しばらくすると、

「さ、帰ろう」

と、ゆっくり言った。気のせいか、それはいかにも何かを言いだしそびれた、という感じであった。頼子はひそかに緊張していた気持を軽く突き放された気がした。

泰雄が、そのことを打ち明けたのは、それから二年もたってである。長い迷いの末、やっと話す決心になったというふうだった。

二

僕の父は三十三歳で行方不明となり、母は三十七歳で亡くなった。父の失踪は僕が四つのときで、母の死は十一のときだった。母の死後二十年ほどたつ。

僕は父母の素姓をはっきり知らないが、父は四国の山村が故郷で、母のほうは中国地方の田舎が実家だ。が、両親とも他国に出てからは一度も生まれ在所に帰ったことはないということだ。今日まで、僕も両親の郷里に行ったこともなければ、郷里の人たちの訪問をうけたこともない。要するに、典型的な流れ者なのだ。

したがって父母の身の上については他人の口から聞くよしもなかった。三十七歳ま

で生きた母も、僕にはあまりそんなことを話さなかった。

父と母が一緒になったのは大阪だということだけは聞いた。しかし四国の山奥の青年と中国地方の片田舎の娘とがどのような縁で大阪で結ばれたかはわからない。しかしこの結婚は、どちらも故郷を出ていわゆる旅の空でできあったのであろうことは想像がつく。事実、母は死ぬまで戸籍面では内縁関係であった。当時、父は何をしていたであろうか。父のことになると母は不思議に話を回避した。

僕は本州の西の涯《はて》B市で生まれた。大阪からB市に両親が移った事情もはっきりしない。

父は、僕が四つのとき失踪したから、僕の父に対する記憶はほとんどない。印象も残っていない。写真すら見たことがない。あるとき、僕がそれを母に言ったことがあるが、

「おまえのお父さんという人は、写真にうつることが嫌《きら》いでのう、とうとう撮らずじまいだったよ」

と母は言った。

そのころの父の職業は何だったか。母にきくと、

「石炭の仲買いでの、始終、商売で方々をとびまわって忙しがっていなさったよ」

ということだった。それが欧州大戦後に襲った不況で山のような借財が重なり、ついに朝鮮に渡ったきり、行方不明になったというわけだ。「大正×年――日、届出ニヨリ失踪ヲ宣告」と戸籍面で父の存在が抹消《まっしょう》されたのは、それから十年もたって後である。

実際、父の足跡はそれきりかき消えてしまった。生きているのか死んでいるのか、もとよりさだかでない。生きていれば、今年六十歳のはずだ。

「ちょっと神戸まで行ってくる」

と言って、トランク一つ提げて家を出ていったそうだ。商用で旅は常だったから、母は怪しみもせずに出した。それが父の最後の姿だった。最初からその計画で家出したのか、途中でその気になったのかわからない。遺書一つない。朝鮮行きの連絡船で見たという人もあった。

その後の母は僕一人を育てながら、後家を通した。暮らしには小さな駄菓子《だがし》屋を出した。前の往還は二里ばかりはなれた旧城下町に通じたから、電車も何もない時分のことで、かなりの人が歩いて通った。そういう人が中休みに寄ったりして、まず親子二人だけたべる商いはあった。付近の眺望《ちょうぼう》のよいことは今も変わりはない。

前にも言うとおり、僕は父について全然憶《おぼ》えはないが、三つか四つのころの記憶というものは硝子《ガラス》の細かな破片のようにちょいちょい連絡もなく淡く残っている。その幼い記憶には母の憶えはあっても父の姿がない。もちろん父の家出前だから家にいたはずである。僕は幼いころの記憶を思いだして、よく母を驚かしたものだが、家に父がいたという印象がどうしてもないのだ。

たとえば、そのころの僕の家はすぐ裏は海になっていて、冬の風の強い日は浪音《なみおと》が高く、僕は懼《おそ》れてよく泣いたらしい。僕も母にだかれて愛撫《あいぶ》されたような憶えはぼんやりあるが、ついぞその時、父の姿がそこにあることを思いだしたことがない。

夜は暗い海をこして対岸の島や灯台の灯《ひ》がみえる。母は僕を抱き、その灯を指して機嫌をとった。黒い山影を背負った島の灯が砂粒のように光っている。そういう時でも、父が一緒にいたような記憶がない。

家の前は往来を隔てて藪《やぶ》の深い丘があった。夏には蛍《ほたる》が家の中に飛んできて、吊《つ》った蚊帳《かや》の周囲でひっそりと青い光の呼吸をしていた。僕と母は寝ころんでそれを見ている。その時も、母子二人だけで、父らしい姿が横に寝ている気配はなかった。

つまり、僕には父が家の中に一緒にいたという気がどうしてもないのだ。

三

父は自分の家にはいず、どこか別の家にいたのではないか――僕はそう思った。そ

れにはそう考えてよい或《あ》る記憶があるからだった。その時、僕がすぐくたびれるので、

——僕は母の手にひかれて暗い道を行っていた。

母は道の途中でよく休んだ。

その時分の僕の思い出には、ガラス瓶《びん》を製造している家の光景と、あかるく提灯《ちょうちん》の灯を道路までこぼした大師堂とがある。ガラス瓶つくりの職人は、火の前に立ちはだかって口に長い棒を当て、棒の先の真っ赤なホオズキのようなガラスを吹いていた。大師堂からは哀切な御詠歌の声が遠ざかってゆく僕の耳にいつまでも尾をひいた。

——これは今でもなつかしい遠い幼い日の思い出である。

あるとき、僕がこれを話すと、

「おまえはよく憶えている」

と、母は少し愕いていた。

「あの時はどこへ行ったの？」

と僕がきくと、

「買い物に行ったんじゃろう」

と母は何気ないように応《こた》えた。

嘘《うそ》だろう、と僕は思った。夜、暗い道を歩いて何を買いにいったというのであろう。

あの道は遠いようだったし、たびたびそこを通った記憶がある。

——あれは父に会いにいったのではなかろうか。どうも、そんな気がした。父が他所《よそ》の家にいて、母子二人で会いにいった。それに違いない。僕は今でもそう思っている。

では、父はなぜ、別の家にいたか。母が僕を背負ってそこを訪ねて通ったのは、どのような事情か。

母の生前、僕はこのことをきくことができなかった。それは何となく両親の秘密を衝《つ》くような気がしたからだ。

たしかにそれは秘密の臭《にお》いがした。それも一種の忌《い》まわしさで僕の記憶に残っている。

それは父とは思えない一人の男の影がからんでいるからだ。もとより、その男がどのような顔や姿だったか憶えはさらにない。しかし、そのころの母に関する思い出には、そんな男の残像もあるのだ。

今も憶えている、こういう記憶がある。やはり母が僕を連れて夜道を歩いているのだが、その母の横にその男が歩いていた。僕は母とならんでいるその男の背中をはっきりと憶えている。

その時、母が手をひいている僕に言った言葉も忘れていない。

「おまえはええ子じゃけん、今夜のことを人に言うじゃないよ。おまえは言うなというたら、言わん子じゃけんのう」

これを思いだすたびに、僕は母に憎悪《ぞうお》を感じるのだ。ある忌わしい懐疑は神経にべとつく。僕は成長するにつれて、その意味がわかってきた。三つか四つの幼児に口止めした母の心底に僕は唾《つば》を吐きかけたいくらいの憎しみを覚えだした。

こんな記憶があるから、僕は母に何もきく気がしなかった。いや、できなかった。

僕は母の秘密を憎みながらも、かばっていたのであろうか。

それでも、いつか、一度だけ、それとなく母にたずねたことがある。

「あのころ、家に始終くる誰かよその小父《おじ》さんがいたろ？」

「いいや」

と、母は首を振った。

「では懇意な人はいなかったかな？」

「おらん。どうして、そんなことをきくんなら？」

僕はそれで黙った。

こういう記憶もある――

真っ暗い闇《やみ》の空に、火だけがあかあかと燃えているのだ。赫《あか》い火だ。それは燃えさかっている火ではなく、炎はゆるく揺らいで、点々と線を連らねていた。山が燃えているのであろうか。なるほど火は山の稜線《りょうせん》のような形を這《は》うように燃えている。

幼い僕は母の手を握って、息を詰めてこの光景を見ていた。この闇の夜に、魔術のように燃えている火の色は、僕は後年まで強く印象に残って忘れることができなかった。

ところで、この光景をその場で見ていた者は母と僕だけではない。あの男がいたのだ。母とならんで、彼が立っていたのを憶えている。暗がりの中でこの山の火を三人で見ていたのだ。

四

父は家にいない、母はどこかにいる父に会いにいく、その母には別の男がついている——、そういう淡い記憶が、どれだけ僕を苦しめたかしれない。もとよりそれは記憶と呼ぶにもたよりない遠いものだ。あるいはただの幻想かもしれない。なにぶん、三四歳のころの思い出だから。

しかし僕は単なる幻想とは思っていない。事実、それを証明するような出来事が、二十数年後起こったのだ。

今から数年前の母の十七年忌だった。母が三十七の生涯《しょうがい》を了《お》えてから十六年だった。兄弟もなく、親類縁者もない僕は、古ぼけて色褪《いろあ》せた母の写真を仏壇にかざり、寺の坊さんにお経をあげてもらって、ひとりだけの侘《わび》しい法事を営んだ。いかなる秘密を持っていたにせよ、僕にはやはり母である。

その際、生前母が手函《てばこ》にしていた古い石鹼《せっけん》の空箱を行李《こうり》の底から引っぱりだしてあけてみた。その中にある母の写真をとりだすためだったが、函の内部にはその他、母の知人らしい婦人の写真とか、その子供の写真とか、およそ縁もないつまらぬ写真が十枚ぐらいあった。僕は小さい時からそれを見慣れているからつまらないことはわかりながらも、久しぶりだから、それを手にとって一枚一枚見ていた。その時、ぱらりと一枚の褐色《かっしょく》になった古ハガキが写真の間から離れて落ちた。

その古いハガキも僕には見覚えがある。誰かが死んだという通知のありふれた文句だった。こんなものをどうして大事そうにいつまでも保存しているのかと、それを見るごとに母の晩年の何でも蔵《しま》っておく癖をわらったものだった。

もう渋紙色したそのハガキのうすい文字は『河田忠一儀永々療養中の処《ところ》、薬石効無く——』という極《き》まり文句の死亡通知だった。普通はたいてい活版刷りだが、これはへたな字で書いてあって、B市にいたころの母あて、差出人は九州N市で恵良寅雄という名で、日付は二十年前のものだった。これは以前から見慣れた奇もないハガキだから、気にも止めず、その時も、そのままましまった。

前から何度も見慣れたというのが盲点であったろうか、今まで一度もそのハガキについて疑念を持ったことはなかった。

ところがそれから二三日して、奇妙なことに、電車の中でふとこのハガキが頭に浮かんだ。全く、何の脈絡もなく不意と思いついたのだ。

あの死亡通知の『河田忠一』とは何者であろう？　今日まで、単に誰か母の知った人間であろうくらいに考えていて、昔から少しも疑問をはさまなかったこの名が急に気になりだした。『死亡通知』という形式的なハガキの文句が、今までさほどの意味を考えさせなかったのである。

そういえば、死んだ本人の名と、通知を出してくれた人間の姓が違い、近親者でもなさそうなのが変だ。たいてい、『父何某儀』とか『兄何某儀』とか書いて通知した者との続柄《つづきがら》がわかるのだが、単に『河田忠一儀永々――』とあって、それも判然としない。

僕はとにかく、ハガキの差出人九州N市の恵良寅雄という人あてに河田忠一という人物のことを問いあわせてやった。もちろん、もしやとは思ったが、この時まではっきり僕の幼時の記憶にあるあの男と河田忠一とを結びつけたわけではない。

この問いあわせの手紙は符箋《ふせん》がついて空《むな》しく帰ってきた。死亡通知のハガキは二十年も前だからこの長い期間に転居したに違いないし、受取人居所不明となっても無理はない。これで僕の手がかりはなくなった。

しかし、それから三カ月ばかり後だったか、僕はある必要から電話帳を繰った。その際、ふと思いついて『エ』の部をさがしてみたが、恵良という姓がきわめて少ないことがわかった。東京都の電話帳にも記載が稀《まれ》なくらいだから、この姓が珍しいことがわかる。僕はここに目をつけた。

僕は九州N市の市長に手紙を書いた。どうしても貴市管内にいると思われる恵良という人を捜したい。ついては恵良という姓はそうザラにないから管内の米穀配給所に問いあわせていただいて登録台帳の恵良氏の住所をお知らせ願いたい。自分が捜しているのは恵良寅雄という人だが、あるいは死亡ということも考えられるから、とにかく恵良姓の住所氏名をピックアップしてお知らせくださいと頼んでやった。

この無茶な依頼は、親切なN市長によって聞きとどけられた。市長はもの珍しく思ってか部下に管内十数カ所の配給所を調査させたのであろう。N市役所から三軒の恵良姓の住所を知らせてきた。それには寅雄という名はなかったが、僕はこの時ほど遠地の市長の好意に感謝したことはない。

それがわかると簡単だ。僕はその三軒の恵良家に手紙を出して、恵良寅雄氏という人をご存じないか、と問いあわせた。返事のくるまでの十日間は長かった。するとその一軒の恵良家から、「寅雄は自分の亡父だ」という返事がきた。死んでいるのにはちょっと落胆した。が、重ねてその家に問合わせを出した。実は寅雄さんがご存じだと思われる河田忠一さんのことを知りたいのだが、というのだ。その返事は折り返してきた。

「河田さんは亡父の知りあいでした、母はまだ健在で、河田さんのことを少しは知っています」

という文面だった。

僕は胸を轟《とどろ》かせた。

五

僕は東京を出発して九州に向かった。N市は、僕の生まれた土地B市から汽車で二時間ばかりで、筑豊炭田《ちくほうたんでん》の中心地だった。僕がN駅に降りたのは二十五時間の車中の後だった。

所書きをたよりに、たずねまわって、やっと目的の家についた時は夕方が近かった。そこは炭坑地で、恵良さんの家は炭坑員住宅の長屋の一軒だった。

僕に返事をくれた恵良さんは出勤中で留守で、老母がいた。つまり、恵良寅雄の未亡人だ。

僕が持ってきた例の死亡通知のハガキを出すと、老眼鏡をかけて見ていたが、

「はい、亡くなった主人《つれあい》の字です。河田さんが死ぬる前に、自分の死後、ここに知らせてくれと頼まれた中の一枚です」

と言った。

恵良寅雄は河田忠一と懇意だった。恵良は以前から土地の者であったが、河田は中年になってこの土地に流れてきて行商などをしていた。女房もおらぬ独り者で、家が近かったから知りあいとなった。(それがあのハガキの住所だ) そういう話だった。

「河田さんは胃癌《いがん》で死んだのですが、いよいよだめだと思ったのでしょう、主人を呼んで、自分が死んだら、これこれの人に知らせてくれ、とても葬式などには来られぬ人たちだから、知らせるだけでよい、と言って宛先《あてさき》を書きつけていました。何でも、二三人ぐらいしか書いてなかったと思いますが、このハガキはそのとき書いた宛先の

一つで、たしかに主人が出しました」

と老母は言った。僕が河田忠一のことをもっと知りたいと言うと、

「河田さんが死んだのは五十一の時で、何でも他所の土地で長いこと警察勤めをやっていたが、ある失敗があってこの土地に回されたということでした。でもまもなくこちらの警察も辞めて、行商などして暮らしていました」

とまでは言ったが、それ以上は知らなかった。

念のため、

「では、河田さんは、自分の死後、知らせてくれといった先の人たちの話は何もしませんでしたか」

ときいたが、

「いいえ、ただ知らせてくれというだけで、どんな間柄の人か何も話しませんでした」

と言うだけだった。結局、深いことはわからなかった。河田忠一と母との間には、どんなつながりがあったのか、やはり解けなかった。僕が胸を轟かせて東京から来たかいは、まずなかったと言ってよい。

外に出た時はすでに陽《ひ》が落ちて蒼茫《そうぼう》と暮れかけていた。老母は気の毒がって、途中の道まで見送ってくれた。その道には方々の家から七輪に燃える石炭の青白い煙が流

れて靄《もや》のように立ちこめ、さすがに炭坑地帯に来たという旅愁を感じた。

N駅から帰りの汽車に乗った。すでに窓外は真っ暗な夜となっていて、炭坑町の灯が流れていった。僕は窓に凭《もた》れて、何だか重い気持に沈んで、ぼんやり外を見ていた。

その時だ、その外の闇の中で、高いところに真っ赤な火の燃えているのが望まれた。火は山形の直線に点々と炎をあげている——。

この景色こそ夢幻のように幼いころの記憶の中にしまったものだ。ああ、少しも違わぬではないか、あの火、あの火、母が僕を背負い、あの男が横に立っていて、三人で見た同じ火。

それは炭坑のボタ山に棄《す》てられた炭が自然発火して燃焼している火だった。ああ、これだったのかと僕は思った。息が苦しいくらいだった。遠い幼い日の追憶が、今現実となって眼《め》の前にある。

——すると、母はかつてここに来たことがあるのだ。その時、僕を連れていたのだ。何のためか言うまでもない、この土地に流れてきた河田忠一に会いにきたのだ。この火を三人で見た記憶のあの男こそ河田忠一だった。夢のような僕の幼時の記憶は幻想でも何でもない、やはり事実だった。

母と河田忠一とはしきりに(それはついに僕の脳裡《のうり》にやきついたほど)僕の眼の前

で会っていたのだ。河田がこの土地にくる前にいたというのは、おそらくB市に違いない。

「おまえはええ子じゃけん、今夜のことを人に言うじゃないよ」

と暗い夜道を歩きながら言った母の言葉を思いだす。その横にならんで歩いている男の背中を僕は憶《おぼ》えている。あれが河田忠一だ。

それでわかる。父が家に寄りつかなかったことも、ついに行方をくらまして失踪《しっそう》したことも。それから、河田が自分の死を母に知らせてくれと恵良に頼んだことも、母がその死亡通知をいつまでも保存していた理由も。

車窓の闇の中をボタ山の火はしだいに遠のいていった。その火はあたかも僕の母に対する長年の疑惑の確証のようであった。僕は頭に血が一時にのぼり、汽車の窓枠《まどわく》を力いっぱい摑《つか》んでゆすった——。

僕は失踪した父がかわいそうでならぬ。それを思うと、母への不信は憎んでも憎みきれぬ。

僕は自分の体内まで不潔な血が流れているような気がして、ときどき、狂おしくなるのだ。

六

泰雄が頼子に語った話は以上のようなことであった。蒼白《あおじろ》い顔になっていた。

「君の兄さんから僕の父の失踪の事情をきかれた時に、いっそ話してしまおうかと思ったが、それができなかった。商売で失敗したという表面のことしか言えなかった。こんなことは結婚の前に君に言うべきだったかもしれぬ。しかしそれもできない。はじを思うと勇気がなかったんだ」

ああ、それで新婚旅行の晩も、わざわざ房州の海岸に回って打ち明けようとなすったのね、それでも、とうとう話せなかった——頼子は心でそう呟《つぶや》いた。

今、思いきって話した、という心の安まりが、泰雄の悲しい表情のどこかに漂っていた。それは、告白したから、この上は、頼子の愛情に凭《よ》りかかっている——というように見えた。

頼子は兄の貞一に会って泰雄の話をした。頼子はこの兄には何でも言えた。

兄の貞一はさして真剣な顔もせずに聞いていた。話が終わっても、煙草《たばこ》を喫《す》っているだけで、格別の意見も言わなかった。

しかし、貞一がその話を熱心に聞いていたのだ、ということはまもなくわかった。

それは後日になって頼子に手紙をくれたからである。手紙の文句はそう長くはなかったが、示唆《しさ》の多いものだった。

いつか、頼子が僕に言った泰雄君の話は、種々なことを考えさせられた。

しかし、泰雄君に考えの足りないところもある。つまり、まだ本当のことを知っていないのではないか。

泰雄君はお父さんの失踪の原因は表面では商売の不振、実はお母さんと河田らしい男との不倫な関係が原因で行方を絶ったのだと決めているが、それは少し理由が弱い。お父さんは、家出前でも、家にはいなかった。どこか他所《よそ》にいた、お母さんはそこに会いにいっていたらしい――泰雄君は幼い記憶でそう言っている。そのお母さんに影のように河田らしい男がついていたのだという。

その河田の前職、つまりB市にいた時の職業は何だろう、懇意だった恵良の老母の話では警察にいたというではないか、泰雄君はこの河田の職業のことを考えていない。

泰雄君は河田が始終お母さんの追憶の中に出てくると言ったが、それを河田の警察関係の職業から考えてみよう。警察の者がそのように他家に始終いたということはどういうことだろう。頼子は〝張り込み〟ということを知っているね、ある犯人を捕まえるために、刑事がその来そうな家にいて待ち伏せしていることだ。

もう、回りくどいことは書くまい、君の話を聞いてすぐいつか読んだ本のことを思いだしたのだ。社の調査部にある何か警察関係の本だったので、四五日がかりで捜しだした。それは犯罪捜査技術についての文章で、その中に実例として一つの例が載っていた。それを僕は憶えていたのだ。本から次に写してみよう。

「——犯人の留守宅の張り込みについてはよく注意しなければならぬ。犯人は家族や情婦にはよく秘《ひそ》かに通信や連絡をとるものだからである。この場合、警察官は家族の者を威嚇《いかく》したり厭悪《えんお》の念を起こさせてはならぬ。むしろ彼らの協力を得るよう、よく理解させ、そのような犯人を出した家族に同情ある態度をとるがよい。しかし、それも行き過ぎがあってはならぬ。家族の中には犯人を庇護《ひご》するあまり、張り込みの警察官を買収しようとしたり、あるいは他の方法で籠絡《ろうらく》しようとする者もないではないからである。

昔、筆者がある地方の警察署長をしていたときのこと、部下に優秀な刑事巡査がいた。そのころ、京阪地方を荒らす詐欺《さぎ》団の首魁《しゅかい》がいて、それが舞い戻って管下の家族とひそかに連絡をとっているらしい情報があった。それで、その刑事を当たらせたが、なかなか辛抱強く留守宅に張りこんでいた。ところがそこの犯人の妻女に同情のあまり、つい職分を忘れてしまった。つまり、犯人の逮捕を目前に控えながら、その犯人の妻女への愛情にひかれて見のがしてしまったのである。犯人はそれきり行方がわからず今日に至るも知れない。このような例はままあることで――」よく似た事件だ。おそらく泰雄君の話の事件かもしれぬ。頼子よ、泰雄君のお母さんは自分の夫を逃がすため、河田刑事に体当たりしたのだ。女の、最後の、必死の、かなしい方法で――。

河田はその失敗のためB市からN市に遷《うつ》された。この優秀な刑事としては覚悟の前であった。しかし泰雄君のお母さんの気持はそれですまぬ、あたら有望な男を台なしにしてしまった、その気の毒さがお母さんをN市の河田のもとへ会いにいかせたのだ。そしてその夜、泰雄君の記憶の中に三人で見た夢幻的なボタ山の火が残ったのだ。河田は死ぬまで泰雄君のお母さんのことを思っていた。だから、自分が死んだら、お母さんにも知らせてくれと言い残した。その死亡通知のハガキをうけとって、お母さんも深い言いしれぬ感慨があったに違いない。いつまでもそのハガキを篋底《きょうてい》に保存していたのだ。女の気持はそんなものであろう。

兄の手紙はそこで終わっていた。

——女の気持はそんなものであろう。

頼子はその最後の文句を、も一度見直した。

そして兄の手紙をたたんで指先で細かく裂いた。泰雄がどんな人の子であろうが、もはや、わたしには問題ではないのだ——というふうに。

断《だん》碑《ぴ》

一

木村卓治《たくじ》はこの世に、三枚の自分の写真と、その専攻の考古学に関する論文を集めた二冊の著書を遺《のこ》した。

その一つの「日本農耕文化の研究」に収められた論文は今日の新しい日本考古学の転機となったと言う人がある。明治以来の日本の考古学は、発掘した遺物遺跡の測定、形や紋様の分類、時代の古さ新しさを調べるだけで、それを遺した人間の生活を考えようとはしなかった。たんに品物をならべて説明するだけの考古学であった。今の若い考古学者の意見は、たとえば「考古学においては自然科学的な面はあくまでも手段にすぎず、その目的とするところは結局、人文科学的な面にある。つまり確実な資料をもととして、それから過去の文化なり社会なりを正しく復元しなければならない。そしてその過程に人文科学的な理論を必要とすることもちろんである」というふうになっている。

考古学を古代社会の層位学とし、文化史的な考究をしたいとは二十数年前木村卓治が言いだした。彼はこんなことを書いた。

「考古学者は日常遺物遺跡の取りあつかいにつとめその形を注意するのである。とくに数少ない幾人かの優れた学者は、物の深さを正確に現わすことに成功した。しかし、物の深さはその物の深さによってかえって精神の深さよりも浅く見えることがある。つくられた物よりも、つくった精神のほうが常に深い」

こういう文学的な表現は、彼が当時ヴァレリーに酔っていた結果である。日は思念を明かるくす、思念は夜を明かるくす、というこのフランス詩人の言葉を彼は手帳に書きつけていた。

当然のことながら、当時の考古学者は誰も木村卓治の言うことなど相手にする者はなかった。考古学が遺物の背後の社会生活とか、階級制の存在とかいうことにまでおよぶのは論外だった。黙殺と冷嘲《れいちょう》が学界の返事であった。

今になって、木村卓治を考古学界の鬼才とし、彼が生きておれば今の考古学はもっと前進しているだろうとは学者の誰もが言う。

しかし、木村卓治が満身創痍《そうい》で死んだと同じように、これらの人々も卓治のための被害者であった。

木村卓治の一枚の写真を見ると、ベレー帽を被《かぶ》った斜め向きの半身像で、考古学徒というよりも、画家か詩人の感じがする。広い額と、出ばった頬骨《ほおぼね》と、短い顎《あご》という顔の輪郭の中に、つりあがった眉《まゆ》と、眼鏡の奥の切れながの白い眼と、多弁な薄い唇《くちびる》とがおさまっている。見るからに精悍《せいかん》な、短気な顔をしている。

一枚は鎌倉の大仏を背景にしたもので、友人と一緒である。友人のおだやかな顔にくらべ、卓治は眼を据《す》え、口をへの字に曲げて顔をつきだし、ステッキを斜《しゃ》にかまえて、昂然《こうぜん》といった格好でうつっている。

あとの一枚は、巴里《パリ》のどこかの地下鉄の入口らしい階段の所で、これはひどく弱々しい微笑をしている。外国の群衆に囲まれた彼の肩のあたりの印象がいかにも頼りなげに寂しい。誰も見知った者のいないこんな場所で思わず本心を見せたという感じがする。

この三枚の写真とも、いずれも木村卓治を説明しているような気がするのである。

彼の論文集の巻末にあるはなはだ簡略な年譜を見ると、明治三十六年の六月に奈良県磯城《しき》郡△△村に生まれている。ここは「万葉集」などにある三輪山《みわやま》に近い土地である。大正九年畝傍《うねび》中学を卒業すると、近所の小学校の代用教員となり、月俸《げっぽう》二十円をうけた。その後、二つばかり学校をうつり、大正十三年退職して上京したとある。

雑誌『考古学論叢《ろんそう》』に載った彼の最初の調査報告が大正十一年だから、気負って上京する二年前に、すでにそのようなものが、彼には書けたのである。

彼の考古学への勉強は中学生のころからで、畝傍中学校の標本室が彼に影響を与えたのは想像にかたくない。標本室には石器、土器、埴輪《はにわ》、古瓦《ふるかわら》等が分類して克明な説明をつけて陳列してあった。それは以前にその学校に在任していた東京高等師範出の教師が採集して残したもので、卓治が後に東京帝室博物館歴史課長となっていた当年の教師、文学博士高崎健二を頼って出京したのはその因縁によった。

二

木村卓治が代用教員のころ、最初に考古学の教えをうけていたのは京都大学の助教授杉山道雄からである。卓治のいる土地から京都までは汽車で二時間ぐらいで行けるので、たびたび杉山を訪ねていった。

そのころ、考古学の雑誌に杉山道雄はよく書いていた。他の執筆者が大家だけに、杉山の論考はいかにも新進学徒らしい先鋭な印象をうけた。当時の著名な考古学者は同時に歴史学者であったり古美術学者であった。そこに明治以来の日本の考古学の古さが匂《にお》っていた。

杉山道雄とならんで、東京からは佐藤卯一郎が出てしきりと論文を発表していた。

佐藤は東京帝室博物館の若い監査官であった。杉山と佐藤の二人は何か新鮮な存在として彼に映っていた。

杉山道雄は卓治より十歳ぐらい年上であった。学歴は中学校だけである。身体《からだ》が弱くて河内《かわち》の土地を歩きまわっているうちに、遺物に興味をもち、努力して考古学を勉強し、東京大学教授山田良作に識《し》られてその弟子となった。その経歴も彼に共感を起こさせた。彼は学説の新鮮と境遇の相似とに惹《ひ》かれて、杉山の門を叩《たた》いたのである。

卓治は、杉山の所に行くごとに、自分が発掘して実測した物や、遺跡の調査報告を忘れなかった。それについて批評や教えを請《こ》うた。

杉山道雄は初めは彼に好感を持った。熱心なことと、一途《いちず》に向学心に燃えていることはよくわかった。意見もなかなか鋭いうえに、着想も妙である。杉山は一人の学徒を得た思いで、親切に指導するつもりであった。

「君はこのままでいくと大成するね」

とみすみす甘い言葉の一つも言ってやりたくなった時もあったであろう。

彼は杉山を〝杉山さん〟、〝杉山さん〟と言って訪ねた。それで杉山は彼の態度に多少気負ったところもあるが、弟子のような気持でいた。

ところが杉山の耳に、彼がかげでは杉山のことを〝杉山君〟と呼んでいるという噂《うわさ》がはいったのである。杉山はイヤな顔をした。

杉山はしだいに卓治がくるのを煩《わずら》わしく感じるようになった。そう思うのは彼が疎《うと》ましくなったのである。

すると、卓治の気負った態度まで杉山には嫌味《いやみ》に思えてきた。学校へ訪ねていっても私宅に行っても先方の都合は考えずにいつまでも居すわっているのを、はじめは熱心な男だと解釈していたのが、しだいに横着な奴《やつ》だと思うようになった。学問には鋭いところがあるが、それを自負して高慢な様子が見える。実際、杉山のところへ来る他の学生が彼と同座するのを嫌《きら》いだした。

杉山は彼が行くと、ときどき留守を使うようになった。

卓治は杉山のこの変化を敏感に感じとった。

卓治は杉山の所に行くのを一番の愉《たの》しみに思っていた。彼の職業である小学校の代用教員は毎日索然と味気ない勤務だった。時間があるようで実は雑務が多忙である。発掘や遺跡の調査に行く暇もなかなか得られなかった。そのことはよけいに教員生活を不快にした。彼の家は二町歩《ちょうぶ》ばかりの中農である。両親や兄弟は百姓だったので、学問のことは皆目わからず、なんの心のつながりもなかった。夜、二時までも三時までも起きて勉強する時間と、月に一度か二度、勤めを休んで杉山の所に話をききにいくのがただ一つの充実した人生の意義のようにうれしかった。

杉山の所に見せにいく遺物も、遺跡などからは他人に掘られていいものが出ぬまま、夜中の人目のない時に、懐中電灯たよりにひそかに古墳の横穴を発掘して獲たものもあった。盗掘といわれても仕方のない行為であった。それだけ考古学に燃えていた。杉山のところでいつまでも粘っていたのは学問的な雰囲気《ふんいき》からなかなか立ちあがりたくなかったからだ。話しだすと気負った言い方になった。最近の雑誌に載った論文の批評や、自分の調べた実測図などひろげて説明をはじめたら夢中になった。

杉山のもとに出入りする学生と同座すると、彼らの学問の話の幼稚さが目立った。彼らが考古学とはなんのかかわりもない世間話をよく平気でするのが不思議で仕方がなかった。卓治は考古学以外の話をしたことはなかった。学生たちが面白そうに雑談を始めると、彼はわざと当てつけるように考古学の話題を高い声で言いだした。学生連中から嫌われることは承知のことであった。

それは中学校だけの学歴の彼の一種の劣等意識からくる反発でもある。自分より高い教育をうけた同年輩や下のものに、彼は生涯《しょうがい》、冷たい眼を向けとおしであった。卓治がかげで〝杉山君〟と言っているというのは、彼を憎む学生の告げ口であった。

三

卓治が東京の高崎健二に手紙を出したのはそのころである。

高崎健二は博物館の歴史課長であったが、その二三年前に学位をとっていた。東京高等師範学校の史学科出だったが、考古学は畝傍中学の教師時代に、大和《やまと》一円を歩きまわって勉強した。高崎の研究は主として古墳墓関係であった。

卓治の手紙はこれからの指導を熱心に頼んでいた。今まで調査したノートもそれに添えた。

高崎は卓治が畝傍中学校の出身というのにまず好意をもち、それから送ってきたノートを読んで感心した。雑誌『考古学論叢』を編集している高崎は、よい調査報告の原稿ができたら掲載してもよいと親切な返事をした。

これは卓治を異常に喜ばせた。杉山との間がなんとなく気づまりになっていた時なので、よけいであった。第一に発表機関を与えられたのは予期もしなかった恩恵であった。彼は胸がはずんで夜が眠れぬのに困るほどだった。

卓治は二日ばかり徹夜して原稿を書きあげ、高崎に送ったが、さすがに自信がなく、没にしていただいても結構です、とつけたした。しばらくはその原稿の字句や小さな個所の悔恨やが頭から離れず、何事も手につかなかった。

その原稿はそのまま『考古学論叢』第十三巻第三号に載った。「大和の家型埴輪出土の二遺跡」という題名ではじめて活字になった。高崎からは二三の注意とつづいて何か書いてみるように、との手紙が来た。

これが鞭《むち》となった。考古学研究へ彼は馬のように奔《はし》ったのである。

卓治の調査は古墳関係だった。それは古墳墓の密集地である大和にいるという必然の結果である。

高崎健二も、杉山道雄も、偶然に研究が古墳の関係であった。ところが、発表するものを見ると、この両人の間には意見に多少の食い違いがあるのを彼は発見した。もとより杉山は若いだけに高崎に先学の礼をとっていたし、高崎も杉山が京都から出京してくる時は自宅に泊めるほどの間柄《あいだがら》であったが。が、学問の上の見方の相違は仕方がなかった。

彼はそれを知ると、意識して自分の論考に高崎説を引用しては適応させた。彼がつづいて『考古学論叢』に発表した「大和高市郡畝傍銀杏塚《いちょうづか》古墳調査報告」、「大和磯城《しき》郡田井村の古墳出土品について」、「大和北葛《かつらぎ》城郡中尾村の一古墳」はみなその方法である。彼はどうかして高崎健二という土台に足がかりを得たかった。いつまでも田舎の小学校の代用教員でもなかった。必死に高崎を求めたのである。

高崎は自分の説を援用している彼の報告原稿を雑誌に安易に載せてくれた。それは彼が気に入ったことを意味した。そのかぎりではこの考古学の大家は木村卓治という田舎の青年の陥穽《かんせい》に落ちたことになる。それはわずかでも対立者を持っている学者の心理の空隙《くうげき》か弱点であった。

しかし卓治は杉山にはまだ未練があった。その学説はやはり新鮮で、高崎のほうが古風であることは争えなかった。惹かれるとすれば杉山のほうであった。だから彼が杉山に心を残しているのは学問的な良心といえた。高崎に凭《よ》っていく心は有利な立場を得ようとする、ただ利己心からであった。

——ある早春の日、卓治は郡山《こおりやま》の小学校に授業の参観にいった。これはいつも無味乾燥で多忙と思っている教師の勤務の一つであった。その折り、その学校の標本室に、長さ二尺七寸ばかりの、砲弾のような形をした埴輪と同じ赭《あか》い色をした素焼を観《み》た。近辺から出土したもので、実際に今まで埴輪の一種だと見られていて、名札の説明にもそう書いてあった。

卓治は熱心にその前に立った。埴輪でないことは一目でわかった。北九州から出土する甕棺《おうかん》のような用途のものに違いなかった。これがまだ学界に報告されていないと思うと、彼の胸は騒いだ。

彼は日を改めて実測に来ようとしたが、務めの繁忙で延び延びとなった。やっと十日めに飛ぶような思いで来て、目的を果たした。

その甕棺は明治十九年に発見されたものであった。発見者は開墾をしていた農夫だったが、仕合わせにその農夫は八十歳の老人として生きているということだった。

彼はその老人のところに行き、三個埋没していたという当時の発見の模様をきいた。それから頼んで現場まで一緒に行ってもらった。電鉄の尼《あま》ヶ辻《つじ》の駅から西へ二町ばかりはいった林の中であった。赤い色の藪柑子《やぶこうじ》が枯れた草むらの間にあった。

老人は昨日のことのように憶《おぼ》えていて、顔中の皺《しわ》を波立たせて笑い説明した。これはいい、これはモノになると彼は思った。見取図やメモを書きながら涙が出そうになった。前の安康《あんこう》天皇陵の梢《こずえ》には寒い風が鳴っていた。

四

「変形の陶棺を発見したる大和国生駒《いこま》郡山田村横代《よこしろ》の遺跡について」の調査報告は高崎健二から非常にほめてきた。今月の『考古学論叢』のなかでも異彩を放つ一文になろうと書いてあった。

卓治はそれを書きあげた時、自信はあったが、そのようにほめられようとは思わなかった。歓喜で身体がおどった。

雑誌に発表になってみると評判もよかった。そのことをまた高崎が知らせてくれた。彼はその礼状に加えて日ごろの希望を陳《の》べた。このさい、なんとかして東京に出て研究したいが、その手蔓《てづる》を先生のお力におすがりしたいという意味を熱っぽい筆つきで書いた。

高崎からは、心当たりがないでもないからしばらく待つように、と返事してきた。

高崎健二が、心当たりがあるといったのは、自分のいる博物館に彼を雇い入れようと思ったのである。高崎が課長をしている歴史課の下に考古部があるが、その主任を、佐藤卯一郎がしている。主任というも下には誰もいないたった一人である。それで仕事がたいそう忙しい。かねて助手を一人置きたいという申請を高崎課長は事務局に出しておいた。それがどうやら許可になる見込みがついたのである。

高崎は、卓治に心当たりがあるという手紙をくれて一カ月ばかりたったある日、佐藤卯一郎に君に助手《アシスタント》をつける件は近日実現しそうだが、その人選に君に意見がなかったら、木村卓治という男にしたらどうだね、と言った。佐藤は東京高等師範学校の出身で高崎の後輩であった。卓治の書いたものも雑誌で近ごろ見ていたから、あまり深くも考えず、木村君ならいいでしょう、私に異存はありません、と答えた。

高崎はすぐに卓治に手紙を書いて、

「東京帝室博物館の考古室にて助手一名を雇い入れる予定有之《これあり》、若《も》し貴君ご希望ならば小生考慮いたすべく貴意をお伺い致し候《そうろう》」

と問い合わせた。

彼のその返事はまず電報で高崎に届いた。

「ミタ、オレイノコトバナシ、ヨロシクタノム」

つづいて、彼から感激をこめた手紙が何枚もの便箋《びんせん》に書きつらねて送られた。

さらにその手紙を追いかけるように本人が行李《こうり》を一つかついでとつぜん上京してきた。

高崎はその性急な彼の出京におどろいた。同時に当惑を覚えた。当惑する事情が起こったのである。

卓治は高崎健二からの手紙を見ると、すぐに学校に辞職届けを出した。一刻でも早く代用教員のつまらない生活から脱れたかった。

眼《め》の前に白虹《はっこう》がかかったように明かるくなった。道を歩いても足が浮いた。

彼は夜中に『考古学論叢』の古いところから引っぱりだして読みかえしてみた。気がどうにも落ちつかず眠れなかった。夜が明けたら京都に行ってしゃべってみたくなった。家族の者にわかる話ではなかった。

杉山道雄は大学にいて、会ってくれた。彼の顔を見て、しばらくだね、と言った。短い髭《ひげ》をたてはじめている。彼の話を聞くと、細い眼を少し、おどろかせた。

「それはよかったね。高崎先生はよくぞんじあげているし、佐藤君とも知りあいだ。僕からもよく頼んであげよう」

と話した。それから、君はまだ熊田《くまだ》先生に会ったことはないだろう。東京に行ってそういう仕事をするのなら一度会っていけ、と言った。なんの隔意もない様子を見せた。

熊田良作は教授室で広い机に大型の洋書を積み、その向こうから顔を上げた。瘦《や》せて貴族的な面持《おもも》ちをした初老の紳士であった。

杉山の紹介を聞いて、まあ掛けたまえ、と来客用の椅子《いす》を指した。おとなしい声で、君のことは雑誌で読んで知っている、東京の高崎君のもとに行くそうだが、たいへん結構だ、と言った。杉山はたいそうつつしみ深い様子で控えていた。

それを見ると卓治は煽《あお》られたような気持になって、熊田教授に、いきなり学問の上の質問をした。それだけでなく考古学について自分の考えを遠慮なく陳べた。杉山の鞠躬如《きっきゅうじょ》とした態度を見ると、むらむらとそんな気が起こった。それは若い彼の一種の自己顕示であった。教授は微笑して聞いていた。

杉山は卓治を玄関まで送ってきたが、ひどい不機嫌《ふきげん》であった。眉《まゆ》の間に皺をつくり、君、困るね、初対面の先生にあんな不躾《ぶしつけ》なことを言っては、と小言を言った。

卓治は詫《わ》びもせず玄関で別れた。別れぎわに杉山はまた、君はもう少し常識を考えなければいけない、とたしなめた。

大学を出て電車通りに抜けた。彼は春先の温かい日向《ひなた》を歩いた。

五

大正十三年の春、木村卓治は胸をはずませて上京した。

上野の博物館に高崎健二を訪ねた。応接室に待っていると高崎がはいってきた。鶴《つる》のように痩せていて神経質な顔をしていた。

「君はもうこちらに出てきたのか」

と彼は卓治の顔を見ると愕《おどろ》いたように言った。この言葉は彼を戸惑わせた。それで尋ねると、高崎は困ったような表情をして、うむ、まだ決定ではない、君の出てきようが早かった、と答えた。

「でも、もうすぐ決まるのではないですか?」

ときくと、うむ、そのうちなんとかなろう、と曖昧《あいまい》な口吻であった。ついでに、彼は佐藤卯一郎に会いたいから紹介していただきたいと言うと高崎は部屋を出ていったが、しばらくして三十二三歳の丸顔のおとなしい感じの男がひとりではいってきた。それが監査官の佐藤であった。

卓治は椅子から立ちあがると、今後あなたのもとで勉強させていただくことになりそうですからよろしくお教えくださいと、丁重に挨拶《あいさつ》した。すると佐藤は少し間の悪い顔をして、高崎先生から何か聞きましたか、と言った。彼が高崎から聞いたとおりを言うと、表面はうなずいていた。

卓治は、高崎博士と佐藤の二人の顔色から、自分の話がだめになりそうなことを予感した。博物館を出て不忍池《しのばずのいけ》の方にいくと桜見の人出で混雑していた。彼は憤懣《ふんまん》とも憂鬱《ゆううつ》ともつかぬ、晴れぬ心で人の群れの間を歩いた。その夜は駅に近い粗末な宿に泊まった。

彼の直感は当たり、その二日めに博物館に行くと、高崎健二は待っていて、

「君は都合で博物館に採用できぬことになった。それで東京高等師範学校の南先生に頼んでそこの歴史教室の助手としてとってもらうことにきめた。そのつもりでいてく

れたまえ」

と言った。別に理由を説明しなかった。

木村卓治は博物館にはいれずに東京高等師範学校に就職した。仕事は歴史教室の小さな陳列室の係りであった。中学校だけの学歴だというので月俸《げっぽう》は二十一円を支給された。

博物館に彼がはいれなかったのは、そこの事務官の一人が反対したからである。彼は中学校の卒業だ。もう一人の候補者は大学の史学科卒である。どちらを採るのが至当かとその事務官は佐藤につめよった。佐藤は、いやそれは高崎課長が、と言うと、高崎はどうも自己の勢力をふやして困る、と事務官は呟《つぶや》いた。それを佐藤が高崎に話した。高崎は困った顔をしていたが、

「仕方がない、長いものには巻かれろだな」

と言った。それでほとんど確実だった卓治の博物館入りが取消しとなったのである。

そこに卓治が気早く上京してきたので、高崎は窮したのだった。仕方なく自分の先輩の東京高等師範学校長南恵吉に卓治の身の落着き先を頼んだのだ。

こういう事情を卓治は後から人に聞いて知った。

彼は高崎健二を恨んだ。なんという見識のない学者であろうか。課長でありながら

一事務官の横車に屈し、自分を捨てるとは、己れだけの都合を考える人だと思った。高崎を恨む心は憎しみに変わった。

それほど卓治は博物館にはいりたかったといえる。当時の官学は東京大学はふるわず、もっぱら博物館派と京都大学派が主流であった。博物館入りを望んでいる卓治の心は、いわずとも官学への憧憬につながっていた。

大部分の在野の学者が官学に白い眼を向けて嫉妬《しっと》する。嫉妬は憧憬するからである。その憧憬に絶望したときが、憎悪《ぞうお》となるのだ。爾後《じご》の卓治は官学に向かって牙《きば》を鳴らすのである。

彼が東京高等師範学校に就職できたのは、校長の南恵吉が特別に助手という名目に計らってくれたからだった。

南校長は卓治をよく理解してくれた。南は明治十九年に「日本史学概要」という著書がある。その中で〝古物学〟と訳名をつけたほど考古学の先覚である。高崎や佐藤はその後輩であった。彼は南校長の庇護《ひご》がなかったら一日でも東京で生活することができなかったかもしれぬ。考古学をつづけることができたかどうかわからない。

とはいえ、月俸二十一円では貧窮の生活であった。彼はある家の二階を借りて自炊した。それは高崎健二の家の近所であった。

近くでありながら、彼は高崎の家にあまり行かなかった。挨拶に二三度も行ったであろうか。彼は高崎を軽蔑《けいべつ》していた。

だが高崎健二のほうではむろん、彼に恩をほどこしているつもりであった。それで卓治が近くにいながらあまり寄りつきもしないのを不快に思っていた。

六

考古学上の遺物をもっている点では博物館ほど豊富な所はない。卓治は佐藤卯一郎をたびたび訪ねた。彼は佐藤の了解でそれらの遺物を実測して勉強した。倉庫にも自由に出入りする。鑑鏡の背の紋様などは片端から拓本にとった。

これを非難する者がある。彼があまり気まま自由にふるまいすぎるというのである。一つは彼のあまりの熱心を妬《ねた》むのであろう。一つは、外部の者のくせに勝手な奴《やつ》だと癪《しゃく》にさわるのであろう。多くは若い館員であった。

しかし彼の行為を眼にあまる思いでいたのは若い館員ばかりではなかった。高崎健二も佐藤卯一郎もあまり面白く思っていなかったのである。

ある日、いつものように彼が拓本をとる道具をポケットに忍ばせて博物館にいくと、佐藤が出てきて、言いにくそうに、

「君、他の者がうるさいから倉庫にはいるのは遠慮してくれたまえ」と言った。彼は、ああそうですか、と言い背を返して表へ出た。誰がもうここに来るものかと思った。めぼしい物はすべて仕事をすませていた。

——東京では考古学をやっている知人も卓治にできるようになった。Tと識《し》ったのもその研究である梵鐘《ぼんしょう》についてTが手摺《てず》りの「日本鐘年譜」というものを発表し、それを南校長が欲しがっていたので、彼が使いに立ち一部を貰《もら》いにいってからの機縁であった。

Tが友人を連れて彼の所に遊びにくる。その友人がまた知人を引っぱってくるというしだいで四五人のグループのようなものができあがった。

それが愉《たの》しい集まりとなった。親子丼《どんぶり》など近所からとって、考古学の新刊の本の評判を聞いたり話したりした。彼はいつのまにか一座の中心のような立場になっていた。彼は月々発表される考古学関係の雑誌の調査報告や論考を検討したり批判した。

高崎健二はよく発表していた。しかしこの人の書くものは粗笨《そほん》である。それは一時代前の学者として仕方のないことであった。たとえば古墳の調査報告にしても実測の方法がはなはだ杜撰《ずさん》である。それは京都の杉山道雄のものと比べればいっそうわかることだった。欠陥を衝《つ》けばいくらでもできる。彼はそう思った。

彼は皆の集まっている前でそれを指摘した。京都の杉山のものも満足ではない、しかし高崎博士からみれば、それはまだましなほうだと言った。

これは彼が何か自負した言い方をしたと思った者もあったようである。彼のこの話は洩《も》れて高崎健二の耳にはいった。

高崎は激した。あいつは恩知らずだと罵《ののし》った。他人の揚げ足ばかりとっている高慢な奴だというのである。

彼はそれを聞くと、夜、高崎博士の家を訪れた。場合によっては詫びてもよいと思った。場合によっては喧嘩《けんか》別れになっても仕方がないと思った。玄関に立つと女中が出てきて彼の顔を見ると、ろくろくお辞儀もせずに奥に引きかえした。女中は前に二三度来たことのある彼の顔を見知っている。戻ってくると、先生はお留守です、と言った。居留守であることはわかっていた。

彼はそれから日を続けて四度も五度も訪問した。今まであまり来なかった彼だが、何か意地のようなものが心に起きた。はたしていつもそのつど留守だと断わられた。

卓治は夜の暗い道を戻りながら、これで一人の先輩を失ったと思った。いや一人の敵をつくったのかもしれなかった。心細い気持は少しもなかった。闘志さえ起こった。

卓治は東京へ来て以来、『考古学論叢』に三つの調査報告を書いた。彼の意欲はおもに上代墳墓に注がれていた。その三つの報告論考はそれを読んだ南校長もいいものだと言い、京都の熊田教授も手紙をくれて、火葬墳研究として独自的なものです、とほめてきた。

彼が熊田教授に与えた初めての印象はよくなかったに違いない。彼は、自己意識に駆られて少し気を負いすぎた言い方をしたと思った。それを不快がった杉山が玄関で何か言ったくらいである。それでもこういう手紙をくれるのは熊田の人柄《ひとがら》であった。

彼は高崎健二から見放されて、『考古学論叢』に載せてもらうこともできなくなった。彼は発表機関が欲しかった。

七

卓治が久保シズエを知ったのはそのころであった。グループの集まりの時、誰かが連れてきたのが最初であった。

久保シズエは背の高い、頑丈《がんじょう》な身体《からだ》の女であった。虎《とら》の門《もん》の東京高等女学館の教師だと言った。いかにもそんな型《タイプ》の魅力の薄い女であった。

次の日曜日、皆で上総《かずさ》の国分寺《こくぶんじ》の遺跡を見に行こうと言いあわせた。当日になって彼が両国駅に行ってみると、シズエは真っ赤な肩掛けをして待合室にいた。彼を見るとちょっと恥ずかしそうに頭を下げた。彼は異《ちが》った顔を見たような気がした。

二月の冷たい日で、凍った雲が空をおおっていた。国分寺跡では枯れた草の中に、寒々と礎石が横たわっていた。グループの四五人で、土壇にテープをあてて寸法を測ったり、礎石の形や大きさを写生などした。シズエは両手をポケットに入れ、微笑して見ている。風が髪を乱し、寒さで頬《ほお》が赤くなっていた。

帰りの汽車で、偶然卓治の座席がシズエと隣りあわせとなった。彼女は身体を堅くしていた。

「あなたはこんなことが好きなのですか」

と彼はきいた。

「ええ、伯父が好きなものですから、自然に感化されまして」

と細い声で言った。

「伯父さんて、どなたですか」

と重ねてきくと、彼女は一人の言語学者の名前をあげた。

「小山貞輔と申します」

その名前は彼も知っていた。〝武蔵史談会〟というのをつくり、それには、歴史学者や民俗学者、考古学者、人類学者などがはいっていた。卓治はその一人の鳥居竜蔵にはかねがね会いたいと思っていた。

「それはよい伯父さんをお持ちですね、今度紹介してください」

と言った。一つは彼女との間をこれきりにしたくなかったのである。シズエは下を向き、うなずいて笑っていた。

彼とシズエはその後、接近していった。日曜日ごとに彼女は彼の下宿を訪ねてきた。彼は寂寥《せきりよう》に耐えかねている時であった。ある日、シズエが帰り支度をして立ちあがったとき、彼は彼女をこの場から去らせたくない気持がこみあげてきた。独りにされるのが地底に残るように感じられた。彼は後ろからとつぜんシズエの肩を抱いた。

シズエは九州の福岡の田舎に生まれた。家は普通の農家であった。土地の女学校を卒業したがどうしても東京で勉強したくて、伯父の小山貞輔を頼って上京した。高等師範学校の短期に入学した。短期を選んだのは家の反対を押しきって出京したためだそうである。

卒業して一度帰郷し、土地の女学校に勤務したが、田舎に落ちつく気がせずにふたたび上京して、現に伯父の所から東京女学館に勤めていると言っていた。

シズエは倒れたまま、しばらく泣いていた。それから身づくろいすると彼の方に向き直ってすわり、わたしもあなたを愛している、結婚してくださいますかと濡《ぬ》れた眼で見つめて言った。彼はふたたび彼女の手を握って引きよせた。それが彼の返事であった。

シズエは正式に結婚したい、それには伯父さんにまず話してくれ、と言った。月のある晩、彼はシズエに連れられて小山貞輔の家に行った。世田谷《せたがや》の奥の方で木の茂みの多い道を歩いた。

小山貞輔は応接台の向こうにすわり、彼の申し出を子細らしい顔で聞いていた。それから、これは私の娘ではないから、私に結婚を許してくれと言われても筋違いです、親たちの意見をきかなければご返事はできない、と言った。この時、シズエが小山の妻の横に近よってきてすわり、

「伯母しゃん、私たちはもう結婚しましたと」

と田舎訛《なまり》で言うなり、その膝《ひざ》に顔を伏せた。

――しかし、卓治の両親も、シズエの親も、この結婚には反対であった。どんな素姓の者かわからぬというのが双方の言い分であった。二人が、鳥居竜蔵夫妻の媒酌《ばいしゃく》ということで式を挙げるまでには長い日数がかかった。

昭和二年の秋に家庭をもった。

八

『考古学論叢』に書けなくなった卓治は、グループを結集して〝中央考古学会〟を組織した。

その機関誌を出すことになり、会費分担で『考古学界』第一集を出した。会費は分担といってもおもに資産家のTが出し、雑誌の編集は卓治が受けもった。

シズエと一緒になってみると、シズエの収入がはるかに彼より多いことがわかった。虎の門の女学校では月給七十円をもらう。それに二軒の家庭教師を受けもっていて収入は百円ぐらいあった。それで彼のとる学校の二十一円の月俸を雑誌に回すことができた。

新しい会をつくり、機関誌を出すことは、『考古学論叢』に拠《よ》っている既成の考古学者への挑戦《ちようせん》であった。彼は慄《ふる》えるくらいの闘志が燃えあがってきた。

その矢先、△△県から南博士へ県下の古墳の発掘の依頼があった。その県は南校長の出身県で従来古くから遺跡の調査には南博士ということになっていた。

南校長は卓治を呼んで、一つやってみないかと言った。彼は即座に引き受けた。手に唾《つば》するとはこの時の気持であった。

彼は△△県に飛んだ。まず実地を踏査した。前方後円墳だったが、丘上に小さい祠《ほこら》があった。彼は迷信的な気持になり、一心に祈願した。

県庁の依頼であるから仕事はしやすかった。土木課の技手に来てもらい、測量は厳密にやらせた。それまで遺跡の発掘の時、実測するのにトランシットのある測量機を使用したことはなかった。何か新しい様式を、と絶えず彼の心は興奮していた。

県庁から回してくれた人夫を指揮し注意深く発掘していった。種々な副葬品が出てくる。夜はそれらの実測作図に明け方までかかった。それが連日つづいても眠くはなかった。しかし、遺跡の測量図を作り、遺物の実測を記録しただけでは今までの調査報告書と少しも異わない。彼の眼《め》の前には高崎健二と杉山道雄がいつもちらついていた。

彼の調査報告書「足立山古墳の研究」はできた。彼はこれで、今までの調査様式が実測図の不備なのを改めて、本式の正確な測量図を作った。次に立地条件の認識が不足しているので、この認識を強調した。それから遺物の説明だけでなく、それらを帰納して当時の文化、社会生活の復元を試みた。あとの場合は、在来の様式に対立しようとする着想であった。

これは今までの高崎様式と、それに少し進歩した杉山様式に対する反逆であった。

この報告書のことでは『考古学界』で解説して、高崎博士と杉山道雄に挑《いど》んだ。

これに対して格別の反響はなかった。反響のないことが反響かもしれなかった。沈黙で圧殺しようとするらしかった。

が、そうではなかった。翌月の『考古学論叢』では片隅《かたすみ》に署名のない批評が出た。それには、考古学が遺跡遺物の研究以外に推測的なモノを言うのは邪道である。木村卓治の報告は作文だ、と書いてあった。彼はわらった。すぐ自分の雑誌の『考古学界』に、それだから考古学者は歴史学者にバカにされるのだ、と書いた。

その文章の載った『考古学界』が出てまもなくであった。高崎博士から彼のところへ使いが来て、今後自分のもとに出入りすることを禁じる、という伝言を告げていった。彼は大声あげてふたたび笑った。

しばらくして京都の杉山道雄から手紙が来た。それには彼がことごとく高崎博士に楯《たて》つくことを忘恩行為であると非難してあった。その裏にはいわゆる杉山様式に反抗した彼への不快な感情が挟《はさ》まっていることはむろんであった。

己れの感情を出さずに、他人のことに託した高踏的な報復だと思って、彼は怒りがこみあがった。彼はすぐ手紙を書いた。それは杉山への絶交状であった。彼は、短い髭《ひげ》を立てた白皙《はくせき》な秀才杉山道雄がそれを読んでいる光景を想像し、手紙を投函《とうかん》した帰りがけに、酒を買い、帰って飲んだ。

十日ばかり過ぎたころ、博物館の佐藤卯一郎が卓治を呼びにきた。佐藤は温和な男で彼はときどき自宅にも話に行っていた。

佐藤はいつものように彼を座敷に上げたが様子がもう堅くなっていた。君は杉山君に絶交状を出したそうではないか、とふくよかな頬を硬《こわ》ばらせて言った。そのとおりです、と彼は答えた。なぜだ、ときくから、

「信念のとおりしただけです」

と言った。すると佐藤は腕組みしていたが、困ったようにこう言った。

「君は高崎先生に出入りを止められた。今度は君の先学である杉山君に絶交状を送った。その善悪は私は批評しない。が、高崎先生は私の職務上の課長であり、学問上は先輩である。杉山は私の畏友《いゆう》だ。この二人に絶交した君が、これ以上私の所に来るのは面白くない。今後は出入りを遠慮してほしい」

彼はすぐに答えた。

「わかりました。これからは高崎、杉山、佐藤の打倒を目標に闘います」

九

昭和三年の末に南恵吉が脳溢血《のういっけつ》で急死した。南の好意で仕事を与えられていた卓治は、南に死なれると自然と学校を辞めなければならなくなった。

この年には、長男の剣《けん》が生まれた。剣は遺物の銅剣に因《ちな》んで卓治が名づけたのである。

——主人は失職しました。一家三人、私の収入でやっていけないことはありません。主人には学問のほうを専心してもらいます。

とシズエは郷里に書き送った。

百円の収入から、雑誌のほうに出していた二十一円を十五円にしてもらって出すと、八十五円の生活費であった。そのうえ、昼はシズエが働きに出るので、女中を一人雇った。それでもどうにか暮らせた。

シズエは優秀な教師で、その授業を噂《うわさ》に聞いてある宮妃が参観に来たほどであった。虎の門の女学校は学習院につぐくらい良家の子弟を集めていた。家庭教師で教えにいっていた家も学習院の生徒であった。シズエの収入がよかったのはそのせいである。

卓治はシズエの収入で暮らすことが耐えがたかった。心に、卑屈感が膜のように暗《あん》鬱《うつ》におおった。彼の心は苛立《いらだ》ち、日常少しのことでシズエに当たった。

——主人の心は針のようにとげとげしくなっています。学問以外に何もない人ですから、生活のための仕事を捜そうともしないし、私もさせたくありません。近ごろ、夫婦喧嘩が多くなりました。

とシズエは郷里への手紙に書いた。

夫婦喧嘩はいつも些細《ささい》なことから起こった。卓治はすぐシズエをなぐった。夫のいらいらする気持はわからなくはなかったが、シズエは打擲《ちようちやく》されると反抗した。大柄な女なので膂力《りよりよく》があった。それで激しい争いになった。シズエは顔が腫《は》れ、卓治は鼻血を流した。

女中があまりの凄《すご》さに愕《おどろ》いて、近くに住んでいるシズエの伯父を呼びにいった。小山の妻女が行ってみると、夫婦は何事もなかったように笑っていた。

そういうことが重なると仲裁人はもう呼ばれても行かなくなった。

卓治の焦燥は、学問のことで他に当たる闘争心をいっそうに煽《あお》った。

彼は佐藤卯一郎が鑑鏡をもっぱら研究しているのに突っかかって、自分でも鏡をやった。学者の間では他人の研究主題には手をつけぬのが一つの作法となっている。彼はそんなことにおかまいなかった。

彼の「多鈕《たちゆう》細文鏡研究」はその結果の発表である。多鈕《たちゆう》細文鏡などという名前も彼が命名したのである。それまでは学界では、「細線鋸歯文鏡《さいせんきよし》」と言っていた。名称を創作することも彼の反逆であった。

　古墳から発見されるその鑑鏡は、周か前漢期のものと推定されていた。卓治は細文鏡の蒲鉾《かまぼこ》型縁と前漢式鏡の縁とを比較し、質と紋様の形式から漢代のものとして反対した。

　それから、こうも宣言した。

「考古学者は、あまり博物館の遺物にたよりすぎる。その結果遺跡を軽視しがちだ」

　博物館にいる高崎や佐藤へのいやがらせであった。

　彼は『考古学界』誌上で月評の筆をとって、『考古学論叢』に出る諸論文の欠陥を衝《つ》いたり嘲笑《ちょうしょう》した。

「日本考古学要説」を佐藤卯一郎が出すと、卓治は、

「妙な話だ。日本考古学に朝鮮の遺物がたくさん出ている。朝鮮が日本の領土内なのは現代の政治的現象で、これでは原始時代から日本の領土のようだ。分類のしかたも不統一」

　と批評した。

　鳥居竜蔵の「諏訪《すわ》史」、「下伊那《しもいな》の先史及原史時代」に対してさえも、「山国の編年

が地域を異にした平野の編年そのままでは、まことに話にならない」とあざけった。

　さあ、叩《たた》いてやるぞ、出てこい、出てこい、と彼は仁王立ちにかまえているようであった。

　埴輪《はにわ》の製造址《あと》から考察して、当時、すでに社会に階級制度のあったことを初めて論じた。

　杉山道雄が、銅鉾《どうほこ》、銅剣、銅鐸《どうたく》をやっていると、「銅鐸の型式分類」を書いて、高崎、杉山説の在来の分類を覆《くつがえ》したのを初め、つづけてたくさんの銅鐸や銅剣、銅鉾の考察を発表した。

　それはことごとく高崎健二と杉山道雄の仕事に食いいり、それより新鮮で鋭かった。

　杉山道雄はとうとう日本の青銅器のことには沈黙して書かなくなった。日本のでない大陸のほうの遺物遺跡に径《みち》をとった。

　それを杉山が卓治に畏怖して逃避したという人がある。

　高崎健二は病死し、佐藤卯一郎は外遊に去った。

　木村卓治は、げらげら笑った。

十

そのころ、シズエは夜、卓治と寝ていると、卓治の身体《からだ》が熱いのを知った。

「あら、あなた熱があるわ」

と言った。

「ばか。熱なものか、おまえの身体が冷え性なんだ」

と卓治は強い声で言っていた。

夕方になると微熱が出てくることがこのころになってわかった。それからは眼の先が暗くなるような寂寞《せきばく》が襲った。医者には診せなかった。黒い絶望がさらに恐ろしかったのである。

「行ってまいります」

とシズエが朝の出勤に出ていく。

「ああ、行っておいで」

と彼は机の前にすわったまま言う。

それから身を嚙《か》むような孤独感と焦燥が狂った。自分でも額が蒼《あお》ざめ、顔が尖《とが》ってくるのがわかった。いても立ってもいられぬ苛立《いらだ》ちで、耳鳴りがした。

たまらなくなって、ときどき友人の家に出かけた。

そこで考古学者の誰彼のことを罵倒《ばとう》した。自分一人が偉いように見せかける。その興奮でいらいらした心がしびれた。

しかし、友人の家を出ると、麻酔剤が醒《さ》めたようにまたもとに戻った。さきほどまで大きなことを言っていた自分の言葉が空虚を絶望的に深めた。

夜、彼は不眠症になった。シズエが子供を腕に巻いて寝息を立てている。物音一つ聞こえない夜が彼の耳を重圧した。こんな夜に神経が崩れるのではないかと恐れた。その恐れからのがれるために、起きて雑誌に寄稿してきた原稿を整理したりした。読んでみる。平凡な報告や考察。おれならこういう材料があれば、こうするがと思う。惜しいことをしているとはがゆがったり軽蔑《けいべつ》したりした。するとそれについて、とつぜん発想が湧《わ》くことがあった。そのほうがずっと面白くて先鋭な考察になりそうである。彼はその原稿を没にした。かわりにその主題を自分が書いた。

一個の平凡な報告駄文が出るよりも、せっかくの材料で自分が突っこんで書いたほうがずっと考古学の発達に寄与すると思った。こういう時に、彼の心は見違えるほど、溌剌《はつらつ》とした。寄稿家たちは己れの研究が奪《と》られるので恐怖して遁《に》げ去った。

卓治は彼らの悪態をついてまわった。悪態をつく立場はどちらかわからなかった。功名心にあせったような、客気に駆られた彼の論文が出るようになった。

「日本青銅器時代考」では日本でも青銅器時代があったと言いだした。日本では石器時代からすぐ鉄器時代にはいり、青銅器の使用はほとんど同時だったので、青銅器時代はなく金石併用時代と呼ぶのが学界の通例だったが、それに異を唱えたのである。欧州の年代を区分したトムゼンとは別な基礎に立つ見方があると主張した。「飛行機による考古学」では空から遺跡を探る英国のクロフォードの説からヒントをとったが、題名の奇抜で驚かす計算があった。

卓治のことを、あいつのすることはハッタリだと言う者が出てきた。思いあがった自称天才だと悪罵した。あいつとつきあったら研究を奪られるぞという者がいた。

その年の秋のことである。

「おれはフランスに行きたい」

と卓治はある日言いだした。シズエは冗談かと思っていた。

「熊田さんも、杉山も佐藤も洋行している。中学校卒業だけではばかにされるんだ。今さら学歴が欲しいとは言わぬ。フランスに行って箔《はく》をつけたい。Nの奴《やつ》が今フランスに行っている。おれに来いと手紙をくれるのだ。切りつめた生活をすれば暮らせぬことはないと費用の明細を知らせてくれた。あんな奴に負けたくない。おれはフランスに行きたい。フランスに行っておれをばかにしている連中を見返してやりたい」

彼はNからの手紙をシズエの前にほうった。Nも卓治も同じ年配の考古学者である。若い時からそば屋の出前持ちなどして苦学してきた男だけに、巴里《パリ》の生活費が細々と数字にならべてあった。

シズエはぽかんとした。とつぜんの愕きで真空になった頭で夫の顔を見た。卓治が寝転がって、両手を頭の下に組み、天井を見ている。この気の強い夫が、涙を眼尻《めじり》から耳朶《みみたぶ》まで垂らしていた。

十一

昭和六年四月、卓治はシベリヤ経由でフランスに行った。陸路をとったのはむろん、経費を安くあげるためである。

この旅費はシズエが福岡の実家に泣きついて調達した。実家は裕福な家ではない。耕地の一部を売って金をつくった。

奈良の卓治の家からは、一文も出なかった。中程度の農家だったが、息子の学問には理解も興味もなかった。フランスに行くなど道楽ぐらいに考えていた。

しかし、結果的には、この考えのほうが正しかったと言える。卓治はフランスに行って空《むな》しい一年を送っただけであった。肺患を進昂《しんこう》させた以外は一物も得ずに帰ってきた。

卓治は巴里の日本学生館に下宿した。それは「日本石器時代提要」を書いたNが世話した。Nは巴里での卓治の様子を日本の知人にこう知らせている。

「六月の終わり、私は医者のもとへ行った。木村卓治も同行した。打診と聴診では私の異状はわからず、血圧がたいそう低いのでいちおうレントゲンをとった。後で試みに木村の血圧を計ったところ私よりさらに低かったので医者が驚いた。私は木村に来週一緒にレントゲン診察に行くことを奨《すす》め、同君も暗い顔になって同意した。

レントゲン医に行く朝、木村は同行を拒んだ。おれは医者に診せなくても大丈夫だと言い張った。

私はスイス、ローザンヌのサナトリウムに出発したが、この時は私もきわめて初期に考え、十月開催の巴里の万国人類学会議に出席するつもりでいた。しかしローザンヌでその困難を知り、二カ月ばかりでレマン湖を渡った。仏領トノンの貸別荘に移った。十一月に雪が降りはじめたトノンをすててスイスを横断して巴里に帰った。この時、木村が部屋をとって私を待っていてくれたのだ。二人はモンスリイ公園を散歩しながら帰国後の考古学のことを話しあった。

木村は秋にはいっていっそう不健康な顔色になり、ときどき微熱があると言って寝こんでいる日があった。彼は私の病状を見て思いあたる点があったか、少し早目に帰国すると言いだした」

卓治は二年の予定で出かけたのだった。その滞在費はシズエが働いて送った。下宿代が六百法《フラン》、電気ガス代四十法、本代百五十法、雑費百五十法が一カ月の費用であった。換算率は六百二十八法が八十円だったから、シズエはどんなにしても百三十円以上は送金しなければならなかった。

彼女は家庭教師の口を五つ受けもった。朝早く学校に出て、受持の家を回ると、毎日家に帰るのは夜遅かった。それで収入が月に二百円ぐらいになった。その中から卓治に金を送ると七十円残るが、それに子供の剣の世話をしてくれる雇い婆《ばあ》さんの賃と、『考古学界』のほうへ出す金をひけば五十円が生活費であった。

それでも卓治からの便りが、

「巴里では『シベリヤ出土の青銅の円鏡』を書いてみたいと思う。これはスキシヤとシナの芸術との交渉をみるつもりです」

などと言ってくる間はよかったが、半年もたたぬうちに、

「巴里の気候は、まるで梅雨のようで毎日雨が降ったり晴れたりして、これがひどく身体にさわります」

「暮れがたになると熱がきまって出る。三十八度ぐらい。たまらなくなる」

という文面に変わってくると眼《め》の前が黝《くろ》くなって働く気力が脱《ぬ》けた。

便りの内容はしだいに悪くなった。

「N君がサナトリウムから帰ったが、今の私は今の彼より弱っている。医者はレントゲン診察をうけよと言うが断わった。悪いのをわかっていてそれを眼前に見せつけられるのはたまらないからだ」

「この二三日は一歩も外に出ない。終日ノートルダム寺院の怪獣を窓から眺《なが》めている。日本に帰ったら田舎でまた教師になろうかと考えたりする。大和の古い寺を暇には回りながら」

「息苦しい。背中が痛い」

読んでいるシズエのほうが息がつまった。夜遅く帰って、巴里からのこういう便りをひらく。空腹なのに食欲も何もなかった。手紙を指に支えたまま動けなかった。眠っている子供の傍に辷《すべ》って横になると、自然と涙が流れた。

卓治から、とうとう帰国すると言ってきた。今帰るのは残念だが、五年間日本で身体を養ってまた来たいと書いてあった。

「今日は身体の具合がよくうれしい。ルーヴルを久しぶりに訪ねる。晴れて陽《ひ》ざしが明かるい。思ったほど疲れがなかった。生きる喜びに浸った」

このように喜んでいるのは、彼の病気が進んでいる裏打ちなのだ。そう思うとシズエはいっそう暗い気持になった。

一月二十五日マルセーユ出帆の靖国丸《やすくにまる》に予約をとったと手紙が来た。二十八日には船から「ゲンキイマホンコンヘムカウ」と電報が来た。三月七日「九ヒアサ九ジコウベツク」、九日「アスヒル四ジトウキヨウエキツク」とつづいた。

シズエは剣を連れて東京駅へ出た。身体がふるえた。

一年ぶりに見る夫は頰《ほお》を落としていた。顔に血色がうすかった。シズエは息をとめた。

「あなた。お身体は？」

「うん」

と暗い眼つきをまぎらわすように剣に笑いかけて抱きあげた。

十二

木村卓治の一年の滞仏は空虚であった。知った者はそれをわらった。

初めからそれはわかっているという者があった。彼のフランス行は杉山や佐藤やN

に負けぬ競争心から無理をしたのだと評した。だいいち、仏語もわかりはしない。彼はフランスに行くことを決心してから、急に三カ月ばかりお茶の水のアテネ・フランセに通ったが、そんなことくらいで実用の役には立つまい。彼が巴里であまり外を歩きまわらなかったのは病気以外に言葉がわからなかったからだろうという者もあった。多くの者は例のハッタリだと言い、巴里には小便をしに行ったのだろうとあざけった。

それらの悪口や嘲笑が卓治の耳に殺到する。頭脳《あたま》が苛立った。

誰も彼に寄りついてこない。皆が彼をにくんでいた。

『考古学界』に拠《よ》っている年若い三四人だけが彼のただ一つの手兵であった。それを熱心に彼は育てた。

誰も相手にしないから、若い者を集めて先生になっているのだとわらわれた。（しかし彼らは現在では第一線の教授となり学者となった）

日本に帰ってきて以後の卓治の研究は弥生《やよい》式土器に向かった。

ある日、彼はHという年若い学徒の書いた「籾《もみ》の痕《あと》のついた土器」という一文を読んで非常に心を動かされた。大和のある土地から出土した弥生式土器の底に籾を圧《お》した形がついている。その籾は水稲《すいとう》であろうという論考だった。彼はすぐ手紙でほめてやった。

弥生式土器と水稲。水稲は農業を意味する。すると、弥生式時代に原始農業が存在していたのだ。人は弥生式土器の形式分類や工芸趣味の研究をするが、誰もこのように背後の農業社会を結びつけて考えた者がない。

よし、これだ、と決めた。

口笛を鳴らし、外に踊り出たい気持であった。

初めて独創の主題《テーマ》を摑《つか》んだのである。

そのころの考古学者間の研究は、青銅器関係と縄文《じようもん》土器関係が流行していて、弥生式土器の研究はあまり顧みられていなかった。このことも卓治のオリジナリティーを強める結果となった。

昭和八年からの彼の発表した研究題目は弥生式関係がほとんど主となる。

「日本に於《お》ける農業起源」、「弥生式文化と原始農業」、「低地性遺跡と農業」、「三河発見の籾痕のある弥生式土器」、「弥生式土器に於ける二者」、「大和の弥生式土器」、「稲と石庖丁《いしぼうちよう》」、「農業起源社会」、「煮沸《しやふつ》形態と貯蔵形態」――

その或《あ》るものには当時の原始社会にすでに貧富の差と階級の存在していたことを証明した。或るものには文化の移動形態を論じた。

何かと競争しているような奔《はし》りようであった。何かと――迫ってくる死を予感して追いたてられているのであろうか。

熱のある時は、濡《ぬ》れタオルを額に当ててペンを動かした。

「——これらから当然の帰結として、弥生式文化とは一つの原始農業社会に生まれた文化であることが考えられよう。このことは、今後の弥生式体系の土器・石器其《そ》の他いっさいの遺物、およびそれらを出す遺跡の考究に重要な暗示と示唆《しさ》を与えるはずである。今日、日本の考古学は生活を離れ、たんに形式を撫《な》でまわすことによって一つの行きづまりを示している……」

シズエ、シズエと卓治は大きな声で呼ぶ。そして今まで書いたところを声をはずませて読んで聞かせ、「どうだ、どうだ」と感想を迫った。眼は熱にうるんで、ぎらぎら光っていた。

が、シズエもこのころは毎日熱が出る身体となっていた。

「わたし、耳がよく聞こえなくなったわ。あなたの声が遠いの」

と耳を手で抑えて言った。

病菌はすでに彼女の耳を侵していた。

卓治から伝染《うつ》された病菌であった。

十三

昭和十年二月、今までいた小石川水道端の家から鎌倉に転居した。

鎌倉のほうが暖かく、空気もよいというので、卓治が歩きまわって捜したのだ。極楽寺の切通しを越えて由比《ゆい》ヶ浜の方へ一町ばかり、谷間のような場所で、南向きの藁《わら》葺《ぶ》きの百姓家であった。

稲村ヶ崎へ抜けるせまい道端に真っ赤な寒椿《かんつばき》が咲いていた。その紅《あか》と白い砂と蒼い海とは、彼に南仏の海岸を思いださせるような色の構成であった。

卓治は太陽を浴びて縁側にすわって茫然《ぼうぜん》とする日があった。疲れるほど陽が暖かであった。

夫婦で熱のある日は、床が二つならんだ。その枕《まくら》もとに一年生になった剣が、学校の先生に教わったとおり「行って参ります」「帰って参りました」と声をかけた。それが二人の胸を刺した。

熱の日が多いと仕事がすすまない。卓治はあせった。身体が衰えきらぬうちに早く早くとせきたてられるような焦燥に駆られた。

某書店から歴史講座の企画の一つとして「日本古代生活」という書きおろしを頼ま

れていた。日に一枚か、二枚ぐらいしか書けなかった。

熱の下がった時は、細い道を辿《たど》って稲村ヶ崎へ出た。青い海と白い砂が眼にしみた。江の島が霞《かす》むおだやかな日が多かった。

東京から時折り客があった。たいていは『考古学界』の若い同人であった。

彼らが来ると卓治は喜んだ。少しぐらい熱があっても稲村ヶ崎へ出て七里ヶ浜を歩いた。饒舌《じょうぜつ》になった。

「今の考古学者は自然科学者のサル真似《まね》だ、遺物ばかりをいじっている。物の浅さばかりを測ろうとして、深さを測ろうとしない。作られた物ばかりで、それを作った生活を見ようとはしない。考古学は自然科学よりも文化史として掘り下げなければいけない」

思わず腰越《こしごえ》近くまで来てしまうことがあって、愕《おどろ》いて引きかえした。

シズエが床から起きて茶をいれて待っていた。若い客は質問したり、相互に議論したりした。

「ああ、愉《たの》しいなあ。長生きがしたいな」

と卓治は暗鬱《あんうつ》な眼を細めて言った。

賑《にぎ》やかな客を帰すと、気の重い空気がふたたび家に満ちた。シズエはまた床に横たわって眼を閉じた。瞼《まぶた》の裏が熱で熱く、眼をふさいでいて涙が出た。

卓治は机に向かっていた。

「お父さん」

とシズエは呼んだ。

「しばらくお寝《やす》みなさいよ。熱が出ますわ。わたしは日記を書くのを三日分溜《た》めました」

と弱い声で言った。

「ああいいよ。なんなら当分休載してもいいな」

と卓治は机の前から応じた。

シズエは『考古学界』の毎月の後記に「編集日記」というのを連載していた。それは誰が来たとか、誰から来信があったとかいう雑報だったが、間には、

――早起。書斎の硝子《ガラス》戸越しに見おろすに紅葉霜に冴《さ》えて赤し。昨夜の暴風雨に打ちつけられし落葉庭を埋め、近所に垣《かき》の倒れて狼藉《ろうぜき》たる家多し。

――家にいて子供のフトンを縫う。秋の日ざしうららか。かかる日に思うことまた素直なり。

――遅れ山吹の花咲く。山吹はハナビラ薄く一重なるが美しく八重に咲くは恨みな

り。『考古学界』四月号の発送おわる。

というような簡潔な文章が挟《はさ》まり、それが美しいと好評であった。

シズエが病気になってからは、それがこんな文章に変わった。

――南の日ざしに机を寄せて、数日来怠りし便りを書く。身体に熱ある日は人に便りするさえ思うにまかせず、心わびし。

――主人終日病臥《びょうが》。日没雨となり、微《かす》かに音たてて降る。

――熱ある日は家に声なく、陽炎《かげろう》燃えて外はうららかなり。

――喉《のど》の奥プチプチと鳴る日は息苦しく言わんかたなく、辛うじて日記三日分を清書す。

卓治が、当分休載してもいいな、と言ってからシズエは休んだ。それきり筆を絶つ結果となった。

彼女の最後の「日誌」の筆は次のとおりである。

――耳聞こえず。剣、枕もとに来て話すを左の手にうけて聞くによく聞こえず。もどかしくてかくも遠くなりたるかと打ちなげくに、左手の繃帯《ほうたい》のためなるべしとわかりようやく愁眉《しゅうび》をひらく。

――熱あり。青葉がくれ木苺《きいちご》の花の白く咲きたるはうつくし。剣をともない晩春の稲村ヶ崎に遊ぶ。海の色遠くはかすみ、近くは泡立《あわだ》ちて、砂浜に凧《たこ》を揚ぐる人々賑わいあえり。

十四

シズエの病気が重くなると、卓治の奈良の両親は、シズエを田舎に引きとった。二人を一緒にしておいては卓治の病気がひどくなるという理由である。奈良県は結核患者の全国的に少ない県である。田舎の人は結核患者を忌《い》み嫌《きら》った。シズエは卓治の両親に引きとられたが、同居を許されたのではない。一里ばかり離れた三輪の町に家を借り、そこに独りで寝かせられた。

卓治の親はシズエを憎んだ。結婚当初から気に入った嫁ではなかった。木村家には肺病の系統はないと言った。シズエが病菌を持ってきて卓治に伝染《うつ》したように皮肉を言った。

シズエの寝ている家は軒が低く、光線がはいらず、暗かった。病人の世話には近所の婆《ばあ》さんを通いで雇い、家人はめったに寄りつかなかった。

剣は卓治の両親に育てられることになり、どのように恋しがっても、母親のもとに行くことをゆるされなかった。

シズエは田舎に療養に引きとられたのではなく、まったく夫と子から隔離されたのであった。

——そのころ、卓治は、鎌倉からひとりで京都に移った。

彼を京都に呼んだのは京都大学の学長になっていた熊田良作である。この温厚な考古学界の長老は卓治の窮状を見かねたのだった。彼の才能を前から認めていたのである。

何かの名目を与えて、自由に考古学教室に出入りをゆるした。

卓治は喜んだ。部屋は百万遍《ひやくまんべん》の寿仙院《じゆせんいん》の一室を借り、そこで自炊しながら、弥生式土器研究の稿をすすめた。

彼は一週間に一度ぐらい、京都から汽車に乗って三輪のシズエの所にこっそり行った。両親にわかると叱《しか》られるので、京都でシズエの好きな食べ物を買い、夜、忍ぶように会いにいった。

シズエは痩《や》せおとろえた顔に欣《よろこ》びを浮かべて卓治を迎えた。もはや、立って歩くことができず、座敷を匍《は》いずりまわっていた。

夜は一つ蒲団《ふとん》に抱きあって寝た。生命の灯《ひ》の短さは迫っている。今さらなんの養生があろう。その灯を二人は燃やすだけ燃やした。

「シズエ。すまない。すまない。こんな身体《からだ》にしておれが悪かった」

と卓治は骨の露《あら》わになった妻の胸や腹を愛撫《あいぶ》した。熱で身体は火のようだった。

シズエは仰向《あおむ》いて笑って言った。

「いいのよ、あなた。病気まであなたと一身なんですもの。あなたは少しでも生きて学問を完成してね。わたしはお先に参って、花のうてなをあけて、あなたを待っているわ」

脂肪が落ちて鼻梁《びりよう》が尖《とが》り、すでに死相が出ていた。——

卓治は一里の道を歩き、実家に帰って両親に頼んだ。

「シズエはもう長くはないから、ぼくは一緒にいてやりたい」

両親は顔色変えて、

「あほう。おまえの身体が大事や。あの病気は長引く。まだ死なへん。もう寄りついたらあかんで」

と叱った。

卓治は京都にいても落ちつかなかった。こうしていても、今がシズエの息を引きとる瞬間のように思えて、立ってもすわってもいられぬ気持だった。三日も待てずに三輪に飛んだ。

「あなた、寂しい、寂しい」

とシズエは抱かれてもがいた。

「九州のお父さんを呼ぼうか」

と言うと、

「いいの。こんな哀れな身体を見せたくないわ。それよりあなたが来てくださるだけでいいわ。あなた、お太りになったのね」

とシズエは卓治の身体を見て言った。

「うん。肥えたようだ」

と卓治は答えた。肥えたのではなかった、彼自身の身体も浮腫《むく》んでいたのだ。

「うれしいわ」

とシズエはいかにもうれしそうに微笑した。

昭和十年十一月十一日に、シズエは息を引いた。容体の急変を、雇い婆さんが木村の親に知らせ、親は京都の卓治に電報を打ったが、間に合わなかった。

晩秋の大和平野に陽《ひ》が赤くなるころ、棺は鯨幕《くじらまく》を張った卓治の実家を出た。剣が賑やかなので喜んで笑いまわっていた。その同級の一年生が女の先生に引率されて、道《みち》傍《ばた》に並んで棺を礼拝した。肌寒《はだざむ》い風が吹いていた。

三輪山が東に見えるところに火葬場はあった。白い棺は暗い竈《かまど》にはいった。卓治は渡されたマッチをすって投げた。枯れた松葉が棺をめがけて勢いよく燃えあがった。

「シズエ」

卓治は涙が溢《あふ》れ出てうずくまった。

十五

教室に自由に出入りしてもよい、と熊田学長は言ったが、それもできなくなった。一つは卓治の病みきった身体を皆が嫌い、一つは卓治の相変わらずの傲慢《ごうまん》な態度を憎まれたのである。

杉山道雄は教授になっていた。

杉山は卓治を内心おそれていた。何かの論文を書く時、いつも鎧《よろい》を着ていた。他の者は眼中になかった。卓治にだけの防備であった。

卓治の存在は今まで常に杉山道雄に圧迫感を与えてきた。

その卓治が教室に出入りすることは、自分の牙城《がじょう》に敵が踏みこんできたように不快であった。それが自然と彼の態度にも表われる。

陳列室で杉山と卓治が偶然に出会っても、二人とも眼《め》を逸《そ》らして、知らぬ顔をしていた。まして卓治は他の若い講師や研究員など歯牙にもかけぬふうをした。それで卓治が考古学教室に来ても、誰も彼にものを言う者がない。彼らは衰えた卓治の身体をことさら露骨に忌む眼つきをした。

夜、卓治の部屋に客が来た。大学で顔を合わせる若い助手であった。手紙を置いていった。

「教室の平和のためにはなはだ遺憾ながら今後の出入りはご遠慮くださるようお願い申しあげ候《そうろう》」

熊田良作の名前があった。

「ふん」

と卓治は手紙をまるめた。京都に来て何カ月もたたぬうちに追いかえされるのだ。皆が口を揃《そろ》えて、出ていけ、という声が耳に聞こえる。

卓治は荷物を片づけた。本は箱詰めにして奈良に送った。またこの本を取りだしてふたたび読む日がくるかどうかわからなかった。その他は、今まで書いて発表した文章や参考論文の切抜きが風呂敷《ふろしき》包みに一つ。巴里《パリ》で買って帰った伊太利《イタリー》製のマジョリカ焼きのコーヒー茶碗《ぢゃわん》が一セット。それだけが手荷物だった。

寿仙院の寺僧が、木村さん、その身体で東京まで行けますか、と制《と》めたが振りきるようにして夜の京都駅に車を雇った。

東京には早朝についた。気分が悪く汽車の中では一睡もできなかった。いつ、血が胸からこぼれ出るかもわからぬという不安もあった。

世田谷のシズエの伯父の小山の家にたどりついた。妻女が卓治を見て声をのんだ。卓治の耳は紙のように真っ白であった。人間の耳とは思えぬほど気味が悪かった。

「卓治さん。よく来たね」

と言うだけが精いっぱいだった。

しばらく卓治は小山の家に寝るつもりでいたが、ここには小さい子供がいる。子供に病気を伝染《うつ》してはという心配があった。

二三の宿を転々としたが、どこも病気のために長くは置いてくれなかった。

『考古学界』同人の若いMが駆けつけてきてくれた。Mは同人のSにもFにも知らせる。それらの計らいで、鎌倉の思い出の極楽寺の家を借りて移った。

「ありがとう、ありがとう」

と卓治は涙を落とした。

床に腹ばいながら、「弥生式石器と弥生式土器」の原稿を書いた。とてもそんな気力がまだ残っているとは思えなかった。一枚書いては一時間ぐらい休んだ。

「うれしいな。原稿が書ける」

と子供のようによろこんだ。

皆のすすめで初めて医者に診せた。医者は簡単に診察すると、

「あと一週間が峠です。その峠を越すと楽になります」

と卓治に言った。卓治は大きく首を引いてうなずいていた。

医者はかげでは、あと一週間の生命です、と告げた。

Sが電報を各方面に打った。誰も来る者はなかった。

「土器における可搬性と定着性の問題を進めるように。それは一方は文化における放浪性と定着性の問題にもなろう」

と言ったのが、聞きとれる最後の言葉となった。

昭和十一年一月二十二日に息をひいた。シズエの死から二カ月後であった。三十四歳。

遺品は埃《ほこり》をかぶったマジョリカ焼きの茶碗と菊判四冊分の切抜きがあるだけであった。

笛_{ふえ}

壺_{つぼ}

一

案内記によると、土地にできた蕎麦粉《そばこ》を武蔵野の湧《わ》き水《みず》で打ったのが昔からの名物だそうであるが、この蕎麦屋は家の構えの貧弱なこと田舎のうどん屋と異なるところがない。おれは、寺に行きがけに〝御宿泊〟という看板も読んでおいたから、薄暗い電灯の下で蕎麦を二杯たべおわると、どうだね泊めてくれるかね、ときいたら五十ぐらいの背の低い女房がじろりとおれの風采《ふうさい》と老体を改めてみて、へえ、よろしゅうございます、とあまり弾まない声で答えた。

四畳半の二階に通されたが、想像したとおり、畳は赤茶けて足の裏にしめっぽいし、天井は黒くなって低い。古くて家がいびつになっているとみえ、建具が合っていない。窓の障子をあけようにも二三回ひっかかった。

外はすっかり暗い夜になっているが、真っ黒い杉木立の間から星のない空の色がわずかに見える。桜が終わりだというのに肌寒《はだざむ》い。東京より二度は低いようだ。木立の匂《にお》いがする。

おれはここに泊まるつもりで来たのではなかった。あてもなく夕方近く電車に乗って武蔵境《むさしさかい》の駅で降りて歩いてきた。頭の中には思考がなかった。むなしいやるせなさが胸を吹きぬけているのだが、いかにも目的ありげにやってきた。七十近い齢《とし》なのに足だけはまだわれながら達者である。

寺に着いた時はあたりが暮れなずみ、堂の内は暗かった。案内の僧は蠟燭《ろうそく》で重文の釈迦《しゃか》を見せてくれた。おれは蠟燭の炎が三尺にもたらぬ黝《くろ》い白鳳仏《はくほうぶつ》を撫《な》でるように照らしたとき、心の中で不思議な落ちつきができた。空虚な気持に変わりはなかったが、今までふわふわと浮いたものが沈潜したようになった。この仏の口辺におれが若いころ調査に行ったことのある法隆寺の古仏と同じ微笑の名残りがあったせいであろうか。ともかく、おれは寺を出て、蒼茫《そうぼう》たる幽昏《ゆうこん》をよどませたような、亭々と伸びた杉木立のむれを見たとき、今夜はここに泊まる気になった。

おれは長いこと座敷にすわって真っ暗い外を見ていた。ときどき、風が高い梢《こずえ》を騒がしてわたる気配があるが、おれの顔には冷たい空気が動かずにいる。いずれ夜が更《ふ》ければ、木立の奥には梟《ふくろう》が啼《な》くに違いない。おれは以前から、自分の死にぎわにはこういう寂しい風景が必ず眼《め》の前に在るだろうと漠然《ばくぜん》と考えていた。おれが幼いころ、おやじは女をつくって家出し、零落して木賃宿住まいをしていた。おれはそこに二三日いたことがあったが、そのときの宿のわびしいありさまは子供心に灼《や》きついて忘れていない。おれは若い時分から自分の息を引きとる時の場所が、そのような所ではないかという遠い予感をもってきた。

今夜はおれが帰らぬので貞代はひとりなのだが、おれのことを心配する女ではない。おれが憎んでいることはわかりながら、ちゃんとこの女のところにかえっていくほかはないことを知りぬいている。貞代と同棲《どうせい》して無断で夜を外で過ごすのは今晩がはじめてだが、おれがとても思いきったことをする気づかいはないと判断しているから、その心配もせぬであろう。朝になれば、糸を手繰りよせるように、ひょっこり帰ってくるとタカをくっているに違いない。年寄りのくせに、子供のような意地を出してもだめだよとせせら笑っているだろう。

なんでもよい、今夜はあの女から離れてここに寝るのだ。なにも考えずに、武蔵野の杉木立の奥で寝よう。おれがこんな気を起こしたのも、今日はふところにわずかばかりの金がはいったからである。ある少年向きの雑誌社にほとんど日参のようにして頼んで、書かせてもらった原稿料だ。若い編集長のうるさそうな軽蔑《けいべつ》しきった眼を思いだすが、その眼にもおれは恥も怒りも感じなくなった。

おれの、今、携えている汚ない風呂敷《ふろしき》包みのなかには千ページにあまる分厚いおれの著書がはいっている。十年前に出版されたものだが、おれの手脂《あぶら》と汗が滲《し》みこんで三十年も昔の本のようにぼろぼろに古びている。「文学博士畑岡謙造《はたおかけんぞう》著、延喜式《えんぎしき》に於《お》ける上代生活技術の研究」という背の金文字も色褪《いろあ》せ、見開きの〝昭和×年帝国学士院恩賜賞《おんし》ヲ受ク〟と印刷した紙も手垢《てあか》で真っ黒くよごれているが、おれにとってはわが子のように寸時も手ばなせない。いや、わが子以上である。わが子はみんなおれから離れたが、この本だけはおれを裏切ることはないのだ。

おれがこの本をしじゅう携えているのは、この世の愛着をこれにかけているのだが、一つは些少《さしょう》の原稿料にありつくためだ。今の若い編集者は勉強がたりない。畑岡謙造の名も延喜式研究の貴重さも知らない。はなはだしいのは延喜式の概念さえ知っていない。おれは〝恩賜賞〟の文字を示してわずかに彼らの関心を獲るのである。そして片々たる歴史の解説原稿の売りこみにありつく。おれの身魂を打ちこんで書いた著書は、まるで商人が見本をみせて注文をとる手段と異ならない。おれは著書を編集者の前にひろげるたびに、虚脱したような心になる。

これも貞代が考えだしたことなのだ。おれの学者としての生涯《しょうがい》を絶った女が、学者としてのおれの一生の業績を晒《さら》しものにして、米塩の資をひさがせようというのだ。今年六十九のおれに。

二

おれは貞代が好きなのではない。それどころか憎んでいる。この女の広い額や、縮れた髪の毛や、大きな眼《め》や、尖《とが》った鼻や、薄い唇《くちびる》など、人なみより大きな顔の道具立てに限りない嫌悪《けんお》と憎悪を感じながら、この女の身体《からだ》から脱《のが》れることができない。世のあらゆるものが空虚になったおれには、貞代の身体に没頭する時だけが充実感を与える。七十近い老いて痩《や》せたおれの身体は、この女を憎みながらその充実感をしゃぶっている。形には見えても、手を触れれば空気のように虚《むな》しいこの世の現象に、この白い脂《あぶら》がのって象牙《ぞうげ》のようにすべすべした固体だけは手応《てごた》えがあった。貧弱なおれの身体が、意志に反して夢中になっているのを貞代は侮《あなど》りながら知っている。この女も別段おれを好いているのではない。自分より倍も年上の老いた爺《じじい》になんの愛情があろう。が、今となっては無下に捨て去ることができない境遇にあった。一つはおれが彼女を憎悪している感情への意地である。一つはおれから奔《はし》っても、前の男がかえってくる見込みがないからである。それと、この女もまた、おれから脱れては自活が簡単でないからだ。

おれは、妻と子を置き去りにし、代々木の家と一万五千冊の蔵書を捨て去った。妻はあの家に（さして多くもなかったおれの収入を切りまわして長年の努力で建てた家に）子に養われて老後を送るであろう。子はすでに自活もできる。彼らはおれには他人となった。家も蔵書も失ったが惜しくはない。ことごとく喪失してみれば、いつかはこうなる運命の予感があったような気がする。

学問も、先輩も、友人も、おれは一挙にうしなった。恩師は怒っておれを捨てた。貞代という女に没入したその代償の高価に人は嘲笑《ちようしよう》した。しかし、これも失ってみれば、いつかはそんなことになる儚《はかな》いものであった心がする。まだ貞代の身体のほうが確かである。

おれが、この世の虚しさというようなものをはじめて知ったのは、おれの師の淵島《ふちじま》由太郎《よしたろう》先生からであった。最もおれを熱心に推挽《すいばん》して、世にはなやかに出してくれた恩師の淵島先生によって最初の失望と空虚を知ったのである。

そのころ、つまりおれが二十五六のころ、おれは福岡県の田舎の中学校教師だった。三方が山に囲まれ、一方は平野がひろがっている鄙《ひな》びた地方であった。おれはそこで歴史を教え、自分でも郷土史など調べていた。あるとき淵島先生が文部省の依頼をうけて史跡調査にやってこられることになった。当時、先生は東京帝大教授であり、東大史料編纂《へんさん》所長を兼ね、文部省嘱託であった。この偉い中央の学者を案内するのに県庁には人がなかった。そこで日ごろから郷土史など調べていることを耳に入れていた県視学がおれに案内役を言いつけた。おれはこの神様のような高名な学者に接触する機会を得て、躍りあがるほどうれしかった。淵島先生のその時の調査の対象は筑紫国《つくしこく》分寺址《ぶんじあと》、筑紫戒壇院址、観世音寺址であった。これはおれが日ごろからいちばん熱を入れて調べていたことなので、先生を案内する前の晩など興奮して眠れぬくらいだった。

先生を博多の駅にお迎えしたとき、先生の態度はかなり無愛想であった。県の学務部長がおれを紹介しても、や、とかなんとか口の中で言ってちょっとうなずいただけで、何がこの若僧が、という様子がありありと出ていた。おれは今に見ておれ、と心に思っていた。

それからおれは先生を案内しはじめたのだが、どこに行っても、おれは自分の調査した資料を出して説明した。礎石の位置の実測図とその復原図、典拠による相違や実証、出土品の位置、古瓦《ふるかわら》の拓本、過去帳や寺仏の研究などあますところなくしゃべった。はじめは上の空で聞いていた先生も、つぎつぎに案内するごとに出るおれの言葉に耳を傾けるようになり、果てはその眼に驚きをみせるようになった。それからどこの学校を出たのか、とか、ひとりでそんな勉強をしたのかとかきくようになった。とうとう一週間ばかり先生と一緒に歩いている間、すっかり先生はおれが気に入って、君にその気があるなら、東京へ出てきて勉強しないか、その便宜ははかってやる、と言ってくれるまでになった。

胸がふるえるほどうれしくなった。いつまでもこんな田舎の教師で草木のように埋もれたくなかった。おれは先生に頼んだ。その結果、半年ばかり経《た》って、先生はおれを自分が所長をしている東大の史料編纂所員に引きあげてくれた。で、さっそくに上京したものだった。

あの本郷の赤門からはいってすぐ左にとっつきの、電車通りから見れば高々と伸びた銀杏《いちょう》の樹《き》に飾られた史料編纂所の建物の入口を、おれは胸いっぱいの感慨と希望をもってはいった。建物の内部は外からの見かけによらず暗いが、その暗さも数万の貴重な古文書がつくった影のように思え、随喜の涙をこぼした。

そこでおれは八年間、先生の下で「国史資料集成」の編纂の仕事に過ごした。この歳月の間、自分の仕事についても勉強をしたが、おれはあくまで学者を志していた。そのための研究主題《テーマ》を得るためにそろそろ焦慮《あせ》ってきた。同じやるなら、ありふれたものや、小粒なものはやりたくなかった。淵島先生に相談すると、まあ、急ぐことはないよ、そのうちおれが主題《テーマ》をみつけてやろう、と言ってくれたが、いつまで経ってもその返事はなかった。あとで考えてみると、先生にもおれに満足を与える題目が考えられなかったのであった。

三

おれは三十二歳の秋に妻を娶《めと》った。それが志摩子《しまこ》である。結婚の翌々年には長男が生まれた。それが博和《ひろかず》である。次男の博嗣《ひろつぐ》は五年後に出生した。おれの生涯に無意味な伴侶《はんりょ》となった三人の人物は、その五六年の間に、この世とおれの周囲に出現したのであった。

志摩子は淵島先生の媒酌《ばいしゃく》によった。先生の知人の医者の娘であった。つつましい家庭に育ったのと、目立たぬ容貌《ようぼう》がおれの反対しなかった理由だった。おれはひたむきに学問に志すためにおれの心を奪うような女を妻としたくなかった。その点では、志摩子と結婚したことは失敗ではなかった。彼女は平凡な型の女であり妻であった。おれはさして愛情も湧かず、といって嫌《きら》いもせず、まず思ったとおりの女房であったのに満足した。

先生がおれに結婚の仲人《なこうど》をしてくれたのは、おれに意をかけておられたためであろうが、特別にそうだからというほどではなかった。先生の媒酌による結婚は他にも無数にあった。つまり先生はそういう方面の世話好きであった。それほど懇意でない人の仲人もしていた。その世話好きは結婚ばかりではなく、出身校の後輩の面倒や、同じ歴史畑の学徒の世話も、じつによくつとめた。おれは、はじめは先生は親切な人だと思った。

しかし、しだいに先生の地位に一種の箔《はく》がついてくるのをみると妙なことに気づいた。そのころ、先生は帝国学士院会員になっていた。その他の肩書には、維新史料編纂会委員、国宝保存会委員、神社奉祀《ほうし》調査委員、教育審議会委員、史跡名勝天然記念物保存委員会会員などがあった。この賑《にぎ》やかな肩書は年々に装飾品のようにふえていったのだが、そのわりに先生の学問上の業績には見るべきものがないのに心づいた。その著書の「日本文化史攷《こう》」にしても「中世封建社会の生活と文化」にしても学者たちを満足させる学問的な研究ではなかった。

後進の結婚の媒酌をすすんでするように、学界での世話をよくすることが、先生の本領であった。確執があればそれを調停し、勢力争いが表面に出ようとすれば、それをまるくおさめた。嫉妬《しっと》、中傷の坩堝《るつぼ》である学界では、先生のそういう手腕は必要であり、便利であった。いつのまにか先生は顔役となり、優れてはいるが圭角《けいかく》のある学者よりも先に地位ができてきた。ぬけめなく自分の勢力も養った。

先生がそういう政治家でしかないと知ったとき、おれは目前の巨大な物体がガラスのように透いて見えたような虚しさを感じた。この世の失望の最初を先生によって知らされた。

それに、そのころ、おれはもがいていた。おれは決して第二の淵島由太郎にはなるまいと決心していた。埋もれてもよい、野心的な、大きな、一生をかけるような研究がしたかった。その主題《テーマ》がなかなか摑《つか》めなかった。おれは眼や耳から血が出るくらいに焦慮した。

そういう懊悩《おうのう》が一年間もつづいたころだった。ある日、おれは史料編纂所を出て同僚と肩をならべて歩いていた。おれは今でもその時の光景をはっきり憶《おぼ》えている。夕方近くであった。何かたあいない雑談をかわしながら本郷の坂を湯島の方に降りていた。鰯雲《いわしぐも》が空にかかっており、夕陽《ゆうひ》になりかけた光が薄赤く雲の縁を染めていた。

「なあ、延喜式の研究がやれたらいいだろうな」

と、横に歩いていた同僚は何気なく言った。それはまったく雑談の途中で、ほんの出まかせで言った思いついたままの言葉であった。もしかすると、夕雲のはなやかな模様が彼に平安朝の華麗な服飾を連想させたのであろうか。延喜式の本格的な研究が実際には容易なことでないことは常識であった。

延喜式の研究——同僚がふと吐いたひとことはおれの心に刃物のように光って突き立った。おれだってその研究が困難で、何人《なんぴと》も手をつけえないでいるくらいは心得ていた。が、同僚のその時のひとことで眼がさめたようになった。誰も手をつけていないことが改めてかぎりない魅力であった。その夜、蒲団《ふとん》にはいったが、興奮してまんじりともせず一夜を明かした。海とも山ともわからないが、おぼろげながら己れの行く方角が見えた気がした。神が存在するなら、あの時の同僚の口をかりておれに啓示したのであろう。

十世紀の中ごろに完成した〝延喜式〟は官選法文であるが、神道、倫理、風俗、法制、経済、博物、地理、言語、文学、工芸、医薬、産業、飲食、器具、服飾、その他百般の領域にわたり、上代生活を知る資料だ。全五十巻、量の膨大と考証の至難で学者の研究から敬遠されてきた。なまなかな考えでは歯が立たぬからである。

おれは長い間、何度も考えつくした。おれだってこの膨大な〝延喜式〟全体を対象とする不可能を知っていた。それで範囲を縮めなければならぬ。その領域をどこに限るかである。それで特殊な技術のもの、たとえば典薬寮《くすりのつかさ》、縫殿寮《ぬいどののつかさ》、織部司《おりべのつかさ》に属するようなものは、薬学とか染色学の方面でそれぞれの人があろうから除くとして、結局重点を置いたのは十巻の神祇部《じんぎべ》を中心として、神名帳の考証からはじまる古代氏族の分布、産業、交通、生活器物の研究であった。

おれは淵島先生にこの研究主題《テーマ》を相談した。相談したというもののおれの心の中にはすでに確固として決定していた。先生は話を聞くと、二三度眼《ま》ばたきをしておれを見ながら、

「それは大変だなあ。できるかね?」

と言った。いかにも茫洋《ぼうよう》としたものに直面したような眼つきであった。

「やれると思います」

とおれは答えた。そう答えるおれ自身の眼にも、茫乎《ぼうこ》として涯《はて》の知れない世界に乗り入れるような不安な光が宿っていたに違いなかった。

四

その日から二十数年間、おれは〝延喜式〟と取りくんで暮らした。研究は遅々としてすすまなかった。放棄しようと思ったことも一再ではなかった。意のままにならぬため狂暴な発作が起こって物を手当たりしだい放擲《ほうてき》したことはしじゅうであり、真冬に一晩じゅう野原に打ち倒れて朝を迎えたこともあった。二年も三年も、同じところを低徊《ていかい》して少しも先に進まぬこともあった。が、そのような苦悩はあったにせよ、二

十数年間という長い歳月をかけてみれば、やはり進行していたのであった。

一つはやはり淵島先生の恩恵であった。先生はおれを自分の旧藩主であるS侯爵《こうしゃく》家の家史編纂所主任に推薦してくれた。これは東大史料編纂所にいるよりもはるかに自由な時間があり、収入は二倍も多かった。侯爵家はその仕事にあまり干渉しなかった。いってみれば、家史編纂の完成などいつになってもよいことであり、そういう編纂事業をしていることが旧大藩華族の見栄《みえ》であった。そのため、あまり早く事業が完成してはかえって喜ばれないふうが見えた。長い時日がかかればかかるほど家史は壮麗雄大だと思いこまれた。その呼吸がわかってからは、おれはもっぱら自分の研究ばかりしていた。

S侯爵家に推薦した手前、おれを有名に仕立てなければならぬと思ったか、先生はしきりと史学雑誌などに寄稿することを慫慂《しょうよう》するようになった。おれは先生の言うとおりに従い、研究途上の断片を発表することにしたが、その結果、おれはいつのまにか上代文化の研究学者になってしまった。少壮学徒として法隆寺の再建非再建の論争にも一役買って出されたのもそのころであった。

おれが有名になりかかると収入もふえてきた。先生のお声がかりで大学に講師として出講することにもなった。それらの収入はみな妻の志摩子にそのまま与えた。おれは酒も飲まず、道楽もなかったから小遣いのほか、たいした金は要らなかった。ただ資料や参考書の購入にはどんな大金でも惜しまず出すことを命じた。

家計はいっさい志摩子に任せた。十何年間かかって代々木に家を新築したのも、男の子二人に大学を卒業させたのも、ひとりで家計を切りまわした志摩子の才覚であった。おれが貞代との事件をおこした時、世間は志摩子を賢夫人だと言い同情したのはその才覚を見ていたからである。日ごろ、さして亭主と心も通っていない女房が賢夫人であるかどうかわからないが、主婦としての才覚はあった。おれは結婚以来、志摩子と一度も箱根などに一緒に遠出した経験もなければ、肩をならべて街に出たこともなかった。彼女も別段にそのことを要求もせず不平にも思っていなかった。おれがいつ家を出ようが帰ろうが、表情を動かすこともなく、行く先を聞いたこともない。亭主がどんなものを研究しているのか興味をもって質問したこともなく、雑誌などに書いたものを読むこともなかった。これほど淡い夫婦仲はなかった。

しかし、おれはそのほうがよかった。なまじっかつきまとわれて研究の邪魔をされたくなかった。一つ家の中では、おれはおれ、家族は家族で分離したほうが理想的であった。そのため、子供もあまりおれになつかなかった。

研究がすすむにつれておれは地方に出張することが多くなった。各地の式内社《しきないしゃ》を調査するためであった。その仕事がすんで土地の駅から東京行の列車に乗るとき、おれはいつも家に土産物を買って帰ってやるべきかどうかに迷った。土産があってもなくてもどちらでもすむ冷たい家庭であった。

おれが貞代を知ったのは研究が六分どおり進んでいるころであった。研究の前途にはまだたくさんな困難が横たわっているとはいえ、ようやく昏迷《こんめい》から脱《ぬ》け出て、今までのもやもやとしたものから形のあるものが見えだしたときだった。貞代とは或《あ》る女学校の国語科の教師たちの集まりに出て講演した時にはじめて会った。その席上で何か気負った口調でいちばんよく質問したのが貞代で、沈黙している同僚の女教員はもちろん、男たちも尻目《しりめ》にかけているような小生意気な態度が印象に残った。それから幾許《いくばく》もなくとつぜん手紙をよこして、自分は高師の歴史科の検定をとりたいので、これから教えをうけたいがときどきお邪魔をしてもよいか、と言ってきた。おれはそれを見て考えたが、あまり頻繁《ひんぱん》にならぬ程度ならよいと返事してやった。

ある日の夕方、毎日のように行っている高輪《たかなわ》のS侯爵邸から出ると門前に背の高い女が立っていて、おれの顔を見てにっこり笑ってお辞儀をした。その縮れた髪の毛とくるくるした大きな眼《め》を見て、すぐ先日の女教師であることがわかった。おれは彼女が自宅に訪ねてくるとばかり思っていたので少しおどろいた。お宅に伺うのはどうも気兼ねだったので、こちらに来たが侯爵邸にはいっていくのが気がひけたから、門前でお帰りになるのを待っていたと貞代は言った。家に来てもかまわないよ、とおれが言うと、いいえ、女が訪ねていっては奥さんがお嫌《いや》になります、と答えた。確信したその言いかたは今までそういう経験を何度もしたというふうにみえた。

歩きながら話もできまいと思ったのでおれは途中でミルクホールに誘った。よい齢《とし》をして学生のようにミルクホールでもなかったがおれはそんな場所より以外知らなかった。彼女の質問は普通の歴史の平凡なことだが、遠慮がちに聞き、先日の気負った様子はなかったので、あれはその場の雰囲気《ふんいき》のせいかと思った。そしてこの女はそういう場面に刺激される性質だと感じた。話している間、彼女の顔に惹《ひ》かれるところは少しもなかった。二十三歳の女としては老《ふ》けた感じで、それは彼女の職業からくると思ったが、それでも人なみより大きい眼や高い鉤鼻《かぎばな》や薄い唇《くちびる》をみるとむしろ醜い女だという感じをうけるくらいだった。

ところがそれから五六日して、侯爵邸の前で折りからの薄暮の中で彼女がたたずんでいるのを見たとき、これは一途《いちず》に熱心な女だと思った。

その熱心な理由はやがてわかった。貞代がおれに話したのは、そういう面会が何回か重なってからだった。わたしの父親は死んで母親が田舎で兄と暮らしている、わたしは嫂《あね》と気が合わずに独りで東京に出てきているが、高師の歴史科の検定がとれたら良い学校に世話をしてやるという人がある、そうなれば嫂からいじめられている母親も引きとれるから一生懸命に勉強しているのだと事情を語った。

おれも少し気の毒になって貞代が侯爵邸の前にくるごとに相手になってやっていた。家に訪ねてきてもいっこうに差しつかえないと言うが、どうしても来ない。それで門前に待ちぶせしているような貞代と連れだってミルクホールにはいったり、時には小料理屋にはいって飯を食うこともあった。ところがある夕方、教える話が長くかかっていつもより遅くなり、すっかり暮れた外に出ると、貞代は暗い通りの向こうを眺《なが》めて、ああまた来ているわ、と呟《つぶや》いた。思わずその方角を見たが賑《にぎ》やかな人通りでなんのことかわからぬ。なんだときくと、貞代はただ口の中で、憂鬱《ゆううつ》げにかすかに笑った。

五

おれはそのとき四十六歳、貞代は二十三歳。この二つの齢の傾斜が自分の気持を貞代に動かせたとは思わない。おれは少しも彼女の顔にも若さにも感情を動かしたことはなかったと信じる。それなのにおれが貞代に向かったのはどのような心であろうか。それは今になって漠然《ばくぜん》とわかる気がするが、他人に順序立てて説明することができない。が、それにはこんなことがあった。ある日、おれは貞代と博物館に祝部土器《いわいべどき》を見にいった。そのころ、研究はもっぱら〝延喜式〟に書かれた神饌品《しんせんひん》の考証にあった。それでこういう考古学の遺物の陳列を毎日見に通っていた。おれは昼だから学校が休みの日曜日だったか、とにかく貞代がいっしょに行ってみたいというので連れていった。種々の土器をみて回っているうちに、貞代が、あれはなんですか、と指をさしてきいた。それはわりに小さな壺形《つぼがた》の土器で、胴にまるい穴があいていた。壺ですか、と言うから、水をいれる壺ではない、そら、胴の横っちょの真ん中に穴があるだろう、水をいれる壺なら水が流れ出てしまうから壺ではあるまいと説明してやった。では、なんですか、と言うから、神前の祭祀品には違いないが未《いま》だに用途のわからぬ品物だ、しかしあの穴を吹くと、音が出るから楽器ではないかという説がある、名前も笛壺とよぶ人があると言ってやった。

「笛壺。いい名ですこと」

と貞代は言った。それからよく見ていたが、

「あの胴の穴に竹筒でも挿《さ》しこんで吹いたのでしょうか？」

ときく。おれは、いや、あの穴に口をつけて吹いたんだ、と説明しかけて、はっとなった、あの穴に竹筒を挿しこむ、この着想は今まで気づかないことだった。すると

この壺に竹筒を挿しこんだときの格好がおれの眼の前にうかんだ。それは水さしのような形であった。おれは、瞬間、これは楽器ではないと直感した。

おれが、〃延喜式〃の神祇部に神饌品としてよく出てくる〃〓《はぞう》〃という、今まで誰にもわからなかった廃字の実体を、この〃笛壺〃に求めたのは、穴に竹筒でも挿しこんで吹いたのでしょうか、という貞代のひとことから出発した。楽器ではない、式の文中に「酒垂《さかたれ》、〓、等呂須伎《とろすき》」とたいていならべて出てくるように、これは上から酒を注ぎ竹筒に口をつけて吸う道具なのだ。それにしても女の直感力のすごさにはおれはおどろいた。いや、そう思うのは、一つのものを解明しえた学者のよろこびのあまりの過大な驚嘆であろうか。もとより貞代は心に浮かんだままを言ったのだが、それを神の暗示ととったのは己れだけの迷信的な感激であった。

あるいは、それよりもおれの心が貞代に向かったのは、やはり彼女の愛人滝口孝太郎のせいだったというべきであろうか。貞代はなかなかこの情人のことをおれに言わなかった。彼女の境遇については前に一通り聞いたが、現在どのような生活をしているか皆目わかっていなかった。それを貞代の口から滝口のことを聞かされる羽目になったのは、この情人のいわれのない嫉妬からであった。

おれが貞代とミルクホールで話している間、〃彼〃はいつも外で待っていた。決しておれの前に姿を現わすことはなく、おれと貞代とを監視しているのであった。

「先生に教えてもらえと言ったのは滝口なんです。そのくせ、先生と話している時間が長いと、とても機嫌《きげん》が悪いんです。殴ったりするんです」

と貞代は告白した。君が検定をとったら良い学校に世話しようと言ったのはその人だね、ときくと、貞代はうなずいた。それから滝口が彼女のつとめている学校の教頭であること、妻子のある四十男だということも話した。これだけ聞けば、おれのようなものにも、その男と貞代との経緯《いきさつ》が想像できた。

「それじゃ、もうぼくのところに来ないことにするんだな」

「いいえ、かまいませんわ。わたし、とても先生のお話を伺っているのが愉《たの》しいんですの。あの人は普通の人と変わっていますから、放《ほう》っておけばいいんです。わたしが先生が好きだと言ったからよけいに嫉《や》くのです」

おれはくすぐったい気持になった。

「それで滝口君は君と一緒になるつもりなのかね？」

「いいえ、そんな勇気があるものですか。口さきではなんとかごまかしていますが、奥さんや子供と別れられないのです。それに、自分が教頭だからわたしとの間が学校に知れるのをとても恐れているのです」

と貞代は言った。女は自分の情人のことを、他人に告げ口するとき、そういう訴えるような口吻《くちぶり》になるものだとは知らなかった。

おれが貞代に誘われて初めてその家に行ったのは、そんな交際が三月も続いた後であった。彼女は麻布六本木の諸式屋の裏の離れ六畳一間を借りていた。貧しいが、赤い鏡台掛けや箪笥《たんす》の上の人形飾りなどが若い女の住居《すまい》らしかった。ちゃぶ台の上に手料理がならべてあった。薄い電灯の光が赤い刺身の上に鈍く当たっていた。貞代がおれへの礼ごころの馳走《ちそう》であった。おれは酒は飲めなかったが、貞代がせっかくだからと出した銚子《ちょうし》で少しは飲んでいた。彼女はいつもよりは濃い化粧をし、帰るとすぐ着かえた派手な着物は真っ白い割烹着《かっぽうぎ》の襟《えり》を区切ってのぞき、それがいつになく眼を惹きつけた。

二時間ぐらいいて、そろそろ帰ろうかと思っていると、閉めた戸の外を人の歩く足音が忍びやかに聞こえた。それはぐるぐる回っているようにいつまでも聞こえた。

「滝口君だろう」

とおれが眼を上げると、貞代はうつむいてうなずいた。おれはさすがに怫然《ふつぜん》とした。

「外で監視することはないだろう、こっちにはいってもらいたまえ」

と言うと、貞代は、もじもじして赤い顔をした。それからおれが重ねて言うと、立って出ていった。戸外で低いぼそぼそという話し声が聞こえていたが、やがて二三度頰《ほお》を打つにぶい音に変わった。

六

ある冬の夜、おれは書斎で調べものをしていた。卓上の時計は十時近くを指し、カーテンのすきまに残った硝子《ガラス》窓は真っ暗い外の闇《やみ》を透かしていた。この闇を見たとき、ふとおれの眼には同じこの夜の貞代の部屋の様子が浮かんだ。その部屋に一人の男が貞代とすわっている光景を想像した。するとどうしても落ちついていることができず、本の活字は空疎《くうそ》になるばかりだった。おれはにわかに用事を思いだしたと妻に言って家を出た。行ったらすぐ帰るつもりであった。

貞代の家についたのは十一時になっていた。母家《おもや》の諸式屋の暗い路地をはいると、戸は閉まっていたが、すきまからは電灯の光が糸のように見えていてまだ起きている様子だった。戸を叩《たた》くと、内から、どなた、と貞代の声がした。それから戸をあけてみて、貞代が、まあ、先生、と言った。おれは素早く一間しかない部屋を見たが誰もいなかった。座敷には赤いメリンスの掛け蒲団《ぶとん》が敷いてあった。その辺まで用事で来たのでちょっとのぞいてみたが、もう失敬する、と、言うと、貞代はおれの腕をとって、お茶だけでもあがっていってくださいと引きとめた。上背のある大柄《おおがら》な女なので少し圧迫を覚えるくらいだった。あるいはそう感じるのはすでにおれの心が何かに溺《おぼ》れようとしていたのかもしれなかった。

貞代は敷いてあった蒲団を二つにたたんで隅《すみ》に寄せ、お茶を沸かそうと支度にかかった。おれは急に、いや、酒がよい、酒があったら出しておくれ、と言った。酒の飲めないおれだったが、その場は、どうしても酒でなければならぬような気がした。貞代は笑いながら、先生、お珍しいわ、と言い、水屋から一升瓶《びん》を出した。酒は底に三合ばかり残っていた。その酒は誰に飲ませるためにあるのかすぐわかった。おれは意地でもその酒を飲まねばならぬ気持になった。

話をしながら耳を注意したが、戸の外に足音は聞こえなかった。今夜はお客さまはないのかねとおれは皮肉に言ってやった。何をおっしゃるの、と貞代はおれの眼を逸《そ》らすように薄い唇を開いて笑い、なにもございませんのよ、と言って銚子にわけた酒を注《つ》いだ。ちゃぶ台の上には小魚の佃煮《つくだに》と焼海苔《やきのり》の皿がならべてあった。おれには早く帰らねばという心とこのままでいたい心とが絡《から》みあっていた。そうしているうちに酒に弱いので胸苦しくなり我慢ができなくなったので横になろうとすると、貞代が座蒲団を二つに折って枕《まくら》代わりにすけてくれた。

それからどのくらい経《た》ったか、かなり眠ったと思ったがあんがい短かったのであろう、大きな音がしたので眼がさめた。貞代があわてて押しとめようとする気配がする。一人の中年の洋服男がどんどんはいってきて、眼の前のちゃぶ台の前にあぐらをかいてすわると、わざとらしく貞代に、飯、飯と言った。これが滝口孝太郎であった。やせて眼の細い律義《りちぎ》そうな男だったが、顔を赤く興奮させ、息をはずませている。おれはとっさに起きあがる機会を失って眠ったふりをしてうす眼をあけていた。貞代は、はらはらして、それでも茶碗《ちゃわん》を出して飯をよそった。滝口はさらにわざとらしく箸《はし》や茶碗をちゃぶ台に叩きつけるようにして音をたて、ひとことも口をきかずに荒々しい動作をつづけていた。あきらかにおれへの当てつけであった。

おれは憤《いきどお》りがこみあげた。それは滝口の敵意をもったこれ見よがしの行動からではなく、貞代と滝口とがならんでいる光景への怒りであった。おれは跳ねあがるようにして起きると、蒼《あお》くなっている貞代に、

「この人は君の亭主かい？　亭主なら客であるぼくは挨拶《あいさつ》しなければならないよ」

と仁王立ちして言った。貞代は中腰になっておれの方に手を出したが、おれの胸の中に激しいものはいよいよふくらみあがって、

「君、君は貞代さんの主人か？」

と滝口に詰めよった。滝口はちらとおれの顔を睨《にら》むように見たが、その眼の光には臆病《おくびょう》な色があった。それはここで事を起こせば、スキャンダルが知れて〝教頭〟を逐《お》われるかもしれないという怯《ひる》みだった。彼は黙って立ちあがると表に出ていこうとした。そのやせた背中にいよいよおれは憎しみが湧《わ》き、

「卑怯者《ひきょう》」

と言うなり、ちゃぶ台に両手をかけると叩きつけた。音たてて土間に茶碗や皿が飛散し、赤塗りの台は白い木肌《きはだ》をむきだして折れた。男は戸口から逃げた。

その夜、おれはとうとう貞代の家から帰ることができなかった。一晩じゅう、火鉢《ひばち》を中にして二人で起きてすわっていた。戸の外には、これも夜を徹して人間の歩きまわる足音が去らなかった。冬の肌さす寒い外でも、滝口孝太郎が帰りえずに嫉妬《しっと》心にいらだちながら夜を明かしたのであった。今にして思えば、小心な彼こそ本当に貞代を愛していたのであった。

七

三千枚の原稿用紙に清書し、それを六つに分けて綴《と》じ、それぞれの表紙に「平安初期の器物と生活技術の研究――特に延喜式を中心として」其《その》一、其二、其三と書きお

えたとき、おれの生涯《しょうがい》の歓喜も生命も燃えつくしたのであった。同僚が道を歩きながらふと洩《も》らした「延喜式研究がやれたらいいな」のひとことを聞いてから二十数年、ともかくこの瞬間を迎えた。長い長い間ゆめみていた瞬間であった。この瞬間にこのような乾いた虚脱が待ちかまえていようとは夢にも思っていなかった。畑岡謙造はこの論文の中に消えこみ、残っているおれは残骸《ざんがい》であった。

予期したようにこの論文は学士院恩賜《おんし》賞となった。政治の上層部とも結び、学界のボスともなっていた淵島先生の発言をもってすれば易々《いい》たることであった。つづいて学位をもらった。世間はおれの幸運を羨望《せんぼう》した。このさきどのような輝かしい前途があるかと思ったに違いなかった。

かねてから貞代はおれに同棲《どうせい》を迫ってやまなかった。その執拗《しつよう》におれは抵抗を失っていた。それでもおれは、学位をとったら、と彼女を抑えていたのであった。学位がとれたらという口実の裏には、古稀《こき》をこえた淵島先生が元気な間に論文を完成しなければ学位はとれないと自分の心をいそがせる気持と、その日は遠い足音だけを聞かせるばかりで永久にやってこないという予感があった。その予感に頼って、彼女から一寸のがれをしている気持だった。あの論文が学士院会の授賞と内定したとき、おれはこの世の中のいびつなものにわらいたくなった。その時からおれは貞代の虜囚になったのであった。彼女を拒絶する力はなかった。

おれは宮中の賜餐《しさん》の席上で、西欧王朝風な絢爛《けんらん》の壁面を眺めながら灰色を見つめていた。宮さまを中心にして卓の両側には老人の学士院会員たちが荘重に食事の手を動かしていた。おれは末席から死期近い老人たちが行儀よくならんだ光景を見た。絶望も一種の内容をもっていた。美しく完成した画面を、墨で塗りつぶすような、いっさいの今までの己れの努力を抹殺《まっさつ》する快感であった。自殺者がぐんぐん崖《がけ》を落下していく爽快《そうかい》さであった。

いよいよ代々木の家を出るとき、妻の志摩子はおれの告白を激情の嵐《あらし》もなく冷静に聞いた。彼女の顔色は憎悪《ぞうお》に蒼すごみはしたが、乱れるほどではなかった。すぐに知りあいの弁護士を電話で呼び、不動産に関する所有権の書類を作製した。おれが門を出るとき、長男の博和は平然として見送り、次男の博嗣は奥でバイオリンを鳴らしていた。

おれは六本木の諸式屋の裏にたどりつき、離れの戸をあけた。

「来たよ」

とおれは叫んだ。

髪の毛の縮れた、背の高い女は立ちあがってきて薄い唇《くちびる》をゆがめて笑った。その時、この女もおれの伴侶《はんりよ》でないと直感した。

そうだ、伴侶ではない。どうしてこの女がおれの余生の伴侶でありえようか。彼女の底意地の悪さ、執拗な自我、表皮の下に流れている冷たさを、おれは瞬時に予感したのだ。

おれは自分のこの世の孤独にはじめて涙が出た。

小用に立って戻って寝たがなかなか温《ぬく》もりがもどってこない。足さきが冷える。さきほどから、やはり杉林の奥で梟《ふくろう》が啼《な》きだした。あの声を聞いていると、ふとおれは延喜式に記されてある𤭖《はぞう》を思いだした。上部の縁の高い土器の壺である。あの胴の穴に口をつけて吹いたことはないが、吹けばきっとあのような音が出るのではないかという気がする。

この〝笛壺〟に竹筒を挿しこむのではないかと言ったのは貞代であった。おれはその暗示から出発して𤭖の実体を知った。それで貞代のなんでもないひとことにひとりで感激を覚えたが、あの時学問に熱中していたおれはこの女に迷信的な幻影をもったのではなかろうか。しかし、要するに人はこの世の現象にそれぞれ勝手な迷信をつくり、錯誤を冒しあっているのではないか。

おれはいつか博物館に行き、係りに頼んで陳列品のあの〃笛壺〃がどんな音を出すか吹かせてもらおう。しらじらと虚《むな》しいこの世に、おれにわずかな充実感を与えるのは、今ではそういう時だけであった。

赤いくじ

一

一九四四年（昭和十九年）の秋、朝鮮京城《ソウル》で二つの新しい師団が編成された。新編成師団の任務は、米軍の上陸に備えて、朝鮮の西沿岸を防備するというにあった。

二つの師団は受持区域を南北二つの朝鮮に割った。ほんとうの名は第何千何百何十部隊というのだが、〝朝鮮を守備〟するというので、この字まで二つに割り「守朝兵団」、「備朝兵団」と称した。だから南鮮受持ちの師団の兵は、よごれた軍服の胸に、白い布を貼《は》って、「備朝兵団」とへたくそな字で書き入れた。

備朝兵団の兵団長は、白い頭をした六十歳の老人であった。むろん退役中将であったが、昔はどこかの大使館付武官《アタッシェ》をつとめてきたということだった。そういえば、長身のどこかに、ダンスの巧みらしい身のこなしがないでもなかったが、概して日本の老将軍らしい威厳はあった。

幕僚の中で、参謀長は楠田《くすだ》という、少年のように赤い頰《ほお》をした大佐であった。四十過ぎているに違いないが、うち見たところ、三十四五歳ぐらいにしか思えなかった。

華北、華中、華南と、中国の戦場はくまなく軍靴《ぐんか》で歩いてきた人間であった。

高級軍医は末森《すえもり》という小太りの軍医少佐だった。町医出身の、恰幅《かっぷく》のよい三十八歳の彼は、南方に勤務し、命からがら朝鮮に転属になった運の強い男であった。

備朝兵団は、その司令部を、全羅北道《ぜんらほくどう》高敞《コチャン》に置いた。人口四千、そのうち日本人が六百人ばかりの、地方のちょっとした町である。

兵団の防衛区域は、北は群山《クンサン》から、南は木浦《モクポ》、馬山《マサン》、済州《チェチュ》島を含む地域だった。あの辺は、リアス式の典型的な海岸で、入江あり、湾あり、島ありで、景色の絶佳なのにうっとりするところだ。兵士たちはそれを観賞する余裕もなく、洞窟《どうくつ》をうがち、横穴をほって陣地を構築した。

彼らには満足に食べ物の給与がない。副食物には野草をとって鍋《なべ》に入れ、真っ黒い味噌汁《みそしる》を吸った。

司令部の建物は、高敞の農学校を借りた。今の用語で言えば、接収である。先生も生徒も朝鮮人ばかりの学校であった。軍人が教室と温突《オンドル》のある寄宿舎全部を占領したから、生徒たちは暗い倉庫に、すし詰めとなって授業をうけていた。彼らは眼《め》を光らせて日本の軍人の通るのを倉庫の内から見ていた。

この町には、日本人経営の旅館が一軒あった。旅館は料理屋も兼ねていた。老兵団長と楠田参謀長と末森高級軍医と、もう一人高級副官とが、この宿の各部屋に分宿していた。

他の尉《い》官《かん》級は、学校内の寄宿舎に〝営内居住〟であった。だから、宿屋に泊まっている数人の〝営外居住者〟は、若い将校から羨望《せんぼう》されていた。

比島も南方基地も内地も、戦火の渦《うず》の中で大変であった。しかしこの南鮮の天地は無風帯だった。米機は編隊で、たまに空を通ったが、下に日本軍がいることはわかっても、友軍のように無視して通った。

朝鮮人が日本語で、始終、近所の両班《ヤンバン》に、

「隣組の班長さん、班長さん。敵機来襲です」

と防空演習をしている声の聞こえるのが、おかしいくらいであった。

二

この朝鮮の、戦争最中《さなか》の平和な小さい町で、楠田参謀長と末森高級軍医とが、はしなくも一人の女の心を得ようと相争うことになった。

その女は塚西恵美子《つかにしえみこ》という出征軍人の若い妻だった。夫は、道庁の役人で、この地方の出張所長である。戦争も末期になると、朝鮮では遠慮なく役人の現地召集をやった。

　先に、塚西夫人を知ったのは末森軍医であった。そのしだいはこうである。ある晩、末森は、ぐっすり眠っているところを宿の女中に起こされた。

「何だ？」

　と末森は充血した眼をむいた。

「病人ができたので、診てくださいと頼みにきております。階下《した》で待っておりますが」

　と女中は枕《まくら》もとに膝《ひざ》を折って言った。

「ここには医者はいないのか」

「日本人の医者が一人いるんですが、今夜光州に行って留守だそうです。朝鮮人の祈《き》禱師《とうし》しかいないのです」

「病気は何だと言っているのか」

「胃痙攣《けいれん》だそうです。女の方ですよ」

　胃痙攣と聞いて、軍医は行ってやる気になった。面倒な病気だったら、行かないつもりだったのだ。

　軍服に着かえ、軍医嚢《のう》に、パピナールがはいっているかどうかを確かめ、階下に降りた。

旅館の玄関に五十あまりの男と、十六七の少女がいた。男は末森を見て、何度も頭を下げた。あとできいてみると、雑貨屋で、近所の者だと言った。少女は病人の女中で、朝鮮人だった。

「どうも、軍人の方に、とんだことをお願いしまして。あまり病人が苦しんでいますので、ついご迷惑なお願いにあがりましたわけで」

内地人の医者が一人きりしかいない土地の不便を、雑貨屋は病人の家へ行く途中でしつこく訴えた。どうやら、軍医に頼もう、となったのは、この男の言いだしらしかった。

患家はなかなかの構えの家で、病人は、艶《つや》の光っている絹蒲団《ぶとん》の中で背をまげていた。

「痛みますか」

と末森はすわった。二十四五の女だった。

「はい」

と女は、かすかにうなずいて、末森が軍医嚢からアンプルを取りだす間、小さい声で、礼を言った。激しい痛みを耐えている声だった。

女の袖《そで》を肩まで押しあげて、軍医は針を刺した。蠟《ろう》をぬったように、なめらかな、白い腕だった。針の先が少し撓《たわ》んで、液が皮膚の上にこぼれて流れた。

末森は、注射器の頭を指で押しながら、顔をそむけているかたちのよい鼻翼《こばな》のあたりを見た。鼻翼は、苦痛のため少し慄《ふる》えているように見えた。これは、美しい女だと彼は思った。

「これでおさまります」

と、軍医は、兵隊には決してしない丁寧さで、女の腕を酒精綿《アルコール》で撫《な》でた。

電灯には、防空カバーがしてあった。真下の、まるい照明の中での、女の疼痛《とうつう》によじれた姿態は、軍医に医者の眼をしばらく忘れさせた。それが、塚西夫人に末森が対面した最初であった。

二日して、夫人が礼のため、末森を訪ねてきた。彼が旅館に帰ってくる時刻を見はからった夕刻だった。

そのとき、末森は夫人を見て、別な人間かと思った。というのは、前の晩より、もっときれいな女に見えたからだ。医者は、患者の寝ている時の顔の印象の違いをよく言うが、軍医が眼をみはったのはそれであろうか。とにかく、その時の夫人の顔は、眩《まぶ》しいくらいだった。その美しさは繊細で、どこか高貴なものがあった。細いつくりの顔も、朝鮮で扁平《へんぺい》な顔を見なれた眼には、西欧の人のように翳《かげ》の深い表情を湛《たた》えていた。眼はつぶらで黒っぽく、鼻筋は細くすんなりと通り、唇《くちびる》は小さく格好がよかった。皮膚も白く透いて濁りがない。そこから、あの夜に見た、二の腕の脂肪のなめらかさは思いだされるが、それ以上の野卑な連想の追求をゆるさぬほど、普通でない美しさを持っていた。

南方で、女には道楽者だった末森高級軍医も、その日の塚西夫人を一目見て、ちょっと手の届かぬような、遠い距離にある女に感じたくらいだった。

三

楠田参謀長が塚西夫人を見た時の感想も、全く軍医と同じである。

夫人は、その日から五六日して、ふたたび末森を訪ねた。お礼のしるしだと言って、重箱に餅《もち》を詰めて持ってきた。その帰りの彼女に楠田は出会ったのである。

折りから楠田参謀長は、司令部から馬に乗って旅館〝長州屋〟に帰りついたところだった。当番兵が馬の轡《くつわ》をとり、参謀長は地に足をつけて向き直ったばかりだった。その正面に恵美子の顔があった。夫人が少し微笑《ほほえ》んで腰をかがめると、楠田は、不覚に、少年のような赤い頬をさらにあかくした。

軍医はちょうど、二階の欄干に両手をかけて、こちらを見ていた。夫人を見送っている格好である。それで楠田は、その女の人が末森のところへ訪ねてきたのだと知った。楠田は、何となく今の自分の様子を、末森が上から見おろしていたと思うと、怫《ふっ》然《ぜん》とした。

その晩の時に、末森軍医の給仕に出た女中が、しゃべった。

「楠田参謀殿が、さっき末森君をたずねてきた女はどうした人か、と根掘り葉掘りきいていましたよ」

その女中は、軍医を夜中に起こした女だった。

「そうかい」

と、末森は首を立てた。

「それで、おまえはどう言ったのだ」

「あの方は軍医殿に病気を癒《なお》してもらった人ですと話してあげました」

末森は、箸《はし》の先で魚の骨をはずしながら、楠田参謀長が夫人に興味をもったらしいことを考えていた。彼は、楠田が青年のように女に惚《ほ》れっぽく、他人に嫉《しっ》妬《と》深い性質であることを知っていた。

「ふん」

と彼は鼻に皺《しわ》をよせて、思わず冷笑した。楠田なんか及びもつくかと思った。

飯のあと、末森は夫人が置いていった箱の中をあけた。色の黒い餅が十個ならんでいた。餅はその時分は珍重の品になっていた。この付近は南鮮の穀倉地帯だった。餅は朝鮮人が闇《やみ》で売っているのであろう。

末森は餅を一口かじった。塩だけの味だった。むろん餡《あん》ははいっていない。彼は、口に入れたものを吐きだした。

「そうだ、地方には砂糖がないのだ」

と軍医は呟《つぶや》いた。

砂糖なら、炊事の軍曹《ぐんそう》に言えばわけはなかった。末森は、こっそり花柳病の注射をこの軍曹に打ってやっていた。

その翌日、末森は、司令部を出ると、名刺の裏に用件を書いて当番兵に持たせて炊事場へ走らせた。

飯盒《はんごう》二つに砂糖が詰まっていた。飴色《あめいろ》のザラメだった。琥珀《こはく》の粒子が、甘そうに粘く光っていた。四斤《きん》はたっぷりあった。

夕方、末森軍医は馬首を塚西夫人の家の方へ向けた。散歩のついでに気軽に寄ったという格好であった。いつぞやは夜だったが、道は見覚えがあった。

朝鮮家屋の固まった一画をすぎて、和式の家があった。晩秋で垣根《かきね》のコスモスが枯れている。垣根に目印があった。

軍医が馬からおりるのを、朝鮮少女の女中がみつけて奥へ駆けた。

夫人が、すぐ出てきた。おどろいていた。

「あら、いらっしゃいませ」

「いや」

と軍医は、てれて言った。

「この辺に、馬の運動にきたものですから」

夫人はようやく美しい笑いを惜しまずに見せると、軍医を奥に誘おうとした。

末森は、素早く肩から重い軍医嚢をはずして無造作にさしだした。

「これ、お使いください。甘いものが切れておられるようだから」

「あら、何でございましょう」

と、夫人は両手でかかえてつぶらな眼を向けた。

軍医は、夫人が内容を知った時の効果を待つように、愉《たの》しい顔をした。

四

楠田参謀長は、末森軍医が、しばしば塚西夫人の家に行っている事実を知った。彼は、兵団がこの町にできて以来、しきりと司令部に出入りする土地の警察署長を手なずけていた。「軍と警察は不可分の関係にある。軍隊は後ろ楯《だて》である」と参謀は、一日、警察署に行ってぶった。末森軍医の行為を警官に調べさせるには、わけはなかった。

軍医が訪れるのは、週に二度ぐらい、別にさしたる関係はないらしいという報告だった。

が、楠田は安心しなかった。末森軍医が、いつぞや一瞥《いちべつ》したあの美しい女を訪問すること自体が、彼の焦慮をかき立てた。古風に言えば、彼は夫人に一目惚れしていたのである。

楠田は何ごとにも、他人がそういう幸福を得ることを好まなかった。

末森のままにさせてはならぬ——と楠田は考えた。彼は、末森が、女のもとへ、砂糖や甘味品を運んでいることを知っていた。

自分でも気づく闘争意識が彼の心に起こった。そうだ、末森だけの勝手にさせてはならぬと、何度も自分に言いきかせた。

ある日の昼食の会食の時に(昼食はおおむね司令部の内で、兵団長以下将校の会食だった)、楠田参謀長は、ふと或《あ》る考えを思いついた。人は飯をたべながら、いろいろな思索を追うものである。

兵団長が、爪楊枝《つまようじ》で歯をせせりながら、長い話をしていた。兵団長が席を立たなければ、誰も動くことはできなかった。楠田はじりじりした。真向かいに、末森高級軍医が豚汁をすすりながら兵団長の話に相槌《あいづち》をうっていた。憎々しい顔であった。

やっと会食がすむと、楠田は、農学校の教室を二つに区切った参謀長室に帰り、警察署に電話をかけ、すぐ来るようにと言った。

風采《ふうさい》の上がらぬ初老の署長が、三十分とたたぬうちにきた。

「署長さん。ここでは内地婦人がどれだけいるのかね?」

という参謀長の質問に、

「三百人と少しでしょう」

と総督府警視の署長は答えた。

「国防婦人会といったものはありますか」

「いいや、隣組班の防空活動が活発ですから、その必要はなかったのですが」

「それはいかん」

と参謀長は、うれしさを噛《か》みしめて叫んだ。

「この際です。いつ米軍が上陸するかもしれない時ですからな。もっと組織を強くする必要がある。いざというとき、朝鮮人はどっちにつくかわかりませんぞ。すぐ、内地婦人だけによる特別民間防衛班をつくりなさい」

「わかりました」

署長は、手落ちをあやまって大急ぎで帰っていった。

四五日して、楠田は署長に電話で督促した。

「婦人防衛班の組織はすすんでいますか」

「はあ、着々やっています」

「ご苦労です。ところで、会長は決まったかね？」

「まだです。軍のほうで、誰か心当たりの方がありますか」

軍ときかれて、さすが参謀長もてれたが、そんなことで怯《ひる》みはしなかった。

「塚西恵美子さんにしてください。道庁役人の奥さんで出征軍人の妻だから立派なものだ」

署長は一議に及ばなかった。

こうして一カ月もたたぬ間に、高敞《コチャン》地区婦人防衛班とその会長ができた。楠田参謀長は兵団長に心得顔にこのことを報告した。白頭の兵団長は、ふん、ふん、とうなずいて特別の熱心を示さなかった。

「ところで、発会式の日には、こちらから誰か祝辞を述べに行かねばなりませんが」

「それは、貴官が行くがよい」

と兵団長は軍司令官からの極秘の文書を読みながら、熱のない声で言った。

「はい」

——参謀長は企《たくら》みの成就《じょうじゅ》に欣喜《きんき》した。

何日かたって、小学校の校庭で高敞地区婦人防衛班の発会式の日がきた。校庭のぐるりには運動会のように人が集まったが、見物人の半分を埋めた朝鮮人の眼《め》は、嘲《ちょう》笑《しょう》的だった。

楠田参謀長は、白いテントの中の来賓席から、塚西夫人のモンペを上品に着こなした姿を眺《なが》めて満足を覚えていた。やがて会長席の彼女の前で祝辞をのべる自分の番のくるのを、胸をはずませて待っていた。——

そのことがあって、数日すぎた。

楠田参謀長は、署長の書いてくれた地図をたよりに、乗馬で塚西夫人の家をたずねていった。道にはポプラが亭々と天に伸び、申し分のない蒼《あお》い秋晴れの空だった。参謀長の訪問の目的は、高敞地区婦人防衛班のような軍民協力の団体のできたことを歓《よろこ》び、その会長へ謝意を述べるためという理由がつくってあった。

その成功を皮切りに、楠田は、首尾よく塚西夫人に接近することになった。いわば、末森軍医と同じように、少し誇張して、西欧流に言えば、彼女の〝客間〟に出入りできる身になったのである。

五

〝客間〟は、八畳の見事な日本間であった。子供のいない清潔さが、畳にも床柱にも違い棚《だな》にも匂《にお》っていた。床に懸けた、巧芸画ながら栖鳳《せいほう》の軸や、投入れの菊や、違い棚の上に置かれた硝子《ガラス》ケースの中の人形や、花鳥を描いた扉《とびら》のある本箱や――どれも、参謀と軍医とに、優雅な日本趣味を感じさせないものはなかった。ことに、床の間に立てかけてある赤い鹿《か》の子《こ》模様の布で覆《おお》った琴は、この座敷の雰囲気《ふんいき》に一種の高貴なあでやかさを漂わした。

下宿〝長州屋〟のげびた部屋と、古校舎の荒《すさ》んだ司令部とを往復している参謀長と軍医には、これは夢見心地に近い世界であった。

もっとも、楠田も末森も、同時に、この〝客間〟にすわることはなかった。二人が誘いあわせて行くことは絶対になかった。軍医が行ってみて、参謀長の馬が彼女の家の前につながれていれば、そのまま帰ったし、軍医の馬がつながれていれば、参謀長は黙って引きかえした。

むろん、お互いが譲りあっているのではない。相互の敵意が、接触の危機を避けているにすぎなかった。

夫人は、二人の客には、少しの差別もない態度で接しているようだった。彼女は平等に、どちらも愛想よく扱ったに違いなかった。軍医に見せる化粧の濃淡も、美しい笑い声の回数も、参謀長に見せる時と全く同じくらいに見えた。

夫人は、軍医と参謀長とが、何となく仲が悪いことや、それには自分が中にはさまっていることなど、漠然《ばくぜん》と知っているらしかった。聡明《そうめい》な夫人は、参謀長に向かって、

「どうぞ、この次には末森さんもお連れあそばして」

とか、軍医には、

「今度は楠田さんもお誘いあそばして」

などと決して言わなかった。

一方、末森は末森で、楠田参謀長が夫人に接近するきっかけをつくった強引さに、仰天した。これは油断のならない男だと見直したほどだった。それで、自分が先に夫

人を識《し》ったという優位を何とか確保しておかねばならぬと焦《あせ》った。

「このごろ、お顔がお痩《や》せになったようですな、どこかお悪いのですか」

と末森は、ある日の訪問の時に夫人に言った。

「あら、そうでしょうかしら」

と、夫人は首をかたむけて片頰《かたほお》をしなやかな手で押えた。

「そうおっしゃれば、少し身体《からだ》がけだるい感じですわ」

「栄養が不均衡《アンバランス》なんでしょう、地方の近ごろの配給はひどいそうですな。注射をしばらく打ちましょう」

と軍医は診断した。

夫人が断わる隙《すき》を与えなかった。

翌日から、衛生兵が軍医の命令で、隔日にカルシウムと葡萄糖《ぶどうとう》の注射に通うようになった。軍医はさすがに、自分でその役をする勇気を自制したのである。

楠田参謀長は、まもなく夫人の栄養注射のことを知った。というのは、当然に、注射にくる衛生兵とかちあったからだ。衛生兵は、参謀長の乗馬が、夫人の家の門につないであっても、引きかえしはしない。

楠田の焦慮が一つふえた。軍医が、いつも彼より先を歩いている感じである。

「奥さん、注射は効きますか」

と楠田は、やや経《た》っての訪問の日に言った。彼は立ちおくれをとり返そうと必死であった。

「ええ、何ですか、はっきりわかりませんが、気のせいか少しは――」

と夫人は、楠田に気をかねて遠慮して言った。

「いや、そりゃ効きませんよ。このごろの軍隊の薬ときては、ロクなのがありませんからな。そんなものより、生のよい鮮魚をおたべになったほうがいいですよ。そうだ、これは、兵隊に持たせてやりましょう」

と楠田は言った。

夫人が、あわてて断わる辞もないほど、きびしい口吻であった。

司令部のある高敞《コチャン》と陣地構築の各前線部隊との間には、毎日、伝書使という名の連絡兵の往来があった。物資を運ぶ軍用トラックの往復もあった。まもなく海に臨んだ地点にある各部隊は、

「閣下（兵団長）に差しあげるから」

という参謀長からの依頼に従って、漁家から鮮魚を買い、連絡兵を利用して送ることが多くなった。

――しかし、こうして二人は競争しても、夫人にたいしては、いささかも邪心を持っているのではないように見えた。いや、二人の競争がかえって、夫人を高いところに押しあげてしまったと言ってよい。夫人はいよいよ美貌《びぼう》になり、高貴に映った。純真で、嫉妬深い楠田参謀長はともかく、末森軍医のような、南方の戦地で女にでたらめだった男も、環境しだいでは、このような殊勝な心理になるものと見えた。

六

訪問は、たいてい、交互に一カ月間、三回行なわれた。それ以上の熱心を彼ら二人とも抑制していた。理由は、万一、夫人から飽かれてはならないからだった。

もっとも、参謀長は、時折り、前線各部隊を視察してまわる役があったり、高級軍医には、同じく部隊の衛生巡視があった。だから、月一回の訪問しかできなくても、相互の不公平は起こらなかった。

ある日、夫人は末森軍医にきいた。

「末森さんは軍人さんにおなりになる前は、どこかの病院にいらしたんですか?」

「いや、これでも開業医でしたよ。一人前に」

と末森は答えた。

「どちらでございましたの？」

「東京の下北沢《しもきたざわ》でした」

「あら」

と夫人は小さく叫んだ。

「あたくし、娘のころ、小田急の梅ヶ丘にいたことありますの。下北沢、よく行って、知っておりますわ」

「へえ、それは意外ですな。何年ごろですか」

「昭和十一二年ころ――」

「それなら軍隊にはいる前でした。駅から降りて五分もかからぬところにいました」

「南口でございますか」

「北口です。商店街ばかりのところを抜けてバスの走る通りに出たところ」

「ああ、映画館がありましたっけ」

「そう、映画館から代々木よりの四五軒めぐらいでした」

それから、あそこには何屋があった、何を売っていたなどという話から、はては新宿、渋谷、銀座の方まで、互いの知識を披露《ひろう》しあった。

「でも、なつかしいわ」

と夫人は、美しい溜息《ためいき》をついた。

「こんな所で、東京のお話、伺おうとは思いませんでしたわ」

「朝鮮《こちら》に来られて、何年ぐらいになりますか？」

と末森はきいた。

「六年です。結婚してすぐ参りましたの」

「ご主人は、今、どちらの方面ですか？」

「ラバウルです。半年前まではね。それきり手紙が参りませんの」

ああ、それならだめだと末森は判断した。その辺なら、彼が、さんざんひどい目にあって歩いたところである。

気の毒に、この人も未亡人かと末森は夫人の顔を凝視した。すると、ほんのわずかな間だったが、末森の精神に動揺がきた。つまり、不意に女好きの彼の下地が頭を上げかかったのである。未亡人という幻想が、一瞬でも末森軍医の心を堕落させたらしかったが、それは鳥の影が虚空《こくう》を過《よ》ぎったくらいの短い瞬間だった。末森は、そんなことをちょっとでも考えた自分を卑《いや》しんだほど、もとの清潔な精神に立ちなおることができた。それには夫人の誘い入れた話題もよかった。

「お医者さまって、美術愛好家ですのね。だって、たいていの診断室や待合室に申し合わせたように油絵が掲《か》かっているでしょう。あたくし、絵が好きなんです。末森さんは、ローランサンをお好きですか？」

「え、何さんですって」

「あらいやですわ。マリー・ローランサンです。あたくし、あの人のピンクとグレイの淡い、夢のような色調が昔から好きなんですの。甘いって言う人がありますけれどね」

こんな話となると、軍医は当惑だったが嫌《きら》いではなかった。雲の中を彷徨《ほうこう》するような勝手の違った思いをしながら、夫人の豊かな知性にうっとりとなることができたからである。

ところが、楠田参謀長にも、負けずに似たことがあった。

楠田の場合は、英詩の朗読だった。事の起こりは、夫人の本箱を楠田が強要して見せてもらったことからである。読書癖をひけらかそうとする楠田の下心だったが、書棚の花鳥を描いた扉の中身は、意外に、英書が多かった。

「奥さんは、学校はどちらでしたか？」

と楠田はきいた。すると、夫人は東京の高名な英語教育専門の学校名を挙げた。

「敵性教育ですわ」

と夫人は、先まわりして、微笑した。

「でも、この本箱あけるの久しぶりですわ。これ、詩書ですの。あたくし、詩を読むのが好きなものですから」

参謀長は女先生に気に入られようとする生徒のように、夫人に、その詩を読んできかせてくれと言った。何度めかの応酬の末、とうとう夫人は、美しい声で、朗読をはじめた。

楠田は、じっと聞き耳を立てた。意味は少しも通じない。しかし、夫人の、少し鼻にかかったうたうような発音は、詩の内容にかかわりなく楠田に或《あ》る恥ずかしい発想を起こさせたが、その不良な料簡《りょうけん》も、実は、わずかな間、心を掠《かす》めただけですんだ。

「ウィリアム・ブレイクですわ」

と、夫人は気高い顔で説明した。

「この詩、名訳がありますの。暗誦《あんしょう》していますわ。

ああ、向日葵《ひぐるま》や、日のあゆみ
ひねもす数え、待ちつけて、
天路《あまじ》の涯《はて》にありという
黄金《こがね》の邦《くに》にあこがるる。──」（蒲原有明訳）

少年のように赤い頬をした楠田参謀長は、詩の叙情と、夫人の教養とを同時に解した。

楠田は感動を、身体の中にしまっておけない性質であった。彼は、何日かの後、兵団長に夫人のことを話した。

昔、外国の大使館付武官《アタッシェ》をつとめたことのある兵団長を、彼は、与《くみ》しやすしとみて、敵性教養にかかわらず夫人の英文学の深さを自慢したのである。これが案に相違して、あとで思わぬ結果となった。

要するに、楠田参謀長も、末森軍医も、互いに争いながら、夫人に対して崇高な精神《こころ》を競ったのである。その心が支えとなって年齢に似げなく、愛情は、可憐《かれん》に精神的であった。そのことに彼らは自慰していた。

七

一九四五年八月十五日の正午の天皇放送は、雑音のためさっぱり聞きとれなかった。拡声機に向かって抜刀の敬礼をしていた兵団長は、広場に集合している将兵に、どう訓示すべきかに惑った。

「雑音が激しくて、玉音が拝聴できずに残念である。戦局容易ならざる段階であるから、一段の士気を激励されたご主旨と拝する。いずれ、ご勅語は後ほど文書にして皆に拝読させることにする」

こう述べて、兵団長が自室に還《かえ》って、五分とたたずに、暗号係の将校が顔色変えてとびこんできた。手には、京城の軍司令官からの電報が握られていた。

兵団長が泣き、将校が泣いた。慟哭《どうこく》と歔欷《すすりなき》とが、ある者は本心から、ある者は芝居がかりに、兵団長を取りまいて起こった。むろん楠田参謀長も末森高級軍医もその渦《うず》の中にはいっていた。

南鮮の片田舎での日本敗戦の混乱は、その夜から起こった。方々の警察官の駐屯所《ちゆうとんじよ》が朝鮮人によって襲撃されはじめ、遁《に》げおくれた巡査は殺された。

警察署は、軍隊の保護を求めてきた。

かねて、〝軍は警察の後ろ楯《だて》である〟と言っていた楠田参謀長は、トラックに兵を積んで出動させた。

内地人からは、しきりと、

「朝鮮人が不穏な様子を示してきた。窓や雨戸に投石をはじめた」

と訴えてきた。興奮した朝鮮人が高敞《コチヤン》の町を練り歩いているというのである。

楠田は、真っ先に、塚西夫人のことが心配になった。万一のことがあってはならない。

下士官一、兵六名を遣《や》って、その夜の夫人の家の周囲を警戒させた。この時とばかりの楠田の忠義立てであった。

一夜が明けた。朝鮮人の民家という民家に国旗がいっせいに揚がった。日本人の眼《め》に見なれない彼ら自身の新しい国旗である。いつのまにそんな用意までしていたのか、日本人は呆《あき》れるばかりであった。

午《ひる》近くには、今まで倉庫に追いやられていた朝鮮人の学校生徒が、大きな、真新しい国旗を先頭に、ブラスバンドで練り歩きはじめた。歓喜と生色が彼らの顔にみなぎっている。

司令部の窓からは将校も兵たちも、手のくだしようもない顔で見るのみであった。

しかし、当初の心配を裏切って、南鮮一帯の朝鮮民衆はだいたいに平静であった。ただ、変化は、彼らの青年たちによって、警備隊を組織するからといって、日本軍に武器弾薬の引渡しを要求してきたことと、日本人の退去を予想して、早くも朝鮮人が日本家屋に押しかけ同居をはじめたことだった。

塚西夫人の家にも、雇っていた朝鮮少女の家族が半分の部屋にはいりこんできた。

楠田も末森も別々に、忙しい中で夫人を見舞うたびに、

「心細いでしょう、困ることがあれば言ってください」

と申し出たが、夫人は、

「いいえ、皆さん、同じですもの」

と気丈夫な微笑を見せていた。

実際、参謀長も高級軍医も、それ以上に為《な》す術《すべ》がなかった。彼らの腰からは軍刀がすでに失われていた。丸腰で馬に乗って道を歩いても、朝鮮青年の銃（その銃は、日本軍隊のものだった）を担《かつ》いだ行進に出会えば、さっぱり威厳がなかった。

それに、明日のわが身がどうなるか心配であった。アメリカ軍の手に渡されたら、投獄されるか銃殺されるかわからなかった。

兵団長は、すでに死を覚悟しているらしかった。

——仁川《インチヨン》にアメリカ軍艦が入港し、つづいて、アメリカ軍が京城《ソウル》にはいった。その一部が、南鮮地区の日本軍の武装解除と武器接収を視《み》るため、近く高敞に派遣されるという京城の軍司令部からの通知をうけとった備朝兵団司令部は、異常な緊張をした。

「兵器は帯剣一本でも員数《いんずう》に間違いがあってはならない、全部記載して引き渡す用意をせよ」

「衛生材料は、包帯一本でも落としてはならぬ、全部提出せよ」

という指令が各隊にとんだ。

それらを集めての予備検査は、いかなる今までの兵器検査、衛生査閲よりも厳重をきわめた。一本の帯剣や包帯を書きもらしたために、隠匿《いんとく》の重罪に問われはしないか、と兵団長以下、楠田参謀長も末森高級軍医も必死であった。

「武器接収ノタメ貴地派遣ノアメリカ軍要員ハ、将校十、兵三十名ノ編成ナリ」

という軍司令部からの通告をうけたとき、楠田参謀長の頭に、啓示のように或る事が閃《ひらめ》いた。

八

楠田は日華事変さなかの昭和十四年に中国に渡って、華北、華中、華南の戦場をめぐった。その時、勝者の欲望がどんなものか、充分に見てきて知っている。

京城からアメリカ兵がくるときいた時、楠田が取り憑《つ》かれた思考は、どのようにして、この四十名の勝利者たちをもてなそうか、ということだった。いや、歓待の方法はわかっていた。かつて日本軍隊が中国で行なったと同じやり方をアメリカ兵にやらせればよいのである。つまり日本の兵士が戦いの先々で求めた〝慰安婦〟をアメリカ軍に提供し、将校は戦犯を宥《ゆる》してもらおうというのが楠田参謀長の考えついた狙《ねら》いであった。勝者の心理は中国の戦場で体験ずみであった。

楠田は兵団長に、

「武装解除ならびに兵器受領に来るアメリカ兵四十名に対しては、慰安婦十名乃至《ないし》二十名を接せしめ、以《もっ》て一般婦女子に及ぼす災難を防ぐ」

旨《むね》の意見を上申した。

まだアメリカ兵の正体がわからない時だった。鬼畜の彼らが、どのような蛮行に出るかわかったものではないと思われていた。

兵団長は、

「慰安婦の着眼は可とするも、人選の法ありや?」

と質問した。

高敞《コチヤン》には、日本人のそうした種類の女は一人もいなかった。朝鮮人は一夜にして〝戦勝国〟人であった。

やむをえないことだった。高敞居住の日本の婦人の中からえらぶよりほかはなかった。

楠田は警察署長を招いた。署長はあの日以来、老人のように気落ちしていた。

「この土地には、十六歳以上、四十歳ぐらいまでの日本婦人が何名ぐらいおりますか?」

との楠田の問いに、

「さあ、三百人ぐらいでしょう」

と署長は答えた。

「その三百人の婦人を残忍行為から守り、彼我の不慮の事件発生を防ぐために、二十人の犠牲者が必要だ」

と楠田は言った。署長は説明を聞くと、悲痛な顔になった。人選は当然に困難で、決まらなかった。

「志願者を募っては?」

と、いちおう考えたが、

「いかに何でも、敵兵に身を任せようと進んで言い出る者があろうか」

と打ち消された。

万策尽きた時、必然に落ちていくのは〝くじ引き〟の方法であった。その実、これほど不公平なことはないのに、誰の眼にも、いちばん公平に見えた。

「これよりほかに方法はありませんな」

と、署長は言った。もとより知恵を期待できる男ではなかった。

それでも、二人いろいろ協議の末、

――未婚婦人は除外する。

――二十歳以下は除外する。

――病気、妊娠、その他身体障害の婦人は除外する。

などと決めた。

「これで、何名ぐらい残るだろうか」

「そうですな、三分の二として二百人ぐらいでしょうかな」

二百人が二十本のくじを引きあてるのである。アメリカ兵に取りいって、戦犯から免《まぬか》れ、身の安全をはかろうとする高級軍人の狡猾《こうかつ》な計算が、〝一般婦女子を不慮の災害から防ぐ〟というもっともらしい名にすりかえられて、二十人の人身御供《ひとみごくう》がくじ引きされることになった。

「やむをえまい。しかし、一般に与える衝撃を考慮して、実際のことは秘匿するように。ただ、単にアメリカ側の接待に当たるという理由だけにとどめるように」

と兵団長は言った。

つまり、その場になって、選ばれた本人だけにこっそり因果を含めようという狙いであった。

署長は、翌日、大急ぎで調査した人数を電話で知らせた。

「あんがい少ないです。くじ引く者といったら、百二人です」

そこで、楠田はこの数を兵団長に報告し、犠牲者は、未婚者や年少者や妊娠の者を除くという細かい注意がなされていることを報告した。

「百二人か」

と兵団長は眼をつむって呟《つぶや》いた。それからとつぜん眼をあけてたずねた。

「この中には、もちろん、あの婦人防衛会長も含まれているだろうな」

参謀長は不意の敵襲に遇《あ》ったように、びっくりした。

塚西夫人のことは、頭から、この数の概念になかった。というのは、彼には、初めから夫人をこのような犠牲に結びつけるなど思いもよらなかった。当然のこととして、夫人は除外してかかっていたのだ。楠田は、事前に警察署長に言っておかなかったことに狼狽《ろうばい》して、弁明した。

「あの婦人は防衛班の会長でもありますから、こういう抽選から除外したいと思います」

「なぜだね」

と兵団長は、思いなしか、口辺に皮肉な薄い微笑をうかべた。

「そりゃ不公平だね、貴官らしくもない。ことにあの婦人は英語ができると貴官から聞いたことがあるが、アメリカ兵の接待には、何よりと思うがな」

いつぞや楠田が彼女について誇らしげに兵団長に言ったことが、ここでは抜きさしならぬ桎梏《しっこく》となった。

九

気の毒な抽選がはじまった。

百二人の婦人は、司令部に呼ばれ、今は敗戦によって何の権威もないはずの兵団長の、いつにない丁重な挨拶《あいさつ》をうけた。

「戦い終わればアメリカ兵といえども今日の友である。遠来の彼らを婦人の柔らかい雰囲気《ふんいき》によって迎えたい。こういう事は誰彼とお願いするより、くじ引きで決めていただくことにした」

この挨拶は、あとで合点がいくように言葉が仕組んであった。

くじは、和紙の紙撚《こより》で作られ、当たりくじは先のほうに赤インクで染めてあった。紙撚のくじは竹筒の箸《はし》入れにかためて入れてあった。

深い子細を知らない婦人たちの顔は、悲愁の表情は少しもなかった。くじ引きということはたとえ好ましくない場合でも、心に不思議な愉《たの》しみを持たせるものである。ことに、このくじは、アメリカ兵をもてなすという、未知の冒険と好奇心が籠《こ》めてあった。それ以上に悪辣《あくらつ》な企図があろうとは彼女たちは想像もしなかった。

女たちは司令部の庭に一列にならんで、次々に兵隊の持つ竹筒の中の紙撚を、引きぬいていった。既婚者ばかりの二十代の婦人、三十代の婦人、四十に近い婦人。美しい顔、醜い顔。肥えている身体《からだ》つきや、痩《や》せた女。

あら、当たったわと笑っている不運な婦人もあった。

この目的を知っているのは、さりげなく離れて見守っている兵団長と幹部将校数人だけであった。もちろん、楠田参謀長も末森軍医も事情を知っていた。

彼ら二人の眼は、先刻から行列にまじった塚西夫人の姿に惹《ひ》きつけられていた。このような行列に彼女を立ちならばせることは忍びないことであった。誰がこのような冒瀆《ぼうとく》に追いこんだか。彼女を要せずとも、誰でもアメリカ兵を慰めることができるのだし、それによって日本将校はアメリカ軍に点数をかせぐ計算に間違いはないのに。

夫人は竹筒を両手で持った兵隊の前に押しだされた。百二本のくじは筒の中で半分以上も減っている。夫人は無造作に、指で一本つまんだ。

固唾《かたず》をのんだのは、楠田と末森のほうだった。

夫人は、何のためらいもなく、みごとに、真っ赤な色に先のそまった紙撚を引いてしまった。

「ほう婦人防衛班の会長が引きあてたね」

と、兵団長は顔色を変えている楠田参謀長に微笑を投げた。

アメリカ兵は、それから三日ばかりして到着した。

旅館〝長州屋〟に彼らははいり、師団長以下は温突《オンドル》のある農学校の寄宿舎に移った。日本軍側が、あれほど血眼になって作製した兵器の表《リスト》と、その実物との引合わせを、アメリカ士官はろくろく見もしないくらい、しごくあっさり片づけてしまった。海岸陣地に引きすえていた旧式の砲の陳列など鼻で笑って通った。

アメリカ兵は旅館の表門に歩哨《ほしよう》として一人立ち、一人が周囲を動哨していた。彼らは自動小銃を行儀悪く肩に引っ掛け、絶えずガムを噛《か》んでいた。動哨の兵など、塀《へい》の上にとびあがって腰をかけ足をぶらぶらさせて屈託ない顔で口を動かしていた。

それを見物するのに、白衣の朝鮮人が群れた。〝歓迎美軍〟「Welcome U. S. Army」の横幟《のぼり》が、高敞《コチヤン》の目抜きの通りに、いくつも張られた。

ところが、アメリカ士官は何日たっても〝慰安婦〟の要求を持ちださなかった。彼らは、温和で、日本人の婦人を見かけても、あまり関心を持たないふうであった。旅館の女中にも、「オジョサン」と言って、おどける格好はしても、悪戯《わるさ》はしないということだった。

日本軍将校に対しても報復的な仕方はしなかった。彼らは単なる連絡将校にすぎなかった。すべてが拍子《ひょうし》抜けだった。

兵団長は、先走った楠田参謀長を呼びつけて言った。

「どうやら、貴官の思いすごしだったね、あの婦人接待の件は取り消しだな」

――しかし、どこから洩《も》れたのか、あるいは女の特有な嗅《か》ぎ方で探りあてたのであろうか、いつかくじ引きのほんとうの目的が皆に知れわたった。

十

内地引揚げの汽車は、貨物車に兵隊と民間人との混合で、釜山《プサン》に向かって出発した。秋の気配の動く九月の末であった。

赤いくじを引きあてた二十名の婦人は、汽車の中で何となく、皆から変な目で見られていた。彼女たちの五名は夫を戦地に送り、六名は戦争未亡人であり、九名は夫と一緒であった。その夫は何となく妻に突慳貪《つっけんどん》であったり、白い眼《め》を向けて口を利《き》かなかったりした。

なぜ、いったいどうしたというのか。彼女たちは何もしなかったのだ。ただ訳を知らず、くじがあたったことだけで、彼女たちの肉体の上に不貞な特別な汚斑《しみ》が付いたというのだろうか。

だが（危うく、アメリカ兵の慰安婦をつとめるところだった）という事実は、（娼《しょう》婦《ふ》の資格者だった）という意地悪い意識を消すことはできなかった。見えない烙印《らくいん》だった。

二十名のその婦人こそ皆から感謝されてよいはずだった。もし、事実、彼女たちにその行為が行なわれたと仮定したら、身をもって数百の同胞婦女子の災難を救ったことになるのだった。

幸い、そのことがなかったのだから、皆から祝福されてよいのだ。

が、実際はそうではなかった。ある意味をもった特別な眼つきが、二十人の女たちの身体を、じろじろと撫《な》でた。皆は、悪徳な連想で彼女たちを瀆《けが》すことに陶酔した。荷物と人間の雑多に詰めあった汽車の中に淫靡《いんび》な穢《けが》れた空気がこもっているようであった。

二十人の婦人たちは、周囲の冷たい眼に射すくめられて、何か、ほんとに自分たちが、不貞な悪いことをしたような錯覚に陥り、気後れしたり、反抗的に眼をあげたりした。

塚西夫人は、身も世もない様子で、自分の荷物の陰にかくれるようにしてすわっていた。

全く、夫人のように、上品な美貌《びぼう》の人の華奢《きやしや》な身体を、意味ありげな視線でいじめることは、女同士にとっては、たまらない快感であった。こうなると夫人のような繊細な心をもった者は、打ちひしがれるばかりだった。恥と絶望が彼女の息を止めそうにしていた。

汽車は一昼夜の後、釜山の五つ手まえの小さな駅でとつぜんとまった。釜山駅のアメリカ軍のR・T・Oからの命令だという。理由はわからなかった。日暮れであった。明日か明後日まで、この汽車は動かぬらしかった。末森軍医は、こっそりと自分の乗っている車両を抜け出た。目的は塚西夫人を捜しあてるためだった。臆面《おくめん》もなく、一両一両の窓から覗《のぞ》きこんで名前を呼んだ。

「塚西さんは、これに乗っていないか？」

兵隊と民間人とのごっちゃの相乗りだから、兵隊がすぐ車内をきいてくれて返事した。

「おられないそうであります」

軍医は根気よく後ろの方へ捜索をつづけた。二十三両連結という、おそろしく長い汽車であった。

十九両めではじめて軍医は捜しあてた。

「おられます」

と、やはり兵隊が答えた。

末森が混雑した車内に分けいっていくと、夫人は地獄で仏に遇ったような顔をして、すがるような微笑を見せた。

「お疲れではありませんか？」

と軍医はのぞきこむようにしてきいた。

「ええ、何ですか、少し」

と夫人は低い声で答えた。実は、言葉以上に疲れていた。心も身体も、くたくただった。

「そうですか、では注射でも打ちましょう。私の車両まで来てください」

周囲の露骨な視線を浴びながら、夫人は立ちあがった。足の踏み場もない車内を爪《つま》先立《さき》つようにして軍医について歩廊におりた。あたりは暮れて、灯《ひ》の乏しいこの駅は、ほとんど明かりが射《さ》さないくらいに暗かった。

末森は小声で夫人に、

「こっちへ早く」

と言うと、貧弱な歩廊を素早く横に突っきって反対側の線路にとび降り夫人を抱いて、線路におろした。

末森は、着々と自分の企《たくら》んだ計画を実行した。構内を仕切る柵《さく》は案の定、崩れて境界が無かった。末森は夫人の手を引っぱると、外に向かって駆けだした。

「どこへ参りますの？」

と、さすがに夫人はあえいで声が慄《ふる》えた。

「こっち、こっち」

と末森は、暗い夜を大股《おおまた》に歩きながら言うだけであった。

朝鮮人家屋の家なみの中から、夜にもそれとわかる日本風の瓦《かわら》の屋根を、末森の眼は捜していた。

末森の心には、夫人はもはや、手の届かぬ高い存在ではなかった。不幸な〝くじ〟によって彼の眼にも夫人は娼婦に転落していた。

これまで上品な上皮に包まれて抑圧せられていた夫人への末森の恋慕は、今や遠慮会釈《えしやく》もなく貪婪《どんらん》な欲望となって彼の心の底をのた打ちまわった。彼は昨夜も、この同じ汽車に乗っている夫人のことを思うと、己れの身体の血が狂って、眠られぬくらいだった。

十一

楠田参謀長は、いつのまにか、末森軍医の姿が消えていることに気づいた。

本能的に、彼は末森と夫人とを結びつけた。それが決定的のように楠田を狂気にした。

楠田は、塚西夫人の乗っている車両を早くから、こっそりと知っていた。彼も夫人を狙《ねら》っていたのだ。夫人は、彼にとって、今は転落した偶像であった。夫人の気高い美貌と高い知性によって押しあげられた足場は、一本の赤いくじによってみじんに地上に崩壊した。ローランサンも、ブレイクも、はかないものだった。

楠田は、兵を呼んで、十九両めの車両を見てこい、と言った。兵は駆けていき、すぐに戻ると、塚西夫人は、さっき末森軍医と一緒に出ていった旨《むね》を報告した。

楠田の嫉妬《しつと》が燃えあがった。彼は血相変えて、

「末森軍医が脱走した。ただ今より捜索する」

と、口走った。

参謀長が自ら、高級軍医の脱走の捜索に出ていった。兵三名を引き連れた。空は星がいっぱいに出ていた。ここもポプラの木の群れがまっすぐに上へ伸びていた。葉のしげった梢《こずえ》には、すでに秋の夜風がわたっていた。

参謀長の捜索目標も日本家屋であった。朝鮮人の家に、彼らが宿を求めるとは考えられなかった。

楠田は、日本人の家を一軒一軒、叩《たた》きおこして、尋問していった。

一方、末森は、ある日本人の家に頼みこんで、その奥まった部屋に塚西夫人と潜んでいた。この部屋にも、引揚げの荷造りのため、いろいろな道具が乱れて置いてあった。

電灯は、光がにぶく、畳は赤茶けていた。何となく、下等な、娼家の部屋を連想させた。

夫人は蒼《あお》い顔をし、意志を失ったふうに見えた。彼女は思考が散乱し、死人のように眼をあけたまま瞳《ひとみ》を一点に据《す》えて動かさなかった。

末森は、軍服のまますわって、夫人を抱きよせた。夫人の上半身はくずれて、末森の腕の中に投げた。男は熱い息を彼女の頰《ほお》に吐いた。

「奥さん――」

もはや、何をささやこうと、これからどのような動作に移ろうと、末森の懼《おそ》れるところではなかった。高いところにあって、手の届かぬ花だった女は、彼の腕の中で、娼婦のように自由なのである。

夫人のかたちのよい鼻翼《こばな》に逼《せま》った呼吸があえいでいた。その恐怖と絶望に慄えた顔が、男に恍惚《こうこつ》の表情に見えた。末森は女の肩に巻いた手に力を入れて後ろに引き倒そうとした。

その時、この家の者の畳を踏んで近づく慌《あわただ》しい足音が聞こえた。末森が夫人から手を放すと、同時に襖《ふすま》があいて顔がのぞいた。

「兵隊さんがあなたを捜しにきています。早くかくれてください」

末森は、とっさに、楠田参謀長が狂気のようになって捜査に来たことを直感した。

彼は狼狽して夫人の手を引っぱると、押入れをあけてその中にはいった。

ところで、楠田のほうはこの家に尋問にきて、家人の様子の怪しいのを見ると、二人がここにいるのはまず間違いないと知った。

楠田は押し問答を二三すると、黙って長靴《ちょうか》を脱ぎ、傍若無人に奥へ進んだ。その血相変えた様子に、この家の者は、怯《ひる》んでいた。

今まで、末森たちのいた部屋に楠田ははいった。しばらくそこに突っ立ち、何かの臭《にお》いでも嗅ぐようなふうをした。押入れは眼にはいっていたが、わざとあけはしなかった。楠田の頭には、もっと意地悪い策戦が働いていた。

「違った」

と参謀は、おとなしく呟《つぶや》いた。

楠田は、この家の者に、詫《わ》びを言い、待たせている兵と表に出た。

夜がふけたのか、宵《よい》の星座の位置が、ずれていた。犬の啼《な》く声がどこかで断続して聞こえた。楠田は、駅の方に行かず、草っ原で足をとめると、

「ここで三十分間、休憩する。煙草《たばこ》を喫《す》ってよい」

と兵たちに言った。兵隊はわけがわからぬながら、草の上にしゃがんだり、突っ立ったりして、煙草を喫った。煙草の赤い火が闇《やみ》の中で小さく息づいた。

三十分が三時間ものように楠田には思われた。いろいろな妄想《もうそう》が際限なくわき、楠田は苛立《いらだ》った。

末森軍医は、軍服を脱ぎ、この家の者の寝巻きを借り着してすわっていた。彼は、放心している夫人の肩を抱き、彼女の指を弄《もてあそ》んでいた。彼は、この場慣れない娼婦の

取扱いの順序を愉しげに頭の中で練っていた。

とつぜん、表から物音がまきおこって、旋風のように、こちらに突進してきた。

末森は、それが何かを直覚した。彼は素早く脱いだ軍服の下に手を入れた。それから、アメリカ軍に隠して持っていた黒光りのする拳銃《けんじゅう》を、すわったまま握って構えた。

動転のあまり、彼の頭は真空になっていた。

襖が引き裂くように開いた。

楠田の狂った顔が現われた。

「末森軍医、見つけたぞ。恥を知れ、きさまは――」

参謀長の手にも光った長い物があった。が、軍医は落ちついて引き金にかけた指を動かした。あたりが急に動かない絵に見えた。轟音《ごうおん》と煙の中に、楠田参謀長の身体が揺らいで倒れた。

三人の兵の殺気立った顔が、のぞいた。末森は手をあげると、

「おまえたちは、そこからはいってはならん」

と命令した。

それから、立ちあがって、夫人の顔を見ると、微《かす》かに笑った。泣いているような、歪《ゆが》んだ笑い顔のようでもあるし、ひどく子供っぽい顔にも見えた。

末森は、夫人と兵の四人の恐怖の凝視の中で、緩慢な動作で自分の額に拳銃の筒先を当てた。

兵団長は、楠田参謀長と末森軍医の始末を聞くと、顔を歪め、

「馬鹿《ばか》者が」

と、ひとりで罵《ののし》った。

そして、上司に差しだす報告書には、両人の死について、

「皇軍敗戦ニ悲憤シ、帰還ノ途、自決セリ」

と書いた。

何度も書き直した末に、しぶしぶ理由をそれに落ちつけた。

父系の指

一

私の父は伯耆《ほうき》の山村に生まれた。中国山脈の脊梁《せきりょう》に近い山奥である。生まれた家はかなり裕福な地主でしかも長男であった。それが七カ月ぐらいで貧乏な百姓夫婦のところに里子に出され、そのまま実家に帰ることができなかった。里子とはいったものの、半分貰《もら》い子《ご》の約束ではなかったかと思う。そこに何か事情がありげであるが、父を産んだ実母が一時婚家を去ったという父の洩《も》らしたある時の話で、不確かな想像をめぐらせるだけである。

父の一生の伴侶《はんりょ》として正確に肩をならべて離れなかった〝不運〟は、はやくも生後七カ月にして父の傍《そば》に大股《おおまた》でよりそってきたようである。父が里子に出されるという運命がなかったら、その地方ではともかくも指折りの地主のあととりとして、自分の生涯《しょうがい》を苦しめた貧乏とは出会わずにすんだであろう。事実、父のあとから生まれた弟は、その財産をうけついで、あとで書くような境遇をつくった。

父は十九の時に故郷を出てから、ついぞ帰ったことがなかった。汽車賃さえも工面できない生活のためである。それだけよけいに故郷に愛着をもち、帰郷することが父の一生抱いていた夢であった。

私は幼いころから何度も父から矢戸《やと》の話を聞かされた。矢戸は生まれた在所の名である。父の腕を手枕《てまくら》にして、私は話を聞いたものであった。

「矢戸はのう、ええ所ぞ、日野川が流れとってのう、川上から砂鉄が出る。大倉山、船通山《せんつうざん》、鬼林山《きりんざん》などという高い山がぐるりにある。船通山の頂上には根まわり五間もある大けな栂《つが》の木が立っとってのう、二千年からの古い木じゃ。冬は雪が深い。家の軒端《のきば》までつもる」

その話を聞くごとに、私は日野川の流れや、大倉山の山容や、船通山の巨大な栂の木の格好を眼《め》の前に勝手に描いたものであった。その想像のたのしみから、同じ話を何度も聞かされても、飽きはしなかった。

父は父で、それを話すことで結構たのしんでいるのであった。彼の眼底には、話しながら少年のころの思い出が次々に湧《わ》いていたに違いない。それで、話の末には必ずこうつけくわえた。

「今にのう、金を儲《もう》けたら矢戸に連れていってやるぞい」

それは幼い私を喜ばす言葉ではなく、父はそう言って、おのれ自身の心をよろこばしていたのであった。少年のころに馴染《なじ》んだ山や川や部落をもう一度見る日がいつかは来るという、遠い望みをその言葉にかけているのであった。

私の母はいつもそれを冷笑した。

「ふん、また矢戸の話がはじまったのう。もう聞き飽いたがな」

母はすでに自分の夫が生涯貧乏から離れられないことを嗅《か》いでいたようであった。父が甲斐性《かいしょう》もないくせに、性こりもなく矢戸に連れていってやるぞとくり返すのを露骨にいやがった。そのころは九州のF市にいたのである。九州と伯耆とでは雲烟《うんえん》の遠さと思いこんでいた。

母は、私に、いつかこういうことを言ってきかせた。

「わしのお母さんがはじめて、おまえのお父さんを見てのう、かげでわしに、あんたの亭主は男ぶりはええが耳が小さいけ、ありゃ貧乏性じゃと言いんさったが、まことそのとおりじゃ」

貧乏性のことは別として、私は母のこの短い愚痴から両親の一つの秘密を知った。それは母の母が夫婦になってからの娘婿《むすめむこ》を初めて見たというのだから、普通の仲人のあるような結婚ではないことだった。二人は広島でいわゆる〝できあった〟のであった。

広島は伯耆から中国山脈の尾根を南に越えて、父が故郷を出て最初に落ちついた土地であった。

私はなぜ父が養家先を出奔したかわからない。私はそれについて父にきいてみたことはなかった。それは父の出生にからまる秘密臭さと同様、何か露《あら》わにきくべきことではないような気がしたのである。

父の養家、つまり初めは里親であり、のちには養い親であった人は、百姓から付近の鉄山に働くようになった。それは父が五つか六つの時で、はっきり記憶があるという。この辺は印賀鉄という砂鉄の採鉱地であった。

父の実母は、そのころまでこっそり父に会いにきた。年に二三度ぐらいであった。矢戸からこの鉄山まで十里の山坂をこえて登ってきた。養母への土産の反物はむろんのこと、わが子に与える着物、帽子、下駄《げた》、下着などの品を背中に負った唐草模様の風呂敷《ふろしき》包みから取りだすのであった。そして、その夜は一晩じゅう、わが子をかきいだいて寝た。

父がこのくだりを私に話すときは涙ぐんで声がつまるのであった。ごくりと咽喉《のど》をならして涙と唾《つば》をのみこんで話をつづけた。

私はその話を聞きながら眼には山の峠道を越えてくる一人の女の姿を描いていた。

それが私の見たこともない祖母なのだ。

しかし彼女の訪問も父が六つぐらいのころまでであったそうである。男の子が生まれたからであった。つまり、父にとっては弟、私にとっては叔父であった。

そのころ父はこの弟と二三度会ったと言った。それは父の嘘《うそ》だと私は今になって思っている。父が生家に行かないかぎり、その生まれた弟に会えるわけがない。おそらく父は生家に行ったことはあるまい。その推定の理由は父の暗い出生にまつわっている。父が、あとに生まれた弟にそのころ会ったことがあると言ったのは、わが息子に対する一種のとりつくろいであったに違いない。

父が養家を出奔したのは、前にも言うとおり十九の年であったが、その時、一家は淀江《よどえ》の町に移っていた。淀江は伯耆の最北部で、日本海に面した町である。父は魚売りとなり、四里五里の山奥まで天秤棒《てんびんぼう》をかついでまわった。

明治二十五年ごろ、父は、町役場の小使になっていた。まだ給仕などという名前のないころである。書記になることが父の夢であった。それに関する勉強をしたらしい。小学校を出ただけの学力だったが、当時の小学校では漢文の素読も教えたくらいだから、小むずかしい行政や法律用語は理解できた。また、父はこういう本を読むことが好きだった。これは後年まで尾をひいた。

父の養母という人は、ぼんやりしていたが、しんは吝嗇《りんしょく》で根性に意地があった。彼女は傘《かさ》張りの内職をしていた。この土地は雨傘の産地なのである。近所の同じ内職の女房たちをよび集めては一緒に仕事をした。養母は皆にせがまれると安来節《やすぎぶし》を唄《うた》った。まだ安来節が今ほど世間に知られなかったころである。低音で透きとおった美しい声をもっていたそうである。淀江、淀江とどこがようて淀江、帯の幅ほどある町を、というのが彼女が好んでうたう文句であったという。

私は父からその話を聞くと、薄暗い山陰の家の内で、唄いながら影のように働いている女たちを幼い頭の中に空想したものであった。

二

広島に出てきた父のはじめの仕事は陸軍病院の看護人であった。それから県の警察部長の宅で書生のようなことをした。

この書生の仕事はすこぶる父の気に合った。夜は主人が勉強の時間を与えてくれた。その勉強というのが法律の本を読むことだった。何か試験でも受けて身を立てたいと思ったそうだ。

しかし、私には、父の性格から考えて、それほど確とした目的をもっていたとは思われない。その後は、いつも行きあたりばったりな仕事の選び方をしてきた父である。むしろ、父を満足させたのは、法律の本を読むということだけなのだ。そういうものを勉強しているということが、この伯耆の山奥出の青年を感動させたのであろう。実際、父は、のちのちまでも、法律の知識をもっているということを、どれだけ自慢に思っていたかしれない。それは、せいぜい六法全書を撫《な》でた程度であったにせよ、父はひどくインテリになった気でいたのである。それに輪をかけたのは、新聞や雑誌を雑読することで得た知識であった。それは、どうせ常識程度のことだったが父自身にとってはたいそうな自負であった。後年、父は、機会があるごとに、よく自分の知識を人にひけらかせた。

「みんな、何も知っとらん。おれが話してやると、おれがもの識《し》りじゃと言うてびっくりしとる」

と自慢顔に家に帰っては言ったものだった。

正規な学問をうけていない父は、系統立った勉強をすることができない。浅薄な雑学であった。それでも自分では、ひとかどの学問があると心得ていた。

それほど学問について一種の憧憬をもっていた父が、眼に一丁字《いってぃじ》のない母と一緒になったのはどうしたことか。これも父の〝不運〟の一つであろう。

警察部長がどこかに転任になったので、書生をやめた父のその後の職業は、はっきりわからない。父はそれを私に言いたがらない。体裁のいい仕事ではなかったのである。

しかし、私は、父がときどき不用意に出す話の端から想像して、当時の父の仕事はくるま挽《ひ》きであったと考えている。つまり、人力車の車夫のことである。

母は広島から十五里も奥にはいった田舎の百姓家の娘で、四人の弟妹の上にあった。父との結びつきは、よくわからない。が、母も時折りに紡績女工の辛《つら》さを話したことがあるので、おそらく広島に出て紡績会社の女工になっていたのであろう。そしてそこで父と知りあって一緒になったのであろう。一緒になってからの母は親の許諾をもとめるために父を生家に連れていったに違いない。それで母の母親が父をはじめて見て、

「姉《あね》さんや、あんたの亭主は男ぶりはええが、耳が小さいけ貧乏性じゃ」

と言ったという話に辻褄《つじつま》が合うのである。

私は、自分の両親が人力車をひく車夫と紡績女工であったということにも、ほとんど野合に近い夫婦関係からはじまったということにも、あからさまな恥は感じない。

しかし、自分の出生がそのような環境であったという事実は、自分の皮膚に何か汚染《しみ》

が残っているような、他人とは異質に生まれたような卑屈を青年のころには覚えたものであった。

私は広島のK町に生まれたと聞かされた。その町がどういう所か知らない。行って見る気もしない。おそらくきたない、ごみごみした所であったろう。今の話ではない、四十何年も昔のことで、そこの狭い、小暗い長屋のようなところで私は生まれたに違いなかった。

ある日、その陋屋《ろうおく》に一人の少年が訪ねてきた。少年は伯耆の訛《なまり》で、矢戸の西田と名乗った。西田は父の生家の姓である。母は父をどこかに呼びにいった。

父は急いで帰ってきた。すると、少年は父を見て、眩《まぶ》しそうに、兄《あに》さん、と言った。言ってしまって涙をぼろぼろ落としたそうである。それが父のあとから生まれた弟の民治であった。――

私はこの会見の話を何度も父から聞いたものであった。兄弟は、その夜を語りあかしたと言った。もしそれが実際なら少し新派の芝居じみている。おそらく父の誇張であろう。はじめて会ったものが、そんなにうちとけるわけがない。父の話はつづく。

「よう、ここがわかったのう？」

と父は弟にきいた。少年は、母が淀江の家から聞いてきたのだと言った。父は出奔後も養家に少しずつ金を送っていたのである。それから弟は、母がとても兄さんのことを気づかっている、と言い、反物や、シャツや、下駄などの土産を差しだした。それはかつて伯耆の山坂をこえて生母が持ってきた時と同じであった。父は母なつかしさに泣いたと言った。これは、本当かもしれない。

弟は父に言った。わたしは米子《よなご》の中学を卒業して、これから山口の高等師範学校にはいる、今日はその途中に寄ったのだ、と説明した。そうか、それはよかった、と父はよろこんでやった。そういう教育をうける弟をもつこともうれしかった。しかし、自分も生家にとどまっていれば同じ教育をさせてもらえたに違いない。そう思うと寂しさは感じたであろう。ことに〝学問〟にあこがれていた父は、自分より高い教育をうけた者を実際以上に尊敬していた。

「おまえは、そういう叔父さんがいるんだぜ」

と父は私によく言ってきかせた。いかにも満足そうな顔で、おまえも肩身がひろかろうという表情をした。むろん、それは後年の話で、その弟が東京で成功しているころのことである。

弟はその夜一晩泊まって山口に向かった。

父が弟に会ったのは、生涯を通じて、その時だけである。

三

私が三つの時、一家は広島からS市に移った。海峡をへだてて九州の山々がすぐ眼の前に見えた。

父は餅《もち》屋をはじめた。そこはS市のはずれで旧城下町に通じる街道に当たった。Sからその町まで二里、中休みの通行人を当てこんで茶店もかねた。

付近は景色のよいところである。海峡は潮流が渦《うず》をまいて流れていた。夜になると対岸の九州の町の灯《ひ》が硝子《ガラス》の砕片のように黒い山の裾《すそ》にきらきら輝いた。

やがて、その道路に電車を通すというので立ちのきとなり、Sの市中に移った。餅屋の商売には変わりはなかった。

西田民治からはがきがきて、O市の中学校の教師をしているという便りがあったのはそのころであった。広島で会った時から、六七年の歳月がたっていた。O市は九州の南端に近い所にあった。彼は妻帯をしていた。

「民治の女房は学校の先生じゃったそうな」

と父は誇らしそうに言った。こんなことにも弟の優越をよろこんでいた。一字も解せぬ無教育の女を妻にしている父には羨望《せんぼう》の気持があったに違いない。

そういえば父は母を女房としてははなはだ不足に思っていた。戸籍にどうしても入れなかった。だから戸籍上では私は庶子である。旧《ふる》い戸籍法では〃私生子〃と書かれてあった。いつか私は就職の上から戸籍謄本《とうほん》をとってみて、自分の名前の上に私生子と記入されてあるのを発見して、屈辱に火のように赤くなったことを憶《おぼ》えている。

父の母に対する不満は、彼の生涯の〃全盛期〃に爆発した。おまえのような女は女房でないから離別すると言いだした。父は米相場をすることを覚え、それが当たって懐《ふところ》具合がよくなり、女ができたのである。

母は無学であったが、気の強い女であった。学校に行かなかったのも、先生に叱《しか》られたため意地でやめたのである。年齢は父より五つ下で五黄《ごおう》の寅《とら》であった。口やかましいので、父との間は常に争いが絶えなかった。

母は、商いさえしていれば食いはずしはない、と主張した。朝早く起きて餅をつき、それができあがると、父はあとをまかせて、ぷいと外に出ていってしまう。相場をするため米の取引所に行くのである。ぞろりとした絹物の着物に着かえて、いかにも相場師らしい格好で出ていく。母にはそれが気に入らなかった。父が夜帰ってくるとたちまち口論になるのであった。

口論は朝から始まることがあった。餅をつきながら、今日も出ていくのかと母は突っかる。それから口喧嘩《げんか》が高じると、父はできたばかりの湯気の立っている商売物の餅を、ええくそと言ってごみ箱の中にそっくり投げこむのであった。そういう時は、二日も三日も帰ってこない。

父に女ができたことを母はかぎつけた。女は土地の安芸者で名前はユキとまで知った。相場仲間の者が、こっそり母に教えたのである。どうせ客商売の女であるから金がつづくだけの間であるのに、母にそんなことがわかる道理がなかった。

母は私を連れて、夜になると花街をうろついた。庭石に打水した瀟洒《しょうしゃ》な格子戸《こうしど》の家を一軒一軒きいてまわるのである。私は小学校二年生ぐらいであった。その時のことをよく覚えてはいないけれど、母が花街の者からそのさいどんなふうに扱われたかを想像すると、私は今でもその浅ましさに顔が真っ赤になる思いがするのである。

かえって私の記憶には、毎夜、母と遅く帰ってくる時の途中のことが残っている。母はむだな捜索と失望と焦燥とで不機嫌《ふきげん》な足どりで暗い道を歩む。私はそのあとからそういう母をおそれながらついていく。暗い道には、どこかの家の大師講《だいしこう》の御詠歌と鈴をふる音とが流れてくる。それが歩むにつれて近づき、やがて背中の方で遠くに消えていくのである。また、硝子瓶《びん》をつくる工場もあって、職人が長い棒の先に線香花火の消え残りのような真っ赤な硝子玉を吹いている。硝子玉の色は沈みかける夕陽《ゆうひ》のように赫《あか》く燃えている。それを長い棒で口に当てて吹いている職人の黒い影が魔法使いのようにあやしく少年の眼《め》に映ったものである。そういう情景だけがいまだに頭に残っている。

父は相場に当たりつづけた。米相場といっても、父などがやっているのは、そのほうの術語で〝ガス〟という空米《からごめ》相場のことで一種の賭博《とばく》であった。米相場は、日一日の天候が鋭敏に影響する。それで米の相場師はたいてい天気を見ることがうまかったが、父も天気のことはだいぶん研究していて、日がかんかん照っているときでも、あア今晩は雨だな、と言うとたいていそのとおりになった。それも父の自慢の一つで、晴れあがった朝に、午後から雨が降るぞと予言しておいてはたして雨になると、どうじゃ、うまいものじゃろう、と相好をくずしてよろこんだ。

相場に当たりつづけているころは、父は自分の居間にしている二階の六畳の間に、新しく買った大きな机を置き、そのころ流行《はや》りだした青い羅紗《ラシャ》をかけ、硯箱《すずりばこ》、インキ壺《つぼ》、ペン皿、印肉、スタンプ台、帳簿立てなどをならべてうれしそうにしていた。それは父がよく行く仲買店の帳場を真似《まね》したものらしいが、もとより帳簿一冊の必要はないはずだから、たんにそんな事務用具を飾りたてているだけで、気分を味わって満足していた。

こうしたことや、花街に女ができたことや一流の料理屋に出入りすることは、父の観念からすれば一種の出世であった。

私は父から花街の用語をよく聞いた。たとえば、醤油《しょうゆ》はムラサキと呼ぶこと、塩はナミノハナということ、梨《なし》はアリノミと呼ぶことなどであった。父は九つぐらいの私にそんなことを教えて得意になっていた。

そのころが父の得意の絶頂であったようだ。母がいない時を見すまして、ひとりでへたな節で「カッポレ」や「瓜《うり》やなすび」を唄《うた》った。私は「明日はダンナの稲刈りで」という文句を覚えてしまった。父はそれらの唄をユキという女から仕込まれたのであった。

四

私はときどき、父に連れられて相場師仲間の家に行った。その家では、いつも五六人の人間が集まってはごろごろしていた。怠惰と射倖心《しゃこうしん》のその日その日のわずかな賭《かけ》に生きているはかない人間たちであった。その中では父はとりわけ立派に見えた。艶《つや》の光っている絹ずくめの着物をきているのは父だけであった。他の者は服装が見劣りしていた。父の体格も肥えて立派であった。

その仲間たちに向かって、父は相場の話以外には政治の話をするのが好きであった。その知識は新聞を丹念に読むことから得たもので、新聞も母の意に逆らって三つも四つもとっていた。

政治の話になると誰も父におよばなかったので、相手はたいてい聞き手に回っていた。彼が尊敬していたのは原敬《はらけい》だった。父は得意気ににこにこしながら自分流の諧《かい》謔《ぎゃく》をまじえて長々と話すのであった。その時の父は無類に機嫌がよく、人のよさをまるだしにしていた。

「新聞をすぐ三面から読むようではだめですな。まず一面の政治記事や社説から見なけりゃいけませんよ」

と言っては人を煙《けむ》に巻いた。父は人から、あなたは物知りだとか、学があるとか言われるのを、いちばんよろこんだ。

その相場師仲間に盲人が一人いた。十ぐらいの男の子に手をひかれて取引所の前や仲間の家を歩きまわっていた。彼はそれだけで食べていっているらしかった。私よりも二つか三つ年上の、盲人の手をひいているその男の子の顔は、そういう生活になれきっていて、妙に荒《すさ》んだ顔をしていた。

その全盛のころに、なぜ、父は故郷に帰ってみなかったのであろうか。もし帰るとすれば、父の一生のうちこの時ほど幸運に恵まれた時期はなかったのだ。

生家の父は死んでいなかったが、生母は生きていた。父の心は、うんと大金持になって故郷に錦《にしき》をかざる日を待つ気持があったのかもしれない。あが、その希望はつぶれてしまった。父の幸運も長つづきがしなかったのである。あせればあせるほど、落ち目になっていった。それまで儲《もう》けていた金の大半を、女との遊興に雲散霧消したので、こんな場合に支えるだけの資金がなかった。父は蒼《あお》い顔をして帰るようになった。

それでも無理な金を借りては損をし、またよそから借りては失った。この金も返済する見込みが立たない。夜中に起きあがって二時間でも三時間でも煙草《たばこ》を喫《す》って考えこむようになった。

ほどなく仲買店からも締めだされた。いったいに大きな仲買店は店の信用からもガスをやる連中は足を内に入れさせなかったものだ。父は小さい仲買店にとり入っていたのだが、うまくいけばやがて正規な客になれたであろう。が、金を失ってしまえば、店主は冷酷なものであった。

仲買店に相手にされない連中が取引所の前をうろうろしている。彼らは午前午後の相場の一節一節の出来値の数字を奇偶《ちょうはん》にして賭けるのである。父はその仲間にはいり、哀れな乞食博打《こじきばくち》うちになりさがってしまった。

父が家出をしたのは借金とりの追窮にたまりかねただけではなかった。母が顔を蒼すごませて父を責めるからである。もはや、商売どころでなく、表戸を閉めて毎日が暗い家の中であった。その家も家賃が滞って家主から逐《お》いたてられていた。

父に家出されると母も途方にくれた。が、近所でかねて母と仲のよかった蒲鉾《かまぼこ》屋の女房が、それならしばらく家に来なさいよ、と言ってくれた。

母は私をつれて蒲鉾屋に移った。母はそこで女中がわりに働いていたが、その家の二人の大きな息子の不機嫌は眼に見えていた。彼らは眉《まゆ》の間に皺《しわ》をつくり、決して私にも母にも口をきかなかった。

今まで友だちづきあいのようにしていたこの家の女房はだんだん母に横柄《おうへい》になり、母も卑屈になって機嫌をとるようにしていた。この家は吝嗇《りんしょく》であった。たとえば食事でも、各人がしゃぶった煮魚の骨を集め、それをだしにして野菜などを煮るのである。

「汚い、汚い」と母はかげで顔をしかめた。そして、こんな思いをするのも、極道者の親父《おやじ》のおかげだとまた罵《ののし》るのであった。

ある日、私が小学校から帰りかけると、校門のところに父がしょんぼり立って待っていた。私は長い間父の顔を見なかったので、なんとなく父の顔が珍しいし、はずかしかった。父はあまりいい風采《ふうさい》をしていなかった。子供心にも、落ちぶれていると思った。

父は私を手招きすると、

「どうじゃ、お母《か》んは元気か」

ときいた。

それから私を連れて、自分の泊まっている木賃宿に連れていった。きたないが広い座敷で、何人かの相客がごろごろしていた。みんな零落したような人々で、うすよごれた茶碗《ちゃわん》だの土瓶などが赤ちゃけた畳の上にころがっていた。

父は、そこが自分の居場所らしい二畳ばかり空《あ》いている場所にすわって、私に向かってにこにこしながら、

「何か食べるなら買ってやろうか」

と言った。ぶしょう髭《ひげ》が伸び、気の弱そうな笑い顔であった。

私は父の手から五銭玉を貰《もら》うと表へ駆けだした。自分の知らない町で買いものをするのが何か珍しくてうれしかった。果物屋でナツメの実を買って父のもとに戻った。

包みの新聞紙をひろげ、私は父の向かいに腹ばってナツメの実を食べた。ナツメはウズラ豆のような斑《ふ》があった。その模様を眼でたのしみながら、片端からその実を口

に入れた。私も、他人の家に厄介《やっかい》になっている圧迫感から久しぶりに解放されて、心が少しはずんでいた。父は何も言わずに、やはり寂しい微笑で私を見ていた。

私は夕方おそくまでそこで遊んで蒲鉾屋に帰った。母は襷《たすき》がけで台所で忙しく働いていたが、私を見ると、どこへ行っとったんなら、と広島訛《なまり》で咎《とが》めた。私は母に近づき、父に会った顚末《てんまつ》を短い言葉で話した。母は眼を光らせたが、心配したようには叱らなかった。私がそれに勢いづいて、また遊びにいってよいかときくと、それには、いいとも悪いとも返事をしないで横を向いていた。

五

父と母とはもとどおり一緒になり九州のY市に渡った。たくさんの借金を残したため、どこに移ったか落ちつき先を秘密にした。

が、そこでもやはり他人の家の居候《いそうろう》であった。以前にS市にいた近所の人がそこにいたので、それを頼ったのである。商売は風呂《ふろ》屋をしていた。亭主というのは気のいい男で、女房の言いなりになっていた。運送会社の配達夫をしている顔色の蒼い息子と三人であった。

たんに近所の知りあいというだけで、赤の他人の家を居候で転々としなければならない不運もだが、少しずうずうしいようである。だから、その運送会社に出ている息子が不機嫌で笑い顔をみせなかったことも無理ではなかった。私は、いつも怒っているような表情をしている息子におびえながら、その家から小学校に通った。

父はそこから金を借り、それを資本にして塩鮭《しおざけ》や鱒《ます》を師走《しわす》の人通りの多い橋の上で売った。破れ着物の裾《すそ》をからげ、わらじをはいて橋の上で寒風にふきさらされて立っている姿は、絹物ずくめでゾロリとした格好で肩で風を切って歩いたころとは別人のような落ちぶれようであった。

父は橋の上の鮭売りで儲けたのか、それともそれ以上居候が辛《つら》くなったのか、三カ月ばかりして別な家に間借りをした。二間しかない貧しい家の一間で、家主は六十をこした老婆《ろうば》であった。九つばかりの孫娘と二人ぐらしで、息子は何かの罪で刑務所にはいっていた。老婆は息子の出所を待ちわびていて、刑期の短くなるのをたのしんでいた。

その家に移ってからの父の商売は、するめ焼きや卵のゆでたのをもって人の出さかった場所や近隣の祭り、高市と称するサーカスなどのかかったところを追って出店を開くのであった。

そんな、しがない物売りでもテキヤの支配があるとみえ、父は私に、ショバワリだとかカスリだとか、ひとかどのテキヤを気どって用語を教えたが、それはかつてムラサキやアリノミの花街語を教えたときと同じ得意さであった。父には、新しい生活にすぐ適応する楽天的な性格があったようである。

母も父について同じような商売をした。巴焼《ともえや》きの饅頭《まんじゅう》を焼いたり、醬油に浸したスルメを火であぶってノバしたり、ミカン水を売ったりした。父は大きな屋台車で、母は小さい手押車でごろごろと引っぱっては人の集まる場所をさがしてまわった。母の口やかましさは変わっていなかったが、もはや、前のような喧嘩はなかった。母は母なりに現在の幸福に満足しているようであった。そしてしだいに父の儲けが増したのか、母は休むようになった。

父は商売をすまして帰ると、

「今日はおれが政治の話をしてやったら、みんな感心しよってのう、あんたは根ッからこんな商売をする人じゃあるまい、以前は相当な身分の人じゃろうと言うとった」

と母に自慢そうに話してうれしそうな声をあげて笑うのであった。

母は、そういうことを言う父を格別尊敬してもおらず、腹を立てているときは、

「ふん、また法螺《ほら》をふいている」

と人前でも悪口を言うくらいであった。

貧乏ばかりしているくせに、国家大局を論じている父の根のない頼りなさを、母は母なりに厭悪《えんお》していた。

それに母の弟が広島の鉄道に出ていて乗務のついでには暇をとってときどき来ていたが、母はこの弟をひどく力にしていた。弟は義兄である父が好きでなく、

「あんな法螺ふきは嫌《きら》いじゃ」

とよく言っていた。父が女に一生懸命になって家を外に歩きまわっていたころは憤慨して、

「姉《あね》さん、別れたらいつでもわしのところへ帰ってきんさいや」

と激励していた。この弟だけでなく、母には三人の妹が故郷にあった。

この弟妹があるということがずいぶん母の心の支えとなっていて、父と口喧嘩すると、すぐ、

「あんたはひとり者じゃろうが、わしには弟妹があるけんのう」

と言いかえした。別れても困らないということを言うのである。それで父をやりこめるのであった。

わしには弟妹がある、と母が父と喧嘩のごとに言うのは、味方がそれほど多いとの力みなのだ。母は父をしんから信じてはいなかった。

ひとり者、と言われると父は動揺した。ああ、おれはひとり者じゃ、ひとり者じゃ、と拗《す》ねたように、どなりちらした。内心それが寂しかったのである。

そのころ、弟の西田民治からは年に一回ぐらいしか便りがなかった。それも安否をたずねる程度で、兄弟としておたがいの生活感情に立ち入るという親密さはなかった。父は弟に愛着をもっていたが、弟のほうは兄からあまり離れたところに生活していた。その冷たさが父の心にはねかえっていた。父はその弟がありながら、実はひとり者と同じ孤独をもっていた。その遠い弟をもって母に対抗することはできなかった。

それでも、年に一度ぐらいくる弟のはがきをたいそううれしがり、しばらくは毎日つづけてはがきを取りだして読みかえしていた。弟は東京に住んでいた。それも父の誇りであった。

しかし、その弟ともっとも頻繁《ひんぱん》に文通する一時期がきた。

私が高等小学校二年に進んだころであった。民治から『受験と学生』という雑誌を送ってきた。学校の受験生の学習雑誌である。雑誌の巻頭には「主筆　西田民治」と署名があって、受験生の読者に対する訓戒めいたことが書いてあった。それについて民治の手紙は、今度こういう雑誌を出すことになった。兄上には自分の息子より六つぐらい年上の男の子があるそうだから、来年は中学校だろう、その受験の参考にもと思って、これから毎号お送りすると書いてあった。

父が感激して返事を出したことは、想像にかたくない。毎月送られてくる雑誌『受験と学生』とともに、父と民治との間は、今までにない手紙の往復が重なった。

父はうれしくてたまらぬように、

「主筆、西田民治——か」

と反芻《はんすう》するように、何度も口の中で呟《つぶや》いていた。いったいそういう気に入ったことがあると、ひとりで口に出して言ってみなければ気のすまぬ癖があった。

雑誌を送ってくると、父は私にそれを手渡しながら、

「おまえにはこんなええ叔父さんがあるんだぜ」

と誇り顔に、にこにこした。

そして本が来るたびに、

「叔父さんに礼状を出せ」

とやかましく言った。

しかし『受験と学生』を送ってもらったところで私には少しも読書価値はなかった。私は上級学校にいける希望を早くから捨てていた。だから、いたずらに受験の雰囲気《ふんいき》ばかり濃いこの雑誌に空《むな》しいはなやかさを感じただけであった。

そのころ、父はテキヤにまじる商売をやめ、練兵場近くの松の木の下で、餅《もち》や駄菓《だが》子《し》やラムネなどの屋台店を開いていた。毎日、重い屋台車を挽《ひ》いては出ていき、暮れがたになって帰ってきた。五十近くの齢《とし》になっていた。

それは兵営に面会にくる人たちを目当ての商売で、兵隊にこっそり食べさせたいために面会人は餅などをよく買った。

私は学校の帰りの道順になっているので、必ずその屋台店の前を通らなければならなかった。

夏になると父は陽《ひ》に焼けて真っ黒い顔をし、老いが目立っていた。いったいに父は以前にはよく肥えていて二十貫近くあり、出っぱった腹が絹物の着物を恰幅《かっぷく》のよい着つけにしていたものだが、今はそれも痩《や》せて、さすがに、つづく辛酸の結果が外貌《がいぼう》に出ていた。

父は私が友だちと四五人で通るのを見ると、

「おいおい」

と皆を呼びとめ、

「どうじゃ、おまえたちは学校でどんなことを教えてもらったかしらんが、政治の話をおれが少し教えてやろう」

などと得意気によく言った。

餅の立ち売りをしている父は、今では小学校の子供を相手に自分の政治知識を聞かせたいのであった。そういう時の父は苦労のない人間であり、人のよさがまるだしであった。

だから、わが子を上の学校に受験させることができないのに、弟が編集しているというだけの理由で、この受験雑誌を私に読め読めという矛盾を父の善良さは感じないのであった。

六

私は西田民治にあてて、東京に出て勉強したいから面倒をみてもらえないだろうか、という手紙を出したことがある。上の学校に進むことができず、会社の給仕か商店の小僧にいく運命が眼《め》の前にきているころであった。

民治から返事があって、はっきりと断わってきた。東京でなくとも、勉強はどこにいてもできる、という意味が訓戒めいて書いてあった。それは、こちらの頼みとは見当違いの返事であったが、私はそれ以上押して頼む気は起こらなかった。このまだ見たことのない叔父に遠さを感じたからである。

母の弟は、しっかり者で親類に聞こえていた。彼が父を厭《いと》っていたことは前に書いたが、母の前でしきりと父の悪口を言った。その悪口を母は母で、実弟が自分の味方をしてくれるのだとたのもしがって眼を細めて聞いていた。

叔父はよく私の指を見て、

「おまえの指の格好は親父そっくりじゃ、親子とはいいながら、よく似たもんじゃ」

と笑った。その笑いには嘲《あざけ》りがあるように思われた。私の指は伸ばすと反るくらいに長かった。それは父の指にそっくりで、よく似ていると他の人から二三度言われたこともある。しかしこの叔父からそう言われるくらい、胸に毒がまわる思いがしたことはなかった。おまえも親父に似てつまらん男になるぞ、という同じ意味が叔父の嘲《ちよう》笑《しよう》にある気がした。父のつまらないことはよくわかっているだけに、私は叔父に卑屈になり、反発をもっていた。この母方の叔父を憎悪しないまでも嫌《けん》悪《お》している感情が、にべもない返事をうけとった瞬間から、〝東京の叔父〟にも覚えたのであった。

私が高等小学校をおえて、ある小さな電気工事請負会社の小僧となったころから、西田民治との文通は絶えた。父から手紙を出さなくなったのか、叔父から出さなくなったのかわからない。もはや、『受験と学生』も送ってこなくなった。父が、弟のことを他人に自慢する言葉はときどきその後も聞いたけれど、年賀状が一二年つづいてきたきりで、消息は全くなくなった。

ある時、例の母の弟が勤め先の用事で東京に出張すると言って立ちよった。父はよろこんで、

「そんならわしの弟の家に寄ってみておくれんか。よろしゅう言うてな、向こうの様子を見てきてほしい」

と頼み、住所を教えた。世田谷区世田谷町一丁目何番地と暗記のままを紙に書いて渡した。

二週間ばかりたって、叔父は東京から帰ってきた。

「大きな構えの邸《やしき》にびっくりした。たいそう金持らしいよ。本人は留守で奥さんが出てきて、遠いところをありがとうございました。帰ったら申し伝えます、と言いなさった」

と報告した。大きな邸にいることは父をうれしがらせたが、せっかく期待した訪問の顚末があっけないので、

「ただそれだけかな？　ほかに何も言わなんだかな？」

ときいた。叔父は少し面倒臭そうな顔をして、

「本人がおらんから話があるはずがないがな、家内じゃわからんことじゃけな」

と答えた。父は、その理屈に、気弱く、

「それもそうじゃな」

と言ったが、あきらかに物足りぬ顔であった。叔父はそのあと、かげで母に、

「兄《あに》さんもよくよく貧乏性に生まれたもんじゃのう。弟のほうがあがいに出世して」

と、いくぶん小馬鹿《こばか》にした同情を顔に出して言った。

父はさっそく、民治から何か言ってこないかと待っていたが何も来ないので、先般は小生義弟が上京の節貴宅を訪問いたし候《そうら》えども、貴殿あいにく不在にて、と手紙を書いて出した。しかしそれにも結局なんの返事もかえってこなかった。

私は、そのことがずいぶん父を寂しがらせたであろうと想像した。要するに民治には兄弟の愛情が無いのか薄いのかに違いない。幼時から一緒におらず、大きくなってからもたった一度会っただけでは、他人と同じ感情になるものかと思った。そうすると、民治が山口高等師範学校に行く途中、広島に父を訪ねてきた時が、兄弟流離の二つの線がはからずも途中で交差した一点ということになるのであろうか。

それでも母は時には父に、

「あんたは兄弟縁のうすい人じゃなあ」

と慰めるように言う時もある。その時は父は視線をはずして黙ってうすく笑う。

だが、私はもっと残酷な考えを父にもっていた。父のもちまえの人のよさとだらしなさが母の弟妹たちからばかにされたように、たとえ民治との交際がつづいていても、結局、弟から軽蔑《けいべつ》され、見捨てられるのではなかろうかという想像である。母の弟からの連想もあったが、東京の叔父はそのような人であるという漠然《ばくぜん》とした概念であった。父はやはり独りのほうが父らしい気がした。

私は、電工の見習いのようなことをしながら、『早稲田大学中学講義録』なるものをとって読んだ。父はそのころはまたひどい不景気で、家賃を何カ月も溜《た》めていた。息子に講義録をとってやって、それで中学教育をさせているような顔をした。そういう考え方の幼稚さがいつも父のどこかにつきまとっていた。講義録は、校外生証書だの、記章だの、修業証書だの、さまざまな付録があって、私の向学心の虚栄を満足させたが、まもなく購読をやめてしまった。一つは昼間の激しい労働で夜は疲労して、どう辛抱しても眠ってしまうのと、その講義録の代金さえ送れなくなったからである。私のわずかな給料など待ちかねたように父の手で右から左だった。

七

それから二十年の歳月がたった。

私は九州のある商事会社の社員になっていた。身分は高くなかったが、私がそれまで電工の見習い、活版所の小僧、植字工、店員、外交員、保険勧誘員などさまざまな仕事を経てきた末、やっとかちえた職だった。かなりの会社だけに、下に三人か四人ぐらいしかいない、主任という役職も、私のそれまでの苦労からみれば、自らかちえたといえば言えた。

平凡な結婚をし、子供も二人もった。母は死んだが、父は七十をこして生きていた。しょぼしょぼした眼の隅《すみ》に眼脂《めやに》をため、二人の孫が嫌うほど飯を食べた。飯を食べるときには、洟《はな》を出した。皺《しわ》が深くなり、歯のないため、厚い下唇《したくちびる》が前に出てだらりと垂れさがった。歩いても足もとがもつれた。が、耳は確かだし、新聞が何より好きなのは昔のままだった。

終戦の年から三四年たった年の暮のことであった。

私は大阪に出張した。その用事が片づかず、三十日の晩になってやっとすんだ。あくる日、汽車に乗って広島近くきたころ、ふと、私はこのまま社に帰っても元日になるし、四日の初出勤までは用をなさないことに気づいた。車内には正月をスキー場で送る青年たちの身支度の姿も見えた。彼らは広島で乗りかえて芸備線で奥地に向かうらしかった。

私は父の故郷の伯耆《ほうき》の矢戸《やと》が、この芸備線からも行けることを思いだした。明日から三ガ日は正月休みだし、自費で九州からわざわざ思いたって他日行けるとは思えなかったので、この機会にその矢戸に行ってみようという気になった。それはとっさの思いつきだが、いつもの私に似ずすぐ実行にうつして広島駅に下車すると、家にあてて電報を打った。

午後二時ごろ出た汽車は備後《びんご》十日市あたりで暗くなった。雨が降っていて遠い所に三次《みよし》の町の灯《ひ》が光っていた。汽車を降りた人たちがその灯の方へ肩をすぼめた黒い影で歩いていた。それから名も知らぬ駅が真っ暗い窓をいくつも過ぎた。顔を窓硝子《ガラス》によせると闇《やみ》をすかして山奥らしく谷が迫っていて雪が深そうだった。車内は客がほとんど降りてしまって寒々となった。終点の備後落合という駅についたときは十一時ごろだった。

駅前の小さな宿の二階に寝ながら私は、これから訪ねていく父の故郷のことをいろいろ想像した。

「今にの、金を儲《もう》けたら矢戸に連れてってやるぜ」

と幼い私に言いきかせてたのしんでいた父も、ついに一度も帰れなかった故郷である。私は父を連れてこずに、自分ひとりだけ来たことにうしろめたさを感じないではなかった。しかしいわゆる錦《にしき》をかざって帰るつもりだった父の、あの老残の見すぼらしい姿を故郷の土地に見せたくない気持も強かった。

隣りの部屋からは中年の夫婦者らしい話し声が高くいつまでも聞こえていた。このみいった面白くない話題とみえ乾いた声だった。この奥の出雲《いずも》の者らしく、東北弁のような訛《なまり》である。こんな宿で、人生に疲れたような夫婦の苦労ありげな話し声を聞いていると、私は自然と自分の父と母のことを連想せずにはいられなかった。

翌朝、一番の汽車で発《た》った。備中神代《びっちゅうこうじろ》の伯備線に乗りかえて北に向かった。汽車は雪でおおわれた中国山脈をのろのろと越えた。

それがトンネルを越して、下りの傾斜に速度が増すと伯耆の国、鳥取県西伯《さいはく》郡にはいったのであった。すぐに生山《しょうやま》という駅についた。矢戸はこの駅から三里の奥にあった。

私は駅前の小店にはいって、矢戸に西田という家があるかときいた。

「西田善吉さん、西田小太郎さん、西田与市さんという家があります」

と店のおやじは私をじろじろ見て言った。

「西田民治さんの親戚《しんせき》の人ですか」

「みんな民治さんの親戚ですがな。善吉さんが西田の本家ということです。――あんたはどこからみえましたか」

「いや、ちょっと民治さんを知っている者です」

「民治さんは東京で、えらい成功なさいましたな。矢戸も寄付をだいぶん貰《もら》いましたよ」

バスは駅前から雪の坂道を難儀しながら一時間走った。乗っている人は近在の農夫ばかりで、女は着物の上から毛布を巻いていた。

矢戸は三十戸ばかりの低い屋根の家があつまっている、ちょっとこの辺の中心といった部落であった。村役場も郵便局もあった。

雪は一尺ぐらい積んでいた。一面の白い中を、一本の筋になって川が流れていた。川幅はせまく、水は冬のつめたさを滲《し》ませたように澄んでいた。これが父のよく言う日野川であろうと、私は佇《たたず》んでしばらく見ていた。誰も通る者はなかった。

見たところ、高い山はなく、そのかわり壁のように丘陵がこの村をとりまいていた。幼い時に父からよく聞いた、大きな栂《つが》の木のある船通山《せんつうざん》がどこに見えるのか、大倉山がどれなのかわからなかった。しかし私が今見ているこの風景は、間違いなく、「今にのう、金を儲けたら矢戸に連れてってやるぜ。矢戸に行こうぜ」と父が執念のように言っていたその矢戸なのであった。

私はポケットから手帳を出し、鉛筆でその付近の見取図をかいた。帰って父に見せるためだったが、こうして書いていると頭の中に印象がさらにはっきりとなった。

私は西田善吉に会ったものかどうかと迷った。しかし、せっかくここまで来て、景色を見ただけで帰るのも物足りなかった。他人ながら、父の縁者という人もちょっと見ておきたかった。

西田善吉の家は、土蔵と白い塀《へい》をめぐらせた田舎によくある大きな構えで、当主は医者であった。

玄関に出てきたのはその家内で、都会的な感じのする中年の女だった。意外なことに関西弁であった。

私が、西田民治の兄の子だと言うと、眼をまるくしておどろいた。それから愛想よく座敷に請《しょう》じて置こたつのある客間に通した。

「あいにく主人が往診に出ておりまして。まもなく帰りますので、ごゆっくりしていただきます。――へえ、東京の民治さんのお兄さんがいてはることは聞いてましたが、あなたさんがそのお子さんでっか。それは、それは」

と彼女は、しげしげと私を見た。

八

医者はなかなか帰ってこなかった。往診を頼まれれば二里でも三里でも馬に乗っていくのだと善吉の妻女は言った。

それから西田家の縁故のいろいろな名前が出たが私にわかるはずがなかった。ただこの本家というのが、父の親父《おやじ》の兄に当たる筋らしかった。この部屋の構造も調度も旧家らしく立派だった。

家内は退屈であろうからと、アルバムを持ってきてみせた。めくってみると、婚礼写真があった。新郎新婦を中心に近親者が集まっている写真で、男たちはモーニング、女たちは裾《すそ》模様の紋付で、会場のはなやかさは背景の一部でわかった。

「これは民治さんの次女の結婚式です。津田を出た娘さんです」

と善吉の家内は教えてくれた。

私はウェディング・ドレスをきた従妹《いとこ》を写真ではじめて見た。兄弟もなく、離れた土地に散在している母方の従兄弟《いとこ》しか知らない私は、はじめて父方の従妹の顔を知った。その顔は白く写っているだけで特徴はわからなかった。

「これが民治さんです。ほら、あんさんの叔父さんだす」

西田民治はモーニングをきて横に立っていた。黒い口髭《くちひげ》を左右にはねて恰幅《かっぷく》がよかった。体格のよいことは父と同じだが、顔つきは違っていた。ただ、禿《は》げかかった頭の格好は父によく似ていた。

しかし似たところは一部分のそこだけで、顔全体の印象はおよそ似つかぬものだった。その顔から、父の人のよさや気の弱さやだらしなさをうかがうことはできなかった。抜け目のない、堅実な、そして温厚な余裕をのこした実業家の顔であった。かつてこの人から雑誌を送ってもらったり、手紙をもらったという記憶が、私によみがえった。

「お式のご披露《ひろう》は東京会館でした」

と家内は説明した、道理で写真の背景がはなやかなはずだった。

「これ、長男の時のだす」

「これ、長女と、三女の時のだす」

いずれも次々と立派すぎる婚礼写真が出てきた。中には嫁入道具をトラックに積み、それに定紋を染めだした幕をおおったのがあった。式の披露会場は、学士会館だったり、帝国ホテルだったり、雅叙園《がじょえん》だったりした。そのつど、新しい従弟妹《いとこ》の顔があり、そのどれにも、このようにわが子たちに豪奢《ごうしゃ》な結婚式をさせるだけの甲斐性《かいしょう》をもつ西田民治の立派な口髭の顔が写っていた。

私は自分の結婚のことを考えずにはいられなかった。これらの写真とは比較にならぬ見すぼらしい結婚であった。狭い、暗い家に花嫁が車にも乗らず歩いてきた。粗末な式には、モーニングはおろか、紋付と袴《はかま》を揃《そろ》えて支度した者もなかった。母親は、こんな角かくし姿の花嫁がわが子に来てくれるとは思わなんだ、と言って、その場で歔《な》いたくらいだ。それほど貧乏な生活であった。

私は、そのアルバムを見ているのが辛抱できなくなった。他人だったらもっと素直になれた。その人々が血がつづいているだけに、愉快でない気持は抑えきれなかった。

この家の主人である医者は容易に帰ってこなかった。それをいいことに私は暇《いとま》を告げた。

西田善吉の妻女は門の外まで見送ってくれた。主人が帰るまでいてくれとしきりに引きとめたが、無理に断わった。橋をわたり、しばらく歩いてきたころ、振りかえってみると、彼女はまだ門前に雪の降る中を立ってこちらを見ていた。善良な、困らぬ生活におかれた上品さのある婦人であった。

私は汽車でふたたび中国山脈を南に越えた。見ていると単調な窓外の風景がまるで色彩がなかった。白い雪が黝《くろず》んで感じられる。私の心は泥《どろ》をなめたように、味気なかった。考えまいとしても後悔が胸をふさいだ。

家に帰ると、父は私を待っていた。広島から打った電報で、私が矢戸に行ったことを知っていたのだ。父が話を聞こうと待っていることがわかっているだけに、やりきれなかった。

「矢戸に行ったそうなが、どうじゃったの？」

と父はいちばんにきいた。皺に囲まれた濁った眼が、勢いこんで光っていた。私はそれに調子を合わすことができなかった。かえって、一生貧乏から抜けきれなかった気のいい父に反感がわいた。

「行ったけど、つまらん所やった」

と残酷に答えた。

父は、はっきりと失望を顔にあらわした。それから私の不機嫌《ふきげん》そうな顔色を見て、

「それはそうや、山の中の田舎じゃけんのう」

と気弱く言った。

私はそういう父が少しかわいそうになった。なんとか慰めてやらねばと思った。しかし慰めてもらいたいのは今は自分のほうだった。心は滓《おり》が溜まったように、ざらざらと荒れていた。

「誰かに会ったか」

と父はたずねた。

「西田善吉という人を訪ねたが留守やった」

その名前を父は知らなかった。西田の本家じゃそうな、と言うと父はうなずいた。

「大倉山や船通山を見たか？」

と父はまたきいた。父には、なんの馴染《なじ》みのない人の名よりも、私の幼いころにお伽噺《とぎばなし》のように何度も何度も話してやった山のほうがまだ気にかかった。私はそれにも首を振った。

すると父は、いかにも残念そうに、

「おれがのう、ついていったらの、おまえに教えてやるのじゃが」

と言った。

私はその言葉が胸にこたえた。なぜおれを連れていかなかったか、と責められたような気がした。そして、今にのう、金を儲けたら連れてってやるぜ、と言ってそれが夢でもあった父の空虚な寂しさが心に伝わった。

「あのな、今度、時候のええ時に一緒に行こうな」

と私は言わずにはいられなかった。

「それがええ。春ごろの矢戸はええけんのう。大倉山の若葉は見事なもんじゃ」

と父はたちまちはれやかな顔になって饒舌《じようぜつ》になった。

私は西田善吉に対して簡単な礼状を出した。それには矢戸は父が一度は見たい故郷で昔からの夢であったとつけくわえておいた。半月ばかりして、先方から返事があった。

「過日は遠路わざわざご光来くださいましたところ、折りあしく不在でお目にかかれずまことに残念でした。なぜご一泊を請《こ》わざりしかと愚妻を叱《しか》りましたがご都合悪《あ》しき由《よし》にてまことに残念に思います。ご書面によりご尊父様のご心中お察し申して、思わず涙を禁じえざるものがありました。ご尊父様の生家は小生宅より一町はなれた所にありますが今は売却されております。これも小生在宅ならばお目にかけるところでした。ご尊父様のご舎弟民治氏は東京において成功され、株式会社隆文館の取締役社長として戦前敏腕をふるわれ、住居は、東京都大田区田園調布にてここに豪壮なる邸宅を建てられ幸いに戦災にもあわず、お暮らしになっておられます。他の親族もまずまずかなりの生活を営みおり、一族結束相互扶助にてつつがなくやっております。その名前をご尊父様のご記憶を呼びおこすべく左のごとく書きつらねました」

その別記とは系図式に名が書かれ、現存の名前の下にはいちいち、中流以上、とか、当地方にては上流のほう、とか生活状態の注がしてあった。

里子に出された父に、系図のように書かれた名前のほとんどが記憶にあるはずがなかった。注の上流とか中流とかの文字を見て、

「みんな、ええ暮らしをしとるんじゃのう」

と眼をしょぼしょぼさせて呟《つぶや》いた。手紙にある〝一族結束相互扶助〟にはずれた孤独の寂しさがやはり老いの横顔に流れていた。

父は、

「へえ、民治は世田谷におったが、田園調布に移ったのか。豪壮な邸宅をたてて、社長になっておったのか」

と、何度も、そのくだりを読みかえした。

それからすぐ民治にあてて手紙を書いた。どういう内容を書いたのか、私にはわからなかったが、何枚も何枚も便箋《びんせん》をつぶし、老眼鏡をかけて一心に書いていた。

「これを書留で出す」

と父が言うから、私が、そんなことをせんでも届く、と言っても、

「いいや、大けな邸《やしき》におるんじゃけ、まぎれて本人の手に渡らんかもしれん」

とまじめな顔で言っていた。

しかし、書留で出したその手紙に、西田民治からの返事は、ついに来なかった。

九

それから二年ばかりたった。

私は会社から東京へ出張することになった。東京は初めてである。父は喜んだ。

「東京に行ったらの、叔父さんのところへ寄ってみんか」

と言った。

「時間があったら寄ってもええ。都合でどうなるかわからん」

と私は気乗りのしないような返事をしておいた。膝《ひざ》をのりださんばかりにしてすぐ期待をかけてこられては困ると思ったからだ。

「まあ、都合がついたら寄ってみるがええ。せっかく、東京に行くんじゃから」

と父は逆らわずに主張した。

私は、実際には西田民治を訪ねていく気持にかなり動かされていた。しかし、その時に味わう失望に用意する心はもっていた。長い間の音信不通と、おたがいの生活の相違は他人の感情をつくりあげているに違いなかった。父の出した書留の手紙になんの返事もなかったことがそれを認めていた。私はいつでも西田家の玄関からさよならと引きかえすつもりで訪ねようと思った。いや、場合によっては、声もかけないで、その家を見届けるだけで帰る覚悟でもあった。

ちょうど、晩秋だった。東京の社用は二日ですんだ。あくる日を、東京見物に予定してくれていた先方の好意を断わって、朝から宿を出た。宿は三田《みた》の方だった。渋谷《しぶや》まで国電で行って東横《とうよこ》線に乗りかえた。渋谷駅では東横線の乗り場がなかなかわからないでうろうろした。

中目黒《なかめぐろ》、祐天寺《ゆうてんじ》を過ぎたころの沿線は、いかにも東京の中流住宅地らしい風景であった。低いなだらかな丘陵には、赤、青の屋根や白い壁がならび、秋の陽《ひ》を吸っていた。それはやはり九州にはない都会的な雰囲気《ふんいき》だった。私は、これから訪ねていく西田民治の家を想像して怯《ひる》みを覚えた。

田園調布の駅前の交番で番地を言って道順を教えてもらった。白い、きれいな道路がいくつも交差していた。杉垣《すぎがき》や白い塀の内側は植込みが深く、ヒマラヤ杉が直線に秋空にのびていたり、黄ばんだ銀杏《いちょう》の葉が散り敷いていたりした。瀟洒《しょうしゃ》な和洋建てのどの家も奥まっており、ピアノの音が聞こえていた。私は教えられたとおりに道をいくつも曲がったが容易にわからなかった。人通りもなく高級な住宅街はひっそりとしていた。

たずねあてた家は、なるほど広壮な構えで、付近のどこよりも広い地域をしめていた。外塀もしゃれたのが長くつづき、大きな門があった。手入れのゆきとどいた植込みの茂みの遠い奥に、屋根の瓦《かわら》が秋陽をてり返していた。

ここまで来て、さすがに黙って帰るのも不本意な気がした。黙って帰れば帰ったで、それなりの印象は残るに違いなかった。が、それにも徹しきれない心が私を迷わせた。

結局、しかし、私はその家の脇門《わきもん》をくぐった。

玄関まで玉砂利が敷いてあり、前栽《せんざい》をめぐっていた。玄関は破風《はふ》の屋根があり、広い式台が磨《みが》きあげられて光線を映していた。圧倒された。が、ここまで来てはどうにもならず、傍《そば》の内玄関の呼鈴を押した。

女中が出てきた。

私は自分の姓名を言って、

「ご主人の民治さんにお目にかかりたいのですが」

と言うと、女中は一瞬に私の顔を見て何か言いたそうにしていたが、しばらくお待ちください、と言って奥に引っこんだ。

まもなく三十五六の身ぎれいにした女が出て、落ちついた様子で両手をついた。その身なりや態度から、この家の主婦らしかった。

「いらっしゃいませ。失礼ですが民治とはどういうご関係の方でいらっしゃいましょうか？」

へんなことをきくと思ったが、ああ、これは民治がすでに死んでいるのだと直感した。

「民治さんには兄さんがありますが、私はその息子です」

私は少しどもって言った。

女の人は顔をさらに上げて、私を大きい瞳《ひとみ》で凝視した。身内でなければこのようにおどろくはずはなかった。私は、この女は自分の従妹に当たる人ではないかと思った。

「どうぞ、おあがりあそばして」

と彼女は言った。

洋間の応接室に通された。ここまで案内して、

「ただいま、母が参りますので、しばらくお待ちくださいい」

と静かに扉《ドア》をしめて出ていった。

窓から庭の植木がうつくしく見えた。芝生にやわらかい陽が当たっている。綿を置いたようにワイヤテリアがねそべっていた。

陽の加減で飾暖炉の上の印象派風の古い色彩の絵が翳《かげ》って暗かった。ピアノの黒い台の上には楽譜が二三冊きちんと揃えて置いてある。隅《すみ》にサイドテーブルがあり、読みさしらしい薄い洋書が一冊無造作にのっていた。

軽い叩音《ノック》がきこえ、扉があいた。背のひくい六十七八の老婦人がはいってきた。

「はじめまして。西田民治の家内でございます」

と丁寧なお辞儀をした。

「遠いところをよくいらっしゃいました。どうぞ、おかけください」

とすすめて、自分もソファの上に身体《からだ》の位置を落ちつかせると、私の顔に静かな微笑を向けた。

「主人は一年ほど前に亡《な》くなりました」

十

さきほどの女中が紅茶を運んできたが、それも冷めた。

「主人にお兄さまがあるのは存じておりました。忘れていたと申せば申しわけございませんが、ずいぶん長らくご無沙汰《ぶさた》していました。三十年近くもお便りしなかったのではないでしょうか。実は、わたくしどもには五人の子供がおりまして、さきほど出ましたのが、長男の嫁でございます。あなたさまのことを初めて知りまして、びっくりしておりますようなわけで、子供たちはお父さまにそのようなお兄さまがあり、自分たちの伯父さまがあるのを知らないのでございます。主人は何も子供たちに申しておりませんでした」

老婦人は低い声で静かに言いつづけた。

「矢戸にも主人と一緒にときどき帰りましたが、お兄さまのお話はあまり伺ったこともありませんので、わたくしまで申しわけなくお兄さまのことがいつのまにか記憶からはなれてしまいました。それに、主人は極端に人づきあいが嫌《きら》いで、人さまに対して好き嫌いが強く、亡くなったときも、ほんとに少数の方たちにご通知申しあげただけでございます。それで、亡くなりましてから、机の引出しなど整理しました時、お兄さまのお手紙が出てまいりましたが、わたくしもそれをはじめて拝見したようなしだいでございます」

私は聞いているうちに、父が孤独の穴の中にいよいよ沈んでいくのを覚えた。しかしそれが何か当然のような感じかたであった。――この叔父の未亡人の話に、どこか漠然《ばくぜん》とした抵抗をもっていながら、心はうなずいていた。

仏間に案内された。

仏壇の上に民治の写真が掲げてあった。私はそれを見た瞬間、おどろいたが気づかぬふうにすわって香を焚《た》いた。

それから改めて写真を見上げた。晩年にうつしたものらしかった。父の顔にそのままだった。さっきちらと見たときおどろいたのは、あまりにもよく似ていたからである。

この写真の顔には口髭《くちひげ》がなかった。頭もすっかり禿《は》げてしまって皺《しわ》も多くなっていた。いつか矢戸で見た婚礼写真の中にいる、ずっと若い時の民治とはまるで顔が変わっていた。禿げた頭のかたちも、眼《め》もとも、口も、父にそのままであった。

しかし私は、この写真の主が、実の兄の父とは全く性格が異っていると思うと、ある抵抗なしには見られなかった。少しの手落ちもなく世をわたり、計算どおりに成功し、財をなし、家を建て、子供たちを教育させ、故郷に寄付し、適当に性格に圭角《けいかく》が出て、誰かれとなく他人を近づけず、肉親にも狷介《けんかい》であったこの叔父に、私は反抗以上に何か歯の立たぬ強さを感じた。それは人がよくて、いつも他人から甘くみられながら貧乏で一生を通してきた父と全く似た顔だけに——同じ血の反発といった病理的な強ささえ感じた。徹頭徹尾、父を突き放した叔父に、私は反感よりも一種の同感を覚えた。父の敗北的な性格を、この実質的な叔父が、相手にするわけはなかった、という残酷な同感であった。そして、それは私に父の性格が流れているという自覚からであった。

応接室に戻ってすぐ、自動車のクラクションが表に聞こえた。玉砂利を踏む靴音《くつおと》が聞こえた。

私より五六歳下かと思われる齢《とし》ごろの、小太りの中年の紳士が部屋にはいってきた。

「早うございましたね」

と叔父の未亡人は彼に言った。声の調子では、急いで電話をかけて、外出先から呼んだらしかった。それから私のほうを向いて、

「長男でございます」

と言い、息子のほうには、

「この方、お父さまのお兄さまのご子息、あなたのお従兄《いとこ》にあたる方ですよ」

と微笑して言った。

やあ、と従弟はこだわりのない笑をみせて節度のある態度で挨拶《あいさつ》した。ものなれた、深みのある態度でもあった。

私は、そっとこの男の顔を眼でまさぐった。母親似らしく、眼が細く切長で、鼻翼が小さく、唇《くちびる》が薄かった。どこにも彼の父と相似する顔の特徴はなかった。気が休ま

った。

「親父《おやじ》が変人でしてね、何も知らせてくれなかったのですよ。親父、タイラントでしたから、おふくろも、われわれ子供もぴりぴりしていました。仰《おお》せ以外には、なんにもきけなかったんです。おふくろ、苦労しました」

明かるい声と笑いが上手に一種の雰囲気をつくっていた。上品な社交に慣れた人であった。

食堂に誘った。家族が揃《そろ》った。

「親父の時にできなかった親戚《しんせき》同士のおつきあいを、われわれの代で復活したいものです。ねえお母さま」

と従弟は白いナプキンの端を胸にはさみながら言った。叔母は嫁と女中の運んでくる皿を気をつかって見ていたが、私のほうを向いて、

「ほんとうにそうでございますよ。お願いいたしますよ」

と言った。

食事がはじまった。

「これは大学を出ましてね、父の会社のあとをやっております。長女は麹町《こうじまち》の方に嫁に行っております。次女は鎌倉に嫁《かた》づいております。三女は外交官の嫁になっており

ましてスウェーデンに行っておりますま。いちばん下は津田を出ましてね、わたくしども制《と》めたのでございますが、アメリカに留学にまいっております」

スウェーデンだのアメリカだの遠い話であった。その従妹たちにも私はなまな感情は湧《わ》かず、実感のせまらない、遠い距離感しかなかった。

私は味のわからない食事をおわった。

果物の皿がきた。

「矢戸に親父の分骨を埋めようと思いましてね」

とリンゴの皮を器用にむきながら長男の従弟が話した。

「親父の墓は多磨《たま》墓地に建てたんですが、生まれた土地にも先祖と一緒にならべて建てようと思うんです。お宅も将来お父さまが万一の時そうなすってはいかがです?」

私は、ナイフを当てながら、くりくりとリンゴをまわしている従弟の指に、ふと眼を止めた。

それは長い指だった。私の指にそっくり似た指だった。おまえの指は、親父にようにたもんじゃと、母方の叔父が言い言いした、その指だった。

その瞬間、この従弟に肉親を感じた。外国兵が日本の女に生ませたわが子を識別するのに、自分の爪《つめ》のかたちと子のそれとを比較するという話を私は思いだした。従弟の指が、血のつづきを私に知らせた。

　それまで保っていた平静は動揺した。肉親の血のいやらしさだけが私の胸を衝《つ》きあげてきた。父の性格の劣性をうけついでいると、自覚している私の、父系の指への厭《えん》悪《お》と憎悪の感情であった。それは父と叔父との間のように、同じ血への反発であり、相手に対する劣敗感であった。

　私は、九州に帰ったら、この親切な叔父の遺族に、はがき一枚出すことはないだろうと思い、矢戸に父の墓を彼らとならんで誰がたててやるものかと思った。

石の骨

一

「故宇津木欽造《きんぞう》先生記念碑除幕式」は、三時からL大で開かれた。己《おれ》は行ったものかどうかとしばらく迷ったが、行くことにした。そこからどこか静かなホテルにまわって、今度出版する予定の「日本に於《お》ける旧石器時代の研究」の校正刷りに手を入れるつもりになった。

三時十分前にL大学正門前についた。構内にはいるとすぐ受付があった。白いテント張りが向こうに見えていた。

受付に備えた芳名帳に署名すると、それを見ていた係りが、

「黒津先生、黒津先生。これをどうぞ」

と言って菊の小さな記章をさしだした。

中にはいると、大勢のあいだから白髪をきれいに分けた老人が笑いながら近づいてきた。今日の除幕式の委員長である水田嘉幸博士であった。

「やあ、よく来てくれました」

と七十五歳の学界の元老は言ってくれる。

己は丁重なお辞儀をした。周囲の者がわれわれをふりかえった。その眼《め》に何か冷たい色がありそうな気がして、己は肩を聳《そび》やかす姿勢になった。思わず出る癖である。

「近ごろ、面白いものが出ますか？」

と名誉教授はにこにこしながらきいた。発掘のことであった。

「なかなか思うようにまいりません」

と己は答えた。

周囲がそれとなくこの会話に聞き耳を立てているような気がする。己は眼を移した。近くで勝手にしゃべりあっていたグループが話をやめていた。他の大学の連中であった。

「何かお書きになったものが出るのだって？」

と水田博士は機嫌《きげん》よく己を相手にした。老人の機嫌のよさに己は素直についていけない。折りよく式のはじまることを誰かが知らせてきたので、博士はそそくさと背をまるめた格好で去った。

開会がアナウンスされ、ぞろぞろと席についた。教授たちは、当然のように最前列の席にならぶ。揃《そろ》いの胸の菊がはれやかさを増している。

「黒津先生、どうぞ」

と己をその席に誘う者があった。J大助教授である。いつも如才のない男だ。

己は彼が嫌《きら》いだ。何かと勢力の間を立ちまわっているという感じだ。そんなことはかまわないが、ろくな論文一つ書かないで、自分の名前ばかりを世間に出したがっている。よく近ごろの新聞などに雑文を書いているが、文化批評と称して美術や文学の批評めいたことをやっている。考古学者が古代の文明について書くのならわかるが、現代の絵や小説の評判に憂身《うきみ》をやつすとは己の理解をこえる。

己は依怙地《いこじ》に後方の席にすわった。このほうが気が休らぐ。それに正面にかかった白い幕が落ちて宇津木先生の碑が現われるのを確かめ、二三のおもだった学者の祝辞をきいたら帰るつもりだった。一刻も早くこの場を去って鞄《かばん》の中に入れているゲラの校正の仕事にとりかかりたかった。

宇津木先生のお孫さんの手によって、幕は払われた。碑は先生の研究に縁故のあった信州諏訪《すわ》地方の自然石の巨大なものである。碑面の文字は活字体であった。己はこれを見て何よりも満足した。現在のどの学者が碑の文字を書いても、先生は喜びはしない。個人の個性を没した活字体で碑文を刻んだのは、誰の案か知らないがたくまぬ成功であった。これを発見したことだけが、ここへ来た唯一《ゆいいつ》の満足であった。

式は形《かた》のとおりすすんだ。遺族の礼拝があり、つづいて水田博士をはじめとして参会者の祝辞が次々とあった。いずれも先生の賛辞であるのは形どおりだが、ただ誰もがみな生前の先生と親しかったことを強調したり仄《ほのめ》かしたりした。己には笑止であった。

生前の先生は、日本のどの考古学者をも認めてはおられなかった。人は先生の狷介《けんかい》不羈《ふき》を言うが、そういう圭角《けいかく》のある性格に仕立てたのは、日本の学界であった。学界が先生を白眼視したのは、その鋭い才能への嫉妬《しっと》を、先生の不規則な学歴への蔑視《べっし》にすりかえたのだった。先生はそのため、どれほど苦しめられたかわからなかった。

それでも先生は一時はT大の教授の席をしめた。先生の学問の実力であった。が、官学臭の権化《ごんげ》であるT大がいつまでもその席を提供しているはずはなかった。ある事を理由に、陰謀にも等しい手段で先生を追放した。

先生の書いたものの中に、その経緯《いきさつ》が書いてある。己はそこが好きで何度も読みかえしたものだ。

「私は大正×年×月某日にT大学に対して突然辞表を呈出した。その理由は岡崎滋夫君の論文審査の件である」

に始まる一文は、その経緯を述べたのち、

「然《しか》るに大学はこの論文審査に対し、竹中雄一郎教授を以《もっ》て主査とし、植物学の小寺教授らを以て審査員とし、私に向かって審査員として同意せよと突然請求してきた。ここにおいて私はすこぶる不快を感じたのである。こといやしくも人類学の問題にして私の主として取り扱うべき問題を、他の学部の各位が一言の相談もなく、この不備な論文を審査し、急に私に向かって同意せよとは、あまりに越権の沙汰《さた》であること に審査に植物学教室の小寺教授が加わっているのは、いかなる理由であるか。本論文中に遺伝に関することは一つもなく、植物遺伝学者のこれに加わっているのは、すこぶる笑うべきことである」と結んでいる。

己は、その分厚い書物の中でも、この部分を暗記するくらいだ。何度この文章を読みかえしたかしれなかった。文中竹中博士と岡崎氏のことのあるのが、己の共感をことに呼ぶ。己は若い日から先生を尊敬していた。

ついに一度も生前に会えなかったが、己こそ先生の心に一番近い男だと信じて悪いだろうか。

二

ホテルには六時ごろ着いた。新宿で夕食をたべたからこの時間になった。己は除幕式の会場から抜けてきて不愉快な重圧感から解放された。ホテルは高台になっていて、ロビーに出ると折りから暮れなずむ外苑《がいえん》の森が見渡せた。

部屋はさすがに立派なものであった。赤い絨毯《じゅうたん》が深々と靴《くつ》の裏を吸った。机、椅子《いす》、サイドテーブル、蛍光灯《けいこうとう》スタンド、どれを見ても最新型であった。己は雪のように白いカバーをしてあるクッションに身を沈めて、ボーイの持ってきた紅茶を啜《すす》った。さすがにひとりで寝起きしている安アパートとは格段な気分の違いであった。

この様子を娘夫婦が見たら、なんといって非難するだろう。まず、多美子が、

「それだから一緒に暮らそうと言うんですわ。男ひとりだと、どうしてもそんなむだ使いがあります」

と眉《まゆ》をしかめるに違いない。婿《むこ》の保雄も、

「それはそうだ。いったいあの年齢《とし》になっていつまでもアパートにひとりでいられては、こっちが体裁が悪い。爺《じい》さんの頑固《がんこ》にも困ったものだ」

と額に皺《しわ》を寄せているだろう。彼らは常に、己が彼らの家に起居しないのを不満に思っている。が、己はまだ六十にならぬ。娘夫婦の家に厄介《やっかい》になって気がねな生活に閉じこめられたくない。己には研究がある。何ものにも邪魔されたくない研究がある。娘夫婦の顔色を見たり、孫の相手をしたりして暮らす生活で、どうしてのびのびと研

究ができようか。

それに娘夫婦が己に一緒になれというのは聞こえはよいが、実は己の俸給《ほうきゅう》の一部を家に入れてもらいたいのである。大学で貰《もら》う給料は税引き手どりで二万二三千円しかない。多美子のことだから、この半分ぐらいは欲しいのかもしれぬ。それでは参考書も買えないではないか。

いったいに保雄が意気地がない。神田の方の薬品会社につとめているが、ついぞ地位が上がったことは聞かない。いつもぴいぴいしているくせに酒は飲む、月賦で物は買いたがる。

ポケットにはいつもスポーツ新聞を皺にして突っこんでいる。いつぞやそんなものを読んで面白いかときいたら、面白いですと即座に答えた。ああいう新聞を読んで生活に充実感をもっているのであろうか。これという実のある本を読んでいるのを見たことがない。

多美子は多美子で、ひどく現実的な女のくせに、保雄には甘いところがあるのだから夫婦というのであろう。月末に窮することは承知しながら、保雄が誘うと、銀座あたりのレストランで食事をしたり、有楽町の一流館に高い金を出して洋画の封切を覗《のぞ》いたりする。それで足りなくなると己の所に無心にくる。口ぐせに生活が楽でないとこぼす。己から百円の金でも取らなければ損だと思っている。

いつか己は出版社からたのまれて子供むきの考古学のやさしい読物を書いた。その印税が五万円ばかりはいったから、一万円を与えた。するとと多美子はそれが不足であった。半分ぐらいよこせと言うのである。冗談ではない。己は休暇中に地方に発掘にいく費用や欲しい本を買いたいために、心にそまぬながらその仕事をしたのだ。彼らの洋食代や映画代を出すために仕事をしたのではない。

多美子もできが悪かったが、養子の保雄は全く滓《かす》を摑《つか》んだものだ。言ってもかえらぬことだが、ビルマ戦線で一人息子の隆一郎を死なせたのはくやしくてならない。あれはわが子ながらできのよい子であった。あれは己のあとを継ぎたかったのだ。また、それだけの力量はあると己もひそかに愉《たの》しみにしていた。それがあの戦争の勃発《ぼっぱつ》で、学徒のまま出征した。戦死の公報がきたときは、ふみ子は両足がおこりのように慄《ふる》えて地に立っていることができなかった。

ふみ子が死んだのも、あの衝撃《ショック》があったがためだ。隆一郎の死以来、元気を失ってしまい、病気にかかりやすくなった。彼女《あれ》はもともと己より性格に強靱《きょうじん》なところがあった。元来なら、己よりも長生きする女なのだ。己の勝手なために、長い間の生活も彼女の身体を弱めた。

己の今の周囲にはふみ子も隆一郎もいない。多美子と保雄は赤の他人よりも遠い存在である。己の耳には寒い風が吹き鳴っているだけだ。己という一個の物体は空間の水の中に冷たく沈んでいるのに似ている。

しかし、己にも学問に胸を躍らす権利はある。今がその時間なのだ。

己は鏡のように倒影する机の上に、鞄から取りだした校正刷りをひろげた――。

三

「――県――郡の北部に波津《はつ》という漁村がある。この辺の沖からは昔から種々の化石が地曳網《じびき》などにかかって発見されたということであった。昭和×年11月9日、私は波津の海岸を西に向かって二十町ばかり歩いていた。この辺は南からの丘陵が海岸に迫り、十五メートルぐらいの断崖《だんがい》をなしていた。この断崖はこの地方に発達している洪《こう》積層《せき》である。その時、私は砂浜から一個の礫《こいし》を拾いあげた。よく見るとそれは旧象(Parastegodon)の臼歯《きゅうし》の破片の礫化《れきか》したものであった。今より思うと、それが私をして旧石器時代の研究に向かわせた心の動機であった――」

己はここまで一気に読み、赤い鉛筆を机の上に置いて窓の方を見た。硝子《ガラス》を砕いて細かな粒を撒《ま》いたように一面に灯《ひ》が夜の下に燦《きら》めいている。湖水のように真っ黒な部分は外苑の森である。

三十年近い昔のことだが、記憶は歳月を経ても変色がない。波津海岸の白い砂や、潮流の関係で朝と夕方の色の変化する沖の海の色や、崖《がけ》のかたちは、二時間ばかり前に見てきたように鮮明な記憶にあった。

そのころ、己は、その地方の中学校に奉職していた。田舎の教師をしながら弥生《やよい》式土器や銅鐸《どうたく》などの研究をして、時折り中央の考古学関係の雑誌に報告文を送っていた。休みの日には付近を三里でも四里でも歩きまわって夢中になっていたものだ。あの時はふみ子と結婚してまもなくだった。まだ隆一郎も多美子もこの世に生まれていなかった。己たちは波津の網元の家の離れを借りて暮らしていた。潮の匂《にお》いが畳にまでしみついている家だった。

素朴《そぼく》で単調な生活だった。が、己には勉強があったからそれを感じなかった。己はいつかは、日本の考古学界の一隅《いちぐう》に、小さくとも価値ある研究を発表したかった。

その希望が野心と変わったのは、砂浜から偶然に拾いあげたあのオレンジ大の茶色がかった一個の石を手にした時からだ。旧象《パラステゴドン》の臼歯の化石破片！

洪積期に生存していたこの巨大な動物の遺物が己を今までの弥生式の研究から捨てさせたのである。それが同じものをその後も同じ場所で拾い、この付近が旧象化石の包含地であることを知ってから己は火となったのだ。

それからその地層の調査と、なおも他の遺物の捜索に二年間を費やしたのは、ようやくポピュラーになってきた弥生式文化の研究よりも、まだ未知と謎《なぞ》の奥に包まれている旧石器時代の研究に情熱が向かったためであった。あるいはその研究のけわしい困難さに己の若い闘志が挑《いど》んだのかもしれなかった。

そのうえ、ある時、偶然から貴重な遺物二個を得たことも、己の心を燃えたてさせた。波打ちぎわに沈んでいた多くの雑多な礫石の中からそのときたとえ注意深く歩いていたにせよ、己の眼にそれが止まったのは、運というよりほかなかった。いや、運といえば、考古学そのものが一つの運によりかかっているのだ。爪哇猿人《ジャワえんじん》も北京《ペキン》猿人もネアンデルタール人もハイデルベルク人も、その化石骨を計画して掘りだしたのではない。発見は偶然にすぎなかった。いわば偶然の累積《るいせき》を基礎に学問をすすめていく考古学者は、常に賭《かけ》をしているようなものだ。だから、偶然を拾いそこねた連中は、相手の賭の勝をなかなか承引しようとはしないのだ。

己の拾った二個の石は、長さ六センチ、幅が七センチぐらいの扁平《へんぺい》な円味のあるもので、一方が割ったように角ばっていた。よく見ると、剥《は》ぎとったような面が両方にあり、それが小さく打ち欠いだような痕《あと》を複雑にみせながらしだいに厚みが一方に薄くなっていた。

どうも普通の石ではないという予感が手に取ってみた時からした。それを、大切に家に持って帰り、なおも子細に点検した。

そうだ、その時に、ふみ子がお茶か何かを持って机に近づいてきたのだった。己がしきりに手にとって眺《なが》めているその石に眼をとめてきいた。

「それ、なんですの？」

「なんだと思う？」

と己は石を渡した。ふみ子は見ていたが、

「普通のただの石じゃありませんか」

と言った。

「普通の石かどうか、よく見てごらん」

と己は言った。

ふみ子は、そう言われて、どこが変わっているかと審《いぶか》るように調べていたが、

「どこが異《ちが》っているのかわからないわ。わたしには普通の石としか思えないわ。普通の石を誰かがこんなふうに打ち欠いだのね」

と答えた。その答えで己は胸が躍った。

「そこが変わっているんだよ。誰かがそんなふうに欠いだようにおまえにも見えるかい?」

「あら、あなたがあまり変わっているだろうとおっしゃるから特別な石かと思っていたわ。そりゃあ普通の石を人が欠いだことはわかりますわ」

「もう一度、よく見ろ、自然にそんなふうに割れたり欠いだりしたのと異うか」

そう言われて、ふみ子はしばらく考えるように見ていたが、

「異います。やっぱり誰かがしたのです」

ときっぱり言った。

「うむ、おれもそう思うのだ、それに違いない」

と己は、ふみ子の断定に力を得たように言った。ふみ子は、己の少し興奮した様子を不思議がって、なぜそれが気になるかと問うた。

「それはね、この石をこんなふうに人が打ち欠いだのと、自然に波の底でゆられて石と石とぶつかりあってこんな角の多い格好になったのと、えらい違いなのだ。つまり、この石が人工でこんなに打ち欠いでできたのだったら旧石器時代の石器だよ、大きな発見だよ」

四

あの時、それを聞いたふみ子の眼《め》の輝きを己《おれ》は眼前に浮かべることができる。まだ若かったふみ子。その弾ませた息を今でも近々と嗅《か》げそうな気さえする。

さて、校正を見よう。もっと重大な部分、己の生涯《しょうがい》をかけた発見の部分が次につづくはずだ。——粗末なザラ紙の印刷だからインキの色が薄くて読みづらい。

「昭和×年3月2日、夜来強風があった。私は朝、例の海岸に突出している洪積層の崖のところに行った。しかるに地盤が脆弱《ぜいじゃく》なために強風にあった荒浪《あらなみ》が打ちあげて、崖に土砂崩れがあった。こんなことは今まで一再ならずであった。そのたびに私は崩壊した土の中から資料を捜し求めていた。その時も、その地層の中でも最下部に当たる青粘土の崩壊したところに、茶褐色《ちゃかっしょく》をした骨のような一部が泥土《でいど》の中から少し見えていた。掘りだしてみると、少しの破損はあるが、人間の左側の腰骨片だった。すぐ水洗いして泥《どろ》を落とし、よく検《しら》べてみると、まさしく化石人類の遺骸《いがい》であることを知った。骨にはまだ青土がついていたし、骨面全体は水磨《すいま》を受けてやや滑かだった。そして一部はすでに骨面が古く破損していて土色がしみ、そこからのぞいて見られる骨組織のスポンジは、赤褐色に色づいて光沢をもち、骨面はやや暗茶褐色だった。誰が見ても化石であることは否定できない標本であった――」

己は煙草《たばこ》をくわえてマッチをすった。机を離れて、窓をあけた。夜が更《ふ》けたようだ。風が出ている。どこかで戸が煽《あお》られている音がする。

そうだ、あの晩はこれより風がひどかった。波の音が高くて枕《まくら》もとにひびいた。きっとまたあの崖が崩れているに違いない。何か拾えるかもわからぬ、と眼をさましてすぐそれを思ったことだった。

朝、夜が明けるのを待ちかねて、ハンドシャベルを持って出かけた。

現地に着いてみると予期したように崖は崩壊していた。風が残っていて、波頭が崩れ落ちた崖の下まで打ちあげていた。

なだれのあとのように崩壊した土砂が新鮮な色で這《は》っていた。その青い粘土の堆積《たいせき》の間に、一本の茶褐色の物体がつきささっているのを見た。物体は折りからの朝の陽《ひ》をうけて、鈍い艶《つや》を光らせていた。己はすぐにそれを拾った。ズシリと重量感が手にきた。しばらくそのまま立って手の化石を眺めていた。いつかはこういう一瞬がくる、その瞬間がいまきたと感じながら、妙に現実感がなかった。そのくせ、今が己の生涯の頂点だな、己の一生が何もかもこの瞬間を頂点としているな、と思いつづけていた。

息苦しいくらい動悸《どうき》がうって、その物体——古代人の腰骨化石を恐る恐る手でさすりはじめたのは、そういう数秒の放心が断《た》たれてからであった。

己はこの地点で旧象の化石と打製石器を拾って以来、今の瞬間を遠くからくる人のように待っていたのだ。この洪積層の青粘土層からは、それまでいくつもの旧象と鹿《しか》の化石の破片を掘りだしていた。石器も出てきたことだ。いつの日か、人類の骨の一片を掘りだせるかもしれないと思っていた。

旧石器時代は大陸や欧州の方にはあるが、日本にはまだ認められないというのが、学界の定説であった。その説がいま覆《くつがえ》されるかもわからないのだ。己は心臓も手足も慄えた。

興奮に駆られながらその辺を掘ってまわった。しかし期待した頭蓋骨《ずがいこつ》やその他の骨は出てこなかった。だが、この腰骨の発見でも、どのように重大か。この一片の骨が日本の考古学界に革命を起こすかもしれぬのだ。日本にも旧石器時代があったという宣言である。軍医デュボア、バルレン、マックカウン、シェーテンザックなど古代人発見者たちの名が秩序もなく頭の中を歩きまわった。己はその骨を泥だらけの手にしっかりと抱き、蒼《あお》くなりながら家に帰った。

ふみ子が出てきて、びっくりして己を見た。

「どうなさったのですか?」

己は、水、水と言った。ふみ子がコップに水をくんできた。そうじゃない、金盥《かなだらい》に水だ、これを洗ってみるのだ、と己はどなった。それから化石骨を水洗いした。ていねいに、骨の組織のつまった青粘土までブラシをかけて除いた。

洗いあげて陽の当たらないところに干した。それからゆっくり点検すると、己の貧しい知識でも、腸骨翼がほとんど直線であることがわかった。現代人はこの部分が外に曲線となっているのだ。ますますいいぞ、いいぞ、たいした発見だぞと己は動悸が激しくなった。

ふみ子が早く飯を食えと言う。飯などどうでもよかったが、あとで言って聞かせて愕《おどろ》かすつもりで、黙って食膳《しょくぜん》に向かった。すると飯をのみこむたびに咽喉《のど》が痛い。はてな、扁桃腺《へんとうせん》炎を起こしたかなと思いつつ一ぱい食べおわった。それから茶を飲んだら二はいめから痛みがなくなった。あまりの興奮に咽喉がからからに乾いているのも気がつかなかったのである。

その年、己は三十一歳、ふみ子は二十七歳であった。

五

それから一週間後、己はその発見した化石骨を持って上京し、T大の人類学教室に岡崎滋夫博士を訪ねた。鑑定を請《こ》うためであった。

その時の博士の表情も言葉も忘れていない。化石を注意深く見ながら、

「たいへんなものを発掘しましたなあ」

と言った。

嘘《うそ》も隠しもなく驚愕《きょうがく》が彼の顔に出ていた。

「いや、発掘ではありません、発見したのです」

「発見？　どういうことですか？」

そこで己はそれを初めて見た時の状態、つまり崖が崩れて、洪積層の土壌が露出し、その崩壊状態の青粘土の中にあったことを言った。青粘土層には旧象の化石がいくつも出たこともむろん言いそえた。

「うむ、じゃ発掘ではなく、崩れた土の上に出ていたのを拾ったわけですね」

と博士は念を押した。拾ったという言葉が己の神経にひっかかったが、言われてみればそのとおりであった。

「発掘でなければいけませんか？」

と己は心配になったのできいた。

「いや、モノがよかったら、いいでしょう」

と博士は軽く言った。色の白い、医者のような感じの人だった。その腰骨化石については、

「ていねいに調べさせていただきます」

と言い、己の帰る時には微《かす》かな笑いをうかべて、

「たぶん、ご期待にそえるような返事になるかもしれませんね」

と言ってくれた。それは、誰が聞いても、大丈夫だという見込みをつけているとしか思えないのだ。己が欣喜《きんき》して帰郷したのは当たりまえだ。

そのうえ、帰ってからも、博士からは簡単なはがきだが、目下助手に手伝わせて慎重に研究しているという便りまで貰《もら》った。ここまでの同博士の言動は、その心理になんの夾雑物《きょうざつぶつ》もない純粋なものだったと思う。それはあの時の彼の表情や言葉の調子から直感できるのだ。

己は、とりあえず化石腰骨の発見の顛末《てんまつ》を短い報告文にして考古人類学雑誌に出した。

さて、東京から帰って一カ月も過ぎたころであった。己が学校に出ていると、ふみ子が面会にきた。息をはずませていた。

「T大からあなたが持っていった化石を送りかえしてきましたよ」

と言った。鑑定の結果がわかったのだな、と思った。それを一日一日待ちこがれていた。それでふみ子が己の帰るのを待ちきれずに知らせてきたのだった。

「そうか、品物だけか。何か手紙はこなかったか？」

「その手紙を持ってきました」

とふみ子はふところから出した。手にとって裏を見ると、大学の封筒に岡崎博士の名が書いてある。封を切った。

結果はどうかという危惧《きぐ》よりも、証明に関するこまごまな記述がどれくらいたくさんに書かれているかに期待した。それほど己は安心していた。

ところが文面は一枚の紙に、あっさり五六行しかなかった。「遺憾ながら積極的に旧石器時代の人骨とは認定しがたく候《そうろう》。次にはなにとぞ洪積地層中よりご自身にて発掘されたく、さすればいつにてもわれらにて太鼓判を捺《お》し申すべく候」という文字だった。

己は横なぐりに張り倒されたような錯乱を覚えた。ふみ子が何かきいたが、ふりきって教室に戻った。耳鳴りがしていた。

発掘品でないというのが弱かったのだ。そのことには一抹《いちまつ》の気がかりはあった。が、それを理由に全面的な否定になろうとは夢にも考えなかった。なるほど発掘したのではない、しかし崖くずれによって地層の中から出てきたのだ。どれだけの相違があろうか。己はあの時、岡崎博士が「じゃ発掘ではなく、拾ったわけですね」と言った言葉を思いだした。厳密に言って〝拾った〟と言えるだろうか。強風によった崖くずれという自然現象が己に発掘させたと同じではないか。

己は教壇に立ったが、頭が惑乱していた。手紙にはこの次、自分で発掘せよとあるが、そんなに無造作に掘れると本気で思っているのだろうか――やり場のない反駁《はんばく》と憤懣《ふんまん》が嵐《あらし》のように胸をゆすっていた。

しかし、己が岡崎博士の否定の実際の理由らしいものに突きあたったのは、それから数年後だった。

真相というものはいつかは知れてくるものだ。その噂《うわさ》も風のように己の耳に聞こえてきた。

己があの化石骨をまだ岡崎博士のところに鑑定に置いている間であった。竹中雄一郎博士がある日ぶらりと人類学教室に現われたそうである。彼はすでに名誉教授となって退いていたが、わが国人類学界の権威であり、岡崎博士の恩人であった。

竹中博士は岡崎博士に向かって言ったという。

「このごろ、黒津とかいう男が旧石器時代の人類骨化石を発見したという報告を雑誌で見たが、君、読んだかね？」

「はあ、実はその現物を鑑定のためこの教室に持ちこんできております」

と後輩の博士は答えた。

「どうも田舎の中学校の先生などが知ったかぶりでつまらんことを書くから困るね。君、日本に旧石器時代があったなどという大問題がそんな人に簡単にわかってたまるものかね。そんな標本なんかいいかげんなものだよ」

岡崎博士は老博士のその語気に驚いたように眼を上げると、その大家は苦りきった顔をしていたというのだ。

それからすぐ己への岡崎博士のあの回答となったのであろう。人類学界の泰斗竹中雄一郎博士のその時の心理を推察するのは容易だ。彼はたぶん自己の権威において、このような学界未曾有《みぞう》の重大な提唱が一地方の教師によってなされたことが不満であったのだ。いや、はっきり言うと、彼が岡崎博士を圧迫したのは、彼の学者的嫉妬《ジエラシイ》なのだ。

岡崎博士はそれに従うほかはない。彼にとっては竹中博士は恩人なのだ。ここで宇津木先生がT大を追いだされた経緯がよみがえってくる。竹中博士は当時の岡崎助教授の学位論文を通すために人類学教室の主任教授である宇津木先生を無視して自らが論文審査の主査となった。その論文については先生が前もって不満の意のあるのを知りながら通過に同意せよと迫ったのだ。真意は宇津木先生をT大から逐《お》うための手段だが、それはどうあろうとも、当の岡崎助教授からみれば、竹中教授は二人とない恩人なのだ。

その恩人の苦りきった顔色で岡崎博士は己の依頼した化石骨の鑑定に否定の断をくだしたのであろう。

いつかは実際の話は聞こえてくるものだ。当の竹中、岡崎の両博士とも今は亡《な》いが、己はこれが否定された真の原因だと信じている。

だから、己はよけいに宇津木先生に共感と尊敬を覚えるのだ。いわばわれわれに負わせた傷の相手は共通の加害者だったのである。

六

そのときから二十年以上、苦しい道を歩いた。学問の苦しみに東京に移っての生活の難儀が重なった。よくここまで来たものと思う。

旧石器時代と取りくんで、己は地質学、古生物学、動植物学、化学、地球物理学、人類学などの煩瑣《はんさ》な涯《はて》知らぬ森林の奥に分けいった。昏迷《こんめい》と業苦《ごうく》の世界であった。

隆一郎が生まれ、多美子が生まれた。生活はいよいよ苦しくなった。

ふみ子が視力が弱くなったと言った。医者の所に連れていった。

「もう少しご馳走《ちそう》をお食べになる必要があります」

と眼科医は言いにくそうに己に言った。己は赤くなった。

が、貧乏でも本は買いたかった。暇さえあれば発掘に行きたかった。家のことを考えてはそれはできない。己は家庭を無視した。放蕩《ほうとう》な亭主と思えと、ふみ子に宣言した。ふみ子は忍従した。仕方なしの忍従であった。いや、こんなことを限りなく思いだしていると不愉快になるばかりだ。

ようやく生活に安定らしいものを得たのは、己が今の大学の講師となった時からであろう。

しかしいっこうに安定しないのは己の学問のほうであった。

波津《はっ》で得た人類腰骨化石を岡崎博士に否定されてからは、己の言う日本旧石器時代説を学界の一部は冷笑した。己を山師のように言う者もいた。

「あの骨は化石だと言うが、重量がたりない。せいぜい江戸時代ぐらいの骨だろう」

と公然と言う学者がいた。無知なことを言う奴《やつ》だ。化石のことを長年にわたって扱ってきた己には笑止である。

すると、その尾についた学者の、

「その辺に昔の墓場でもあって、そこから転落していた骨を黒津が拾ったのであろう」

という悪口が聞こえる。

別の者は、

「それとも、海の漂流物が波でその場所にうちあげられたかもしれないな」

などと言う。

ついには、己が傍証としてあげている波津海岸で拾った例の二個の打製石器も、

「人工ではない。自然によって破砕された普通の石ころだ。欧州の旧石器時代のものにくらべて粗末すぎて形をなしていない」

とけなす。ヨーロッパの形式でなければ承知しない学者である。

「あの海岸に旧象化石を包含している洪積層《こうせき》があると黒津は言うが、そんな化石を包蔵しているわけがない」

というのが出てきては、懐疑もここまでくれば底をついていると言いたくなる。このような雑言は、「波津海岸にて黒津氏発見の所謂《いわゆる》原始性打製石器に就いて」とか、

「獣類骨化石包蔵地層の可能性」などという学究的な意匠にかざられた額縁にはめられて唾《つば》をとばして吐きかけられるのである。

　この石器を波津の海岸で拾った時を思いだす。己が家に持って帰ったときふみ子は見てすぐ、

「誰かがこんなふうに石を打ち欠いだのね」

と言った。己が、よくもう一度見ろと言ったので、つくづく見直していたが、

「やっぱり誰かが欠いだのです」

と断定した。それが正しいのだ。女の直感力は神に近いことがある。

あの人骨化石が認められなければ、認められぬでよかった。己は他人がどうあろうと、それを信じていた。信じぬ者へ怒っていた感情は消えなかったが、冷たくなっていた。

　ただ、意地でも他の人類骨を掘りださねばならなかった。己は休暇のあるごとに、学生をつれて各地の洞窟《どうくつ》や地層を掘った。石灰岩の崖《がけ》にはロープを身体《からだ》に巻いてよじ登った。登山家のようなロッククライミングであった。恐怖はなかった。足も慄《ふる》えなかった。ただ掘ることに神経が凝集していた。一本の綱に生命がぶらさがっているなどすぐに忘れたものだった。

わずかな収穫でも、それを手がかりとして日本旧石器時代の推論を組みたてた。

すると学界では、

「比較条件がたりない。黒津の理論は独断すぎる」

と言うのであった。

論文を発表しても、

「黒津の言うことだからね」

と不信と嘲笑《ちようしよう》を鼻の先に漂わせて読んだ。三十年間、己はそういう屈辱の中で学問してきたのだった。己は家庭を突っぱなした。米が買えなくとも平然と月給の半分をはたいて丸善から本を届けさせた。

「あなたはそれでもいいかもしれませんが、私たちはどうなりますか」

とふみ子が泣いた。

「おれは学閥の恩恵もなく、一人の味方もない。周囲は敵だらけだ。おれが学問の世界に生きていくには、こうしなければならぬのだ」

と己は言った。

「子供を三人かかえているようなものです」

と彼女は国もとに出す手紙によく書いていた。ふみ子の死を早めた原因の一つは、日常のこうした生活の辛酸が身体を弱めたのだ。

子供は大きくなった。

しかし戦争がはじまって、その末期には、在学のまま隆一郎が出征した。まもなく戦死の公報をうけた。ふみ子は顔が赤く腫《は》れあがるほど泣いた。あとにも先にも、これほど彼女が泣いたのを見なかった。

やがて東京も空襲が激しくなった。己は多年にわたって集めた標本を壕《ごう》の中に入れることを考え、素掘りの壕をつくりはじめた。

ところが、その晩に大空襲があった。不幸なことに焼夷弾《しょういだん》が近所に落下し、たちまち家を焼かれた。

「人骨化石の標本が焼ける、標本が焼ける」

と叫びながら、己は呆然《ぼうぜん》となった。近所に焼死者三十人を出したその時の空襲であった。火炎の中に崩壊する家を眼《め》の前にしてどうすることもできなかった。

火がおさまると焼けあとに走った。

他のものは無くても諦《あきら》めはつく。あの腰骨の化石標本だけは無事であってくれ、かたちだけはあってくれ、と思いつづけながら、灰をかきわけた。物体が石だということに期待があった。書斎の跡を、それこそ手で灰をすくうようにして捜した。

しかし、二個の石器とその他わずかの化石標本はほとんど原形のままに出てきたが、波津海岸で発見した人骨化石は、どのように必死に捜しても、己の手に触れなかった。己はそこに一日じゅう、灰の中に膝《ひざ》をついてすわりつづけた。顔も手足も真っ黒になった。墨を塗ったような顔に、涙が流れ伝ってやまなかった。

自分の生涯《しょうがい》を賭《か》けた日本旧石器時代研究の唯一《ゆいいつ》の証拠であり、基礎である洪積世人類骨化石は、こうして己から失われてしまったのだ。

ふみ子は、己の様子を見て、

「あなたは隆一郎の戦死の時よりも、標本の焼けたのが悲しいのですね」

と乾いた声で言った。己に向けたその憎悪《ぞうお》の色が気に食わなかったので、己は立ちあがるなりふみ子を殴りつけた。

「何を言うか。おまえには今のおれがわからぬか。おれを殺すつもりか」

とどなった。

七

標本が失われてしまうと、己《おれ》の理論の展開はいっそうに空《むな》しいものに学界に聞こえた。たとえT大で否定されたとはいえ、それがあることは己の学説の支えであった。

証明する何ものもないとなると、どのような理論があろうと、説得力はなかった。

　それで、是が非でも他の旧石器時代の人骨化石を捜してこねばならない。己はあの終戦後の不自由な中で、各地を歩いた。波津には一カ月も滞在して掘った。しかしここは海に迫る断崖《だんがい》であり、あの人骨化石の出た青粘土層は地表から十メートル近くも下部にあるから、己ひとりの力ではなんともならなかった。よほどの大がかりな発掘でもしないかぎり埋没の遺物を発見することは不可能なのだ。資力もなく、学閥の背景もない己に、そのような大事業ができるはずはないのである。

　だからできる範囲の発掘の場所と方法によらねばならなかった。いちばん便利なのは石灰石の採掘場で、露出した地層の、ビルのような壁をロープをまいて這《は》いあがっては遺物を捜した。鍾乳洞《しょうにゅうどう》や洞穴にももぐりこんだ。

　しかし当時は己もすでに五十に達していた。リュックサックを背負い山道を攀《よ》じていくにも息切れがするようになった。若い時にはなんの恐れもなく這いあがった断崖が、今では心に恐怖が翳《かげ》った。高い地点に足がかりをみつけて立つと、脚が震えるのである。

　そのような苦労をしても、些細《ささい》な発見はあったが、二十数年前波津で得た人骨化石に匹敵するほどのものはなかった。失望しては家に帰り、また失望を味わうために外に出かけていった。

己の日本旧石器時代説など学界からほとんど相手にされない状態になった。

だが、誰がなんと言おうと、否定しようと黙殺しようと、己は信念を捨てえなかった。が、誰にも認められないという索莫《さくばく》とした寂寥《せきりょう》はまた別なものである。密着のない、寒風の中にいつも吹きさらされているような、空しい毎日をすごした。

そうしたある日、学校から帰ると、意外な人から手紙がきていた。人類学の権威であるT大の水田嘉幸博士からだ。この人の学界での元老ぶりはもとより聞いており、遠くでそれとなく白髪の顔を見たことはあるが、紹介されて挨拶《あいさつ》したこともなかった。

書面には、

「とつぜんながら、貴下ご発見の波津洪積世人類骨化石についてご高話拝聴いたしたく、ご光来を請《こ》う」という意味のものであった。

いったい、なんであろうと戸惑った。二十数年前に発見したあの腰骨化石について、今ごろ、どんな話があるというのか。学界ではさんざん手垢《てあか》のついたこの問題を、この老権威は、今になってどのような興味を起こしたか。己には見当がつかなかった。

目隠しされたような気持で、指定の日に水田博士の邸《やしき》を訪問した。初対面の博士はまことに機嫌《きげん》がよかった。

博士は己に対して、人骨化石を発見した当時の模様を聞かせてほしいと言った。それは貴君の当時の報告の載った雑誌も近ごろになって捜しだして読んだが、直接に発見者の話も聞きたいと言うのであった。

そこで、請われるままに話をした。質問に対して答えもした。すると博士は、何度もうなずいて、こういうことを言った。

「よくわかりました。実は五六日前に所用があってT大に行き、捜し物があって標本室の整理棚《だな》の引出しをあけました。その時、ふと一個の石膏《せっこう》型が出ました。よく見ると人間の腰骨の部分らしい。しかも腸骨翼がほとんど一直線のようです。ご承知のようにこれは現代人には見られないのです。不思議に思って、この石膏型のことをE教授にきくと、あなたが以前に送ってこられた標本を故岡崎滋夫博士が石膏に型をとっていたということです。この型はよくできており、現物は焼失したそうですから、これで研究してみます。よろしいですか」

己はびっくりした。石膏型のことなど夢にも知らない。当時、岡崎博士がそうした処置をしたことをはじめて知ったのである。己は今まで岡崎博士を不快に思っていたが、恩人の竹中博士の圧力をうけながらも、このような処置をしてくれた彼の学者的良心にうたれた。

「どうぞご自由にお調べ願います。もとより鑑定のために現物を出していたのです。もうあれはこの世にないものと諦めていましたが、岡崎先生が石膏型で残してくださったことを承り、どんなにありがたく思っているかわかりません。どうかよろしくお願い申しあげます」

そうお礼を言って辞去した。己は歩きながら空を見上げた。何年ぶりかにその青さを感じた。

しばらく日がたって、博士から、

「あれは結構だ。洪積世人類の遺骨と認めます。ついては学界に発表して私が命名します。かまいませんね」

という電話が学校にいる己にかかってきた。己はすぐには声が出なかった。博士は、もしもし、もしもし、と呼んだ。己は、

「先生。ありがとうございました」

とやっと電話口にどもって返事した。

博士の論文が考古人類学雑誌に出たのは翌月であった。腰骨化石石膏について精緻《せいち》な比例測定があり、腸骨櫛《しつ》、腸骨前上及前下棘《きょく》、坐骨《ざこつ》棘などがどれも弱く、類人猿のもっている特徴にやや似ていて、この骨の主は、少し前屈《まえかが》みな体軀《たいく》で歩いていたであ

ろうと論ずるなど詳細に旧石器時代人類を推定してあった。そしてこの学名を、
Japananthropus hatsuensis Mizuta
と晴れやかに命名してあった。

八

この年、己は妻のふみ子を喪《うしな》った。

三月初旬にそこ冷えのする寒い日がつづいた。己が学校から帰ってみると、ふみ子が蒲団《ふとん》をかぶって寝ていた。寒い寒いと蒼《あお》い顔をしている。そのころ、身体が弱くなって寝つくことが多かった。

二日後に急性肺炎と決まり入院した。高熱がつづいた。多美子はその前年に結婚させていたから婚家先から呼びよせて己と一緒に介抱させた。熱はさがらなかった。

入院して二日めに脳症を起こし、気の触れたようなことを言いだすようになった。こちらの言うことは少しも通じなかった。ベッドからはね起きて逃げようとする動作をくりかえすので、転落の危険があるので床の上に蒲団を敷いて寝せた。ふみ子は天井を見つめて歯をかみあわせ、あらぬことを口走る。病院の医者が回ってきて、こういう病態の進行は危険だと、それとなく絶望を言い渡した。注射は何本うっても効き

目がなかった。まだペニシリンが一般には少ない時であった。多美子は泣きつづけた。ちょうど、己が波津で発見した人骨化石が水田博士に承認されて、学名をつけられた時であった。ふみ子は知らずにいたので、なんとかして知らせたいが意識が混濁しているので受けつけなかった。それでも彼女の耳もとに、

「おい、石の骨が認められたよ」

とくりかえして言ってやった。人類化石とも腰骨化石とも言わず、ふみ子は『石の骨』と言っていた。

もとよりそれが彼女の聴覚を通過しても意識に受けつけられるはずはなかった。が、何かそれも断続があるとみえて、ふとそれが通じたような返事をした。

「うれしいわ」

と呟《つぶや》くような、緩慢な語調であった。

え、ほんとうかい、わかったかい、ほんとにわかったかい、と己は耳もとに口をつけて大きな声を出した。が、ふみ子は幼児のような無心な笑いを浮かべつづけているだけで、反応はなかった。

ふみ子が死んだ後も、己はいつも疑問に陥る。うれしいわ、と言ったのはやはり熱に狂った脳が吐かせた譫言《うわごと》であったか、それとも切れたばかりの電球の細いタングス

テンが、瞬間だけ接触して光ることがあるように、あの一瞬だけ己の言うことが通じたのではあるまいか、と思い惑うのである。うれしいわ、という言葉は、やはり、ふみ子の正気な意識の返事として考えると、己の心は落ちつくのである。石の骨は彼女も気にかけていたことだ。己の横暴を憎み、

「もう、学者の女房なんかごめんだわ」

と毒づいたり、大学の助手の中にも候補者がないでもなかったのに、多美子は普通の勤め人の所に自分の意志で嫁にやったり、そうかと思うと、

「あなたも、波津で石の骨を拾ったばかりに因業《いんごう》に運命が狂ったのね」

と己の横顔に瞳《め》をすえて言ったりした。それはそうかもしれなかった。もし、あの崖くずれの土砂の上に、茶褐色《ちゃかっしょく》の人骨化石がなかったら、己はただの考古学のアマチュアとしてのんびり田舎ぐらしをしていたであろう。ふみ子にとっては悲運な石の骨であった。が、彼女も、それが水田博士によって認められたことを喜んでくれていると己は信じる。

たしかに己は自分の努力が報いられ、己の正しかった眼を証明された歓喜はあった。しかしその喜びには密度がなかった。空隙《くうげき》や穴があった。そこからせっかくの熱を冷却する風を感じた。

それは、せっかくの自分の発見したものを、自らが学名をつけえなかったという寂しさであった。

が、さすがに学界は、すぐには、元老であり、ある意味で大御所である水田博士の命名やその論証に、正面切って矢を放つ者はいなかった。しかし一方、積極的に支持するのでもなかった。なんといっても水田博士の発言だから、われわれはすぐにはなにも言えないのだという表情をしていた。

しかし衝撃はたしかにあった。今まで己ひとりが主張していたときと違って、彼らは改めて眼を向けなおしたという感じであった。短い歳月の間に学界全体の承認ということは困難であろうが、いつかはそれに向かってくるという可能を己は信じるようになった。

それには、もっと説得力のある遺物の発掘が必要であった。なんといっても Japan-anthropus hatsuensis は人骨の腰部だけであり、決定的な頭蓋骨《ずがいこつ》がない。頭骨さえあれば、どのように狭量な学界でも、文句なしに認めざるをえないのだ。

だから水田博士が申請して、文部省予算から三十万円を出させ、波津の人骨化石の出た地点、いわゆるジャパナントロップス・ハツエンシス層をT大班で発掘する計画を聞いた時、己は踊りだしたいような喜びに打たれた。

だが、その話は人からの風聞であり、だいいち、そんな計画があれば己に話があるわけだと思ったから、水田博士に電話をかけた。

「いや、そのことでは、あなたにお話ししようと思っていたところですが、忙しいので遅れてすみません。すぐにお出《い》でください」

と電話口に出た博士が言った。

己は水田博士の応接室に通った。博士は向かいあわせにすわったが、己の顔を眩《まぶ》しそうな表情で見て口調もぎごちなかった。

「T大班で波津のあの地層を掘ることは事実です。あなたに参加していただきたいのですが、いろいろ事情があって、われわれだけで発掘ということになりました。ついては、オブザーバーとしてならば、あなたが現場に見えることはいっこうにかまいません。恐縮ですが、それでご了解くださいませんかな?」

己は唇《くちびる》の色まで白くなっていく思いがした。

九

学校に居残っているところに、E新聞の顔見知りの記者が面会にきたのは、その二三日後だった。彼は教育関係で学校をまわっている。

「先生。T大が波津を掘ることをご承知でしょうね？」

と彼はきいた。知っている、と言うと、どうして先生は発掘班に加わらないのか、と問うた。

「それは水田先生から話があったがね、都合があるので、オブザーバーならいいと言うんだ」

「しかし、あの人骨化石を発見なさったのは先生でしょう。発見者の先生を発掘に入れないなんて——変ではありませんか」

彼は変というよりも侮辱ではないかと言いたいのであろうが、その言葉をさすがに遠慮していると感じた。

「向こうには向こうの事情があるさ。ぼくだって発掘は見られるんだからな」

と言うと、彼は軽蔑《けいべつ》した眼《め》を投げた。

「しかし見るだけで、報告論文が書けないでは学者としての機能はないじゃありませんか？」

彼のその眼も言葉も、己は切りかえすことができなかった。そのとおりなのだ。もはや、三十年近い以前から冷嘲《れいちょう》の中に言いつづけてきた波津の洪積《こうせき》地層がいよいよ本格的な発掘だというのに己はただの傍観者の席しか与えられなかったのである。

水田博士から因果を含められたとき、己がもう少し若かったら、怒りをぶちまけるところだった。実際、屈辱に心は沸《たぎ》りたった。しかし齢《とし》もすでに五十の坂をとうに越した。ふみ子を失った気の弱りもなかったとは言えない。その発掘によって、もっと立派な人類遺物が出て、己の主張する日本旧石器時代の証明ができれば、学界の寄与としてそれで満足ではないかという大義名分の純理論もわれとわが心を説き伏せた。しかし、やるせない寂しさは消えるはずはなかった。

「しかし、先生」

と記者は椅子《いす》を近づけて小さな声になった。

「こういう声がありますよ。水田博士が先生の発見された人骨化石を認めたのは、ある功名心からだというのです。つまり、それに学名をつけたのは水田さんですからな、なんとかトロップスとかエンシスとか長い学名の次にはミズタとあるんですからな。永久に残りますよ。それに、今度の発掘だって、肝心の先生をタッチさせないなんて、まるであわよくば功労の横取りだというんです」

己は、ばかな、そんなばかなことがあるものか、君、と言ったが、言葉に力はなかった。動揺している心を見せまいと、両手でおおっているような気持であった。

波津の発掘はT大人類学教室の人々の手によって国費の補助をうけて行なわれたが、

周知のように一物もめぼしい遺物は出なかった。ただの傍観者である己は、その発掘のプランにも、方法にも口を出す権利はなかった。この手でシャベルを握ることもできなかった。肌寒《はだざむ》い風に吹かれながら突ったっている見物人にすぎなかった。

しかし、最後の最後の日まで、己はそこから動けなかった。いよいよなにも出ないと決まってからも、その場所を立ち去る決心がすぐにはつかなかった。引揚げのため発掘班の連中や人夫たちが忙しそうに跡始末などに働いている現場に、少し負け惜しみとも見られそうな昂然《こうぜん》とした格好で立っていた。やっぱり出なかったな、と耳もとに聞こえる無言の声に、そんなことはない、そんなはずがあるものか、こんなに広い地域にせまい一部分だけ掘ってもわかるものか、と己は心で言いつづけていた。風のために海は泡立《あわだ》ち、沖は重く垂れこめた冬の雲の下にどす黒い色をひろげていた。

それまでこの発掘を見守っていた学界の一部は、この結果を知って、たぶん、それみたことかとわらったに違いなかった。実際にそういう雑音は種々なかたちで伝わってきた。覚悟していたことだ。すると、ある日、こういうことを己に言ってきかせた学者がいた。

「この間の発掘はね、若い連中が水田さんをそそのかしてした仕事だがね、それが別なある意味からだそうだ。もともと君の人骨化石を水田先生が承認して学名までつけたのに、若い連中は不服だったから、その反逆を企てたのだ。彼らはあの地層からなにも出るわけはないと、はじめから信じていたからね。わざと水田さんをついて掘ってみせて、どうだ、一つも出ないじゃないかとやっつけたというわけだ。今度の発掘では、水田博士はいちばんの被害者だよ」

これは噂《うわさ》だが、事実だろうな、と彼は言って、うすい笑いをうかべた。

己はそれを聞いたとき、人間の信頼の喪失に身ぶるいする思いがした。この裏に裏のあるような学界の一部の複雑と煩《わずら》わしさに、安心できるものは何もないと直覚した。己の洪積世人類骨や打製の石器とともに、〝日本旧石器時代〟は、否定の海の中に没し去ろうとしている。己だけが、長い間それを信じてきて、それにかじりついている。が、時には、ふと、その否定の大きな波をかぶって全身を沈める瞬間がくるような不安がある。このごろは信じるということの強さよりも、疲労を覚えるのだ。ひとりで三十年間も信じつづけてきたという疲労を！

――風がいよいよ強くなった。夜が深くなって、このホテルのどの部屋も灯《ひ》がなくなった。

己はザラ紙の校正刷りのこのような文章に眼を逐《お》う。

「くりかえして言うけれども、人骨は私自身が原地層から発掘したものでなかったために、一部の学界から深い疑惑の眼をもって見られた。その方々がご心配くださったように、この化石人骨は崖《がけ》の上から転落したものでもなく、また波にのって打ちあげられたものでもない。崖の堆積層《たいせき》が前夜の風に崩れ落ち、それと同時にこの世の空気にさらされたものだということを、強く申しあげておく。私は学者的良心をもって断じて嘘《うそ》は申しあげない。それでもなおかつ、認めていただけなければ、容《い》れられる時期まで耐えるよりほかはない――」

青のある断層

「フォルムは決定的な位置にありながら、なぜかそれを破壊して苦悶《くもん》しているが、それは、ほかの作品にない世界の内面を窺知《きち》させる。だからそれらは、つまりオブジェが心象の中で回転し、ついに客体としての空間を造型する以前に、別個に切り取って考えるべきであって、問題はそこに提起された目的《め》が……」

何のことかさっぱりわからない。奥野は諦《あきら》めて眼から老眼鏡を離した。画商である彼は、近ごろはつとめて美術雑誌を読むようにつとめているが、いわゆる新しい評論家の難解な文章には閉口である。現にこれなどは或《あ》る展覧会評であるが、奥野には何が書いてあるのか、活字が石ころをならべたようにしか眼にうつらない。

もっとも、こういう評論が理解できなくても、彼の商売にはいっこうに差支えがなかった。彼には、こんな生意気な、若い（多分、そうだろう）批評家の言うことよりも、絵を見ることでは、はるかにおのれの眼のほうを信用していた。その点は自負と言ってもいい。

——その自信が無くては、この商売はできないし、これほどおれの店が発展しやしない。

と、彼は心の中で呟《つぶや》きながら、すわっている位置から店舗《みせ》の内を見まわした。天井が高い。これは壁面に何段も絵をならべて掲《か》けるためだ。事実、所狭いばかりに、現代大家中堅の作品が目白押しにひしめいている。六十坪ばかりの広さだが、凹字型に設計されていて、「奥野画廊」の体裁は活《い》かしてある。このいっぱいの絵のほか、店に出してない絵がまだ倉庫にうんと蔵《しま》ってあった。

奥野画廊は銀座の通りに面していた。絶えず人通りがある。身なりのいい男や、美しい装いをした女の群れが通る。店の前は、そういう群衆の流れる小川のようなものだ。色彩のある水は両方から流れ交う。

通りに面しては、思いきり大きな陳列窓《ショー・ウィンドー》があった。それだけ店の入口は狭めてある。ウィンドーには一カ月めごとくらいに絵をかえてならべている習慣だが、奥野画廊には一つの特徴があった。窓の陳列の中心が、たいてい、姉川滝治の作品で飾ってあることだ。むろん、絵はみな変わるが、姉川の作品が出る時はいつも中心になる。

通る人が足をとめて、陳列に眼をむけて、

「あら、姉川滝治だわ」

と言う。姉川滝治はすでに画壇の大家に近いが、画風がそれほどポピュラーであった。多作せぬことでも名があった。売り値は号十万円と称されている。それでもなかなか手にはいらない。近来はいよいよ寡作《かさく》となった。

奥野画廊が姉川滝治の絵を多く持っているのは理由があった。姉川がまだ今ほど有名にならない前から奥野は彼に眼をつけていて絵を買っていた。姉川は、なかなか描けない画家で、そのころはむろん彼の絵の値もやすかった。奥野は生活ぐるみ姉川の面倒をみてきた。画壇の人が陰口する〝姉川滝治と画商奥野との腐れ縁〟はこうしてできたのである。画壇の〝鬼才〟といわれる姉川に、他の画商が食いこもうとしても、今さら、歯が立たなかった。奥野画廊が大きく発展したのは、姉川滝治のおかげがだいぶんあった。

「早くから姉川滝治に注目したおれの眼の確かさは、ちょっと類があるまい」

と、これはいつも人に吹聴《ふいちょう》している自慢だが、真実、その自信が、このときも胸にひろがってきて、〝つまりオブジェが心象の中で回転し、ついに客体としての空間を造型する以前に〟と居丈高に演説している雑誌を、指の端で机の隅《すみ》に押しやって、煙草《たばこ》に火をつけたのであった。

表には秋の陽《ひ》ざしがあって舗道があかるい。人も自動車も、おだやかな光の中でいそがしく動いている。奥野は煙草を喫《す》って椅子《いす》に凭《よ》りながら、ぼんやり外を眺《なが》めていた。店の内には、事務員のほか、一人か二人の客がひっそりと絵を見上げて回っている。

ふと、入口に影がさした。長身の若い男がおずおずとはいってきた。伸びた髪の毛と、粗いチェックのジャンパーにコールテンのズボンをはいている。これだけでも画家らしいのに、何枚も新聞紙を重ねて包んで紐《ひも》をぐるぐるかけた十五号ぐらいのカンバスを提げている。彼の眼は、安井曽太郎や梅原竜三郎や鈴木信太郎や木下孝則や児島善三郎や、つまり現代大家の絵が所狭しとならんでいる周囲の壁面を見まわしたが、少し怯《おび》えたような眼つきをしていた。それは、これらの壁の大家たちに圧倒されている理由だけとは思われない。

奥野には、それがすぐわかる。

「あいつ、絵を売りこみに来たのだ」

と彼はひとりごとを言った。

二

いったい、奥野画廊に名もない画家が絵を売りこみに来るなどとは、よほど事情を知らない素人《しろうと》に違いなかった。この一流の画商がそんなものを相手にするわけはないのだ。

もっとも近ごろは、それを承知で、持ちこみに来る画家もあった。二三日前には、魚と人間の化合物が描いてあった。その前には煙突に手が生えている絵だった。ぐるぐると丸が塗ってあって、太い線をひいただけの絵も見せられた。彼らは奥野に、

「どうです?」

わかりますか、と言うのである。画商を啓蒙《けいもう》してやろうという気か、何かしゃべる者もいた。そうだ、オブジェが心象の中で回転し、提起された目的がどうとかの口である。奥野はその都度、降参して帰ってもらう。

青年は、大きな机の前にすわっている白髪の奥野を見つけて、主人と思ったか、近よってきてお辞儀をした。

「こんにちは」

服装はいいとはいえないが、澄んできれいな眼をしているのが印象的だった。感じの悪い青年ではなかった。顔を少し赤くして言った。

「すみませんが、僕の絵を一つ見てください」

もちろん、よかったら買ってくれというのだろう。このぶんでは、煙突のお化けの

絵を見せる青年ではなさそうだ。奥野の口の中には返事の言葉が用意してあった。

「拝見してもむだと思います。うちでは無名の方の作品は扱わないことにしていますので、ほんとに失礼なんですが」

しかし、この言葉が口から出る前に、表に自動車のとまる音がしたので、奥野の注意はその方に向いた。グレイに粗い赤の筋のはいったスーツをきた女がハイヒールをひびかせてはいってきた。黒い帽子の下には、銀髪がまじってのぞいていた。

「こんにちはア」

と片手をあげて、ひらひらさせながら奥野の机に歩いてきた。

「やあ、いらっしゃい」

と奥野は立ちあがって笑顔を見せた。

「しばらくですね」

「疲れたわ」

と女は客用のクッションに身体《からだ》を落とした、ハンドバッグをあけて、煙草をくわえた。赤い爪《つめ》が五十に近い年齢でもこの女におかしくなかった。奥野がライターの音を立てる。

女事務員が紅茶を運んできた。

「銀座には、お買い物ですか?」

「それなの」

と女は奥野を見上げて煙を出して笑った。

「使っちゃって足りなくなったのよ。ご無心に来ましたわ」

「濫費《らんぴ》ですね」

「あらひどいわ。ちょっぴりよ。いつも不自由な生活をしているんですもの」

「どうですかね、ちらちら噂《うわさ》を聞きます」

「なに? ああ、あれ? なによ、何言ってるのよ。嘘《うそ》よ、みんな。美術新論の木谷さんでしょう、そんなこと言ってまわってるの。いやな人ね」

「まあいいですよ、それで?」

「三つ」

と女は指三本を見せた。

奥野はうなずいて、女事務員の方をむくと、小声で言った。

「長岡先生に三万円。仮払いで差しあげて」

客は近ごろ有名な女流画家であった。

青年のほうは、相手にされないかたちでわきに寄って立っていた。

女流画家は受取りのサインをして金をバッグに納めると、クッションから腰を上げた。

「今から、どちらへ?」

「築地《つきじ》」

「おどろいた」

「何を考えてらっしゃるのよ、新聞社の座談会だわ」

と出口に歩いていった。奥野はそこまで送りに出ながら、

「どれくらい、できていますか」

「八号と十号で七枚ばかり」

「十枚になったらいただきにあがりますかな」

「十把《じっぱ》一《ひと》からげは初めから覚悟していますわ」

と閨秀《けいしゅう》画家は前を向いたまま自嘲《じちょう》的な声を出した。

「弱い商売ですわ」

と、これは画家が、横にならんでいる画商に向けた言葉だった。奥野はにやにや笑った。それから前の位置に戻ってきて、立っている青年に気づき、ほうっておいた気の咎《とが》めで素気なく追い帰すはずみを失った。

青年は包んだ新聞紙をほどいて待っていた。一流の画商が見てくれるというので、興奮していた。

奥野は気のない顔で絵に向かった。与える返事ははじめからきまっている。絵は風景であった。へたな絵だ。児童画のように技術を知らない画面だった。稚拙な線と色彩が交錯していた。

奥野は、じっと絵を見つづけた。彼の眼にしだいに真剣なものが帯びてきた。

「君、どこの人？」

と、奥野は、しかし退屈な声できいた。

「山口県です。日本海に向かった萩《はぎ》という、小さい市です」

と青年は答えた。

「どこかの美校を出たの？」

「いいえ」

「じゃ、研究所とか塾とか？」

「いいえ、半年ばかり前、東京に出てきたばかりです」

青年の声は明かるかった。

奥野はすわったまま、青年を見あげて、

「所属の団体《グループ》があるのかね？」

ときいた。

「ありません。田舎に絵の好きな友だちがいただけです。東京では、有名な先生に見ていただく機会もないのです。実は、生活費は妻が働いてくれているんです」

奥野はうなずいて、

「まだ、このほか、描いたのがあるの？」

「三枚、田舎から持ってきました」

「ついでの時、いつでもいいが、持ってきて見せていただけるかな」

とやっぱり気のない声で言った。

「お名前は？」

「畠中良夫といいます」

と青年は頭を下げた。

三

東京からくる終電は荻窪《おぎくぼ》駅が十二時三十五分である。この時刻になるとたいていの家は戸を入れていて、灯《ひ》が明かるいのは駅前の三四軒と、客待ちしているタクシーの

〝空車〟の標識だけであった。

畠中良夫は三十分前に来て、南口の構内の灯の届かない場所に待っていた。ここに立つのは毎晩の習慣である。それでわかったのだが、やはり終電の人を迎えに待っている者は、ほかに一人か二人は毎晩必ずあった。

音をたてて電車がはいってきた。ホームが離れているから、降りる客の群れが跨線《こせん》橋《きよう》の階段に姿を見せはじめるのは、電車がふたたび発車の音をひびかせてからだ。

この一つ前の電車に乗っていなかったから津奈子は今度だった。酒場《バー》のその晩の都合によって最終だったり、その前だったりする。

はたして階段をぞろぞろと降りてくる二十人ばかりの人の中に、津奈子のピンクのセーターの色があった。改札口にいる夫の方を見て、手を上げる。

暗い通りに二人で肩をならべて出た。

「すみません」

と津奈子は迎えの礼を述べた。習慣になっている手を握った。

すし屋が開いていて、そこだけ灯が道路にこぼれていた。

「津奈子、すし食おう」

と良夫が引っぱった。

「お腹空《なかす》いたの？」

「違う。だけど、何か食いたいんだ。何でもいい」

良夫は酒が飲めなかった。酒が飲めたら、こんな時に飲むのだが、と思った。

「へんね、お腹がいっぱいなのに」

と笑いながら、一緒にならんで、台の前にすわった。

「しゃこ」

と、すし屋のおやじに注文した。

「おまえ、しゃこの英語知ってるか？」

「知らないわ」

「ガレージだ」

津奈子は笑いだして、

「あなた、今晩、うれしそうね、何かあったの、いいことが」

と夫の横顔をのぞきこんだ。

「それだよ、さっきから話したくてうずうずしているのは」

「何よ、早く話して」

「おれの絵、売れそうだ」

と声が弾んだ。

「素人じゃないぜ。銀座の、奥野画廊って一流の画商なんだ」

「まあ、ほんとうに買ってくれるの？」

「買ってくれそうだな。絵を見せたら、ほかの絵も見せてくれと言うんだ。はっきり買うとは言わないけれど、奥野画廊のおやじがそこまで言うのは、たいしたことだって、帰りに佐伯さんのところへ寄って話したら、あの人、眼《め》をまるくしてそう言ってたよ。無名はもちろん、新進の画家でも、なかなかそこまで相手にしてもらえないのに、奇跡だと言うんだ」

「うれしいわ。あなたの絵、ほかの人からはほめられないけど、やっぱりいいのね」

「普通の奴《やつ》にはわからないよ」

と胸を張った。

「奥野といったら、おまえ、姉川滝治を育てた画商だぜ。いま大家になりつつある姉川滝治をかけだしのころから眼をつけたんだ。誰も姉川に注目していない時だから、たいしたものさ。画商もえらい奴になると、絵を見る眼に狂いがないのだ。ルオーの若い時の作品を黙々と買って、何十年間、誰にも見せなかったフランスのえらい画商の話、いつか話してやったろう、つまりあれだ」

「おじさん、ビール」

と津奈子がさけんだ。

「おい、おれは飲めないぜ」

「いいのよ、一杯だけで。こんなすてきな話、何もしないでは、もったいないわ」

「無理するなよ。いくらお給金があるんだ」

「固定給三千円、売上げ歩合七千円、特別チップ三千円、みなで一万三千円なりよ。マダム、親切なの。だいぶ慣れたから来月からもっと収入《みいり》がふえると言うのよ」

「おい、津奈子、もう少し辛抱してくれ、今におれがよくなるよ。今日、おれの眼の前で、女流画家の長岡節子が三万円、奥野からお小遣いを前借りしていったよ。羨《うらや》ましかった。おれも負けずに今にああなるよ」

「しっかり、しっかり」

と、津奈子は軽口いってビールのコップを合わせた。涙がうすく光っていた。

四

東海道線の三島から、伊豆半島の中央部に向かって南下する線は駿豆《すんず》鉄道というのだが、画商の奥野は、その電車の中で揺られていた。東京を午前《ひるまえ》に発《た》って、今は二時すぎである。

韮山《にらやま》、古奈《こな》を過ぎるころから、しだいに平野が狭まって山がせまってくる。山はよほど黄色に色づいていた。

奥野は、窓外の景色に眼をやりながら、今から訪ねていく姉川滝治のことを考えていた。姉川にも困ったものだ。二三の実業家からどうしてもと頼まれた五十号ばかりの絵が、半年を過ぎるが一枚もできていない。その中でも一枚は、誰かに贈る記念品で期日を急いでいるのだが、いつ完成するやら見当がつかなかった。

姉川滝治が絵を描こうとしない理由は、奥野にはよくわかっていた。誰にも言えぬ秘密だった。本人にも向かっては言えなかった。

――姉川は描こうとしないのではない。描けないのだ。

それが奥野にはよくわかる。世間はまだこれに気づいていなかった。近ごろ、あまり作品は発表せぬが、もとより寡作《かさく》な彼だから悠々《ゆうゆう》としているものと思っていた。かえって一種の箔《はく》を世間がつけていた。

しかし奥野は黙ってはいるが、姉川滝治の苦悶《くもん》がよく通じた。それに気づいたのは、二年ばかり前からだった。姉川の作品のピークは、さらにそれより一年前を分水嶺《ぶんすいれい》として下りつつあった。

そのころのこと、姉川の邸《やしき》に行ったとき、二人の若い絵描《えか》きが、アトリエの姉川の近作を睨《にら》んでいて、誰もいないと思ってか、

「これ、ひどいな」

と囁《ささや》きあっているのを、奥野は背後を通りがかりに耳にしたことがあった。その時は、水をかけられたように、はっとした。他人《ひと》も気づいたかと思った。気が気でなかった。しかし、新聞の文化欄にも、美術雑誌にも、姉川の作品を悪く言う記事は一行も見あたらなかった。気づいていないらしかった。

寡少作家の姉川滝治が、いよいよ描かなくなった。彼は恐れている。カンバスに向かって萎縮《いしゆく》しているように思われた。

近ごろは、奥野が電話をかけても、訪ねていっても不在が多かった。姉川は奥野を避けているのではないか。彼の煩悶《はんもん》が奥野にはじかにわかった。

姉川滝治は画家としての天才的な名声をはせてきた。画壇に姉川イズムともいう新風をおこした。批評家は彼のユニークな才能をほめ、その天分を称《たた》えた。寡作ということも批評家の神経には何か好感の理由となるらしかった。彼は五十過ぎなのに、大家の名声が眼の前にあった。〝追及する〟という絵の世界の独特な表現で、若い作家

は姉川の作風を模倣した。

しかし姉川滝治は老大家のように自己の領分に安住するほど、まだ〝大家の地位〟は確立していなかった。彼は深い井戸を掘るように一つのものに執念する作家ではなく、彼のモダニズムは絶えず自分の作風に独創を加えて発展させていくという作家であった。

こういう型の画家は、つまり絢爛《けんらん》な才能が彼を押しあげているだけに、行きづまったときは惨憺《さんたん》たるものであった。手も足も出なかった。姉川滝治は、すでに才能の枯《こ》渇《かつ》をみせはじめたのであろうか。ただ、彼の場合、その平常の寡作が利益して、彼の動揺をまだ世間に覚《さと》らせていないようであった。

奥野は、いま一枚の十五号の絵をもって、伊豆の山奥の温泉にのがれている姉川滝治を訪《おとの》うところであった。大きな風呂敷《ふろしき》に包んだ四角なものがそれである。この絵を彼に見せてどのような反応があるか、奥野には自信はない。しかし何か、せ、ね、ば、な、ら、な、か、っ、た。それは姉川滝治を押しだした彼の愛情であり、画商としての彼の商魂でもあった。

終点の修善寺《しゆぜんじ》駅に降りた。駅前の客引きが来た。

「旦那《だんな》、修善寺にお泊まりでございますか、湯ヶ島でございますか」

奥野は、首を振った。

「船原《ふなばら》って温泉だが」

「船原ねえ、へえ。ありゃ寂しいくらい閑静な温泉でさ。山ン中ですよ」

「そうかい。そこのホテルに姉川という人がまだ滞在しているかどうか電話でたしかめてくれないか?」

「へえ、承知しました」

案内所に引き返した客引きは、しばらくして戻ってきた。

「姉川先生なら、ご滞在だとホテルの帳場が言っております」

「そうか、じゃ、ハイヤーをたのむ」

川を左に見ながら、自動車が走った。山はいよいよ狭まってくる。にぎやかな修善寺の温泉町をぬけると、寂しい下田《しもだ》街道を天城《あまぎ》の方へ走った。ときどき、下田通いのバスに会う。

「船原って、どんなところだい?」

と、運転手にきくと、宿が三軒しかないという。どうしてそんな辺鄙《へんぴ》な温泉場をえらんだのか。が、ホテルの新館は伊豆の温泉場では他所《ほか》にちょっと類がないほど立派だと運転手は自慢した。これは姉川らしい好みだ。

月ヶ瀬が近くなったころ、運転手はぐいとハンドルを右に切る。下田街道とはこれで別れた。山道であった。

五

女中に案内されて奥野が部屋に通ると、姉川滝治の姿はなかった。

「あら、ご散歩かしら」

と女中が言うと、部屋の奥に湯の音が聞こえた。一部屋ずつ、バスルームがついていた。

「お風呂のようでございます」

と女中が言うのと、一緒に、

「奥野さんか。湯にはいんなよ」

と姉川の大きな声がした。電話で奥野の到着を知っていた。

姉川滝治は痩《や》せた身体《からだ》を、白いタイルの湯槽《ゆぶね》につけていた。半白の長髪をふり乱して、首を立て、奥野がはいってくるのを見て、

「しばらく」

と言って、

「どっこいしょ」

　とかけ声をかけて、湯槽をあがった。すぐ奥野に顔を合わすのが辛《つら》いという仕ぐさが感じとられた。

　奥野は入れかわりに湯にはいった。浴槽《よくそう》の底は寝そべられるように工夫してある。彼は頭をタイルのふちにつけて長々と身体をのばして、

「ああいい湯だ。先生元気ですか？」

　と木の葉の茂っている窓の方を向いたまま言った。

　姉川は、まあ、とか、ああとか言いながら部屋の方に出て行った。

　奥野が湯から出ると、座敷の卓の上にはビールが二本あった。料理皿には鮎《あゆ》の塩焼きとヒメマスのフライがのっていた。

　向かいあうと、姉川の大きい眼はさすがに奥野をなつかしそうであった。

「あんたよくこんな所まで来たな」

　と姉川は言った。

「先生の近況偵察《ていさつ》かたがたお見舞いですよ」

　と奥野は相手のコップにビールを注ぎながら言った。

「少し、痩せましたね」

姉川のはだけた浴衣《ゆかた》の胸もとから、肋骨《ろっこつ》が目立っていた。

「うん、まあ、しかし元気だよ」

「いつからですか、ここは？」

「もう二週間ぐらいになる」

「いいところですな」

「場所がこういうところで、団体客があまり来ないので助かる。二週間いて、客は僕のほか、二組あっただけだ。日用品を売る店が一軒きりで、あとはみな百姓家だよ。ほんとの山の中だ。この先に行くとね、渓流《けいりゅう》があって、こんなものが釣《つ》れる」

と卓の上の鮎をさした。

「釣るんですか」

「釣れやしないよ。また、釣は嫌《きら》いだからね、何もしないで寝ころんでいる」

「退屈でしょう？」

「これを聞いているよ」

と床の違い棚《だな》のラジオを見て笑った。

「こんなもの聞いている限り仙人にはならないからね」

「いつお帰りですか？」

「さあ、ぼつぼつ帰りたいが、あんたのところから頼まれた絵も描かねばならぬし。だいぶ延びているから」

言葉だけでなく、表情に苦痛なものが流れた。

「実は先方から催促をうけているんですがね、まあ、いいですよ、もう少しは」

「悪いな。ちょっとまだ、まとまらないのだ」

そう言う姉川の顔に焦慮がうかんでいるのを奥野は見のがさなかった。姉川がこの山間《やまあい》の温泉場で、ひとりで苛々《いらいら》して懊悩《おうのう》している様子が想像できた。

が、奥野は、それに気づかないように知らぬ顔をしていた。

話題を別なところに持っていった。すると話の間に、姉川の眼が、ちらちらと座敷の隅《すみ》に置いてある、奥野の持ってきた四角な風呂敷包みに走った。何か気になって仕方がないというふうであった。奥野がそのことに黙っていると、姉川がしびれを切らしたように言った。

「奥野さん、ありゃ何だね？」

と風呂敷包みをさした。

「カンバスのようだね」

奥野は、そうそう、忘れていた、と言いながら立ってそれを持ってきた。風呂敷包

みを解きながら、

「義理で買わされた絵です。持ちこみですが、ちょっと断われない人の紹介がありましてね、ひどい話ですよ、売りものになる絵じゃありません。本人、ぜひ先生に見ていただいてくれと熱心に頼むので、つれづれのお慰みに持ってきたのです」

と言った。

姉川の眼がジロリと奥野の横顔に注いだ。それから、その眼をたてかけられた絵に向けた。十五号の風景であった。

姉川は強い眼つきで画面を射た。何秒かの間瞳《ひとみ》がそこから動かない。画面が眼を摑《つか》んで離さないかのようだった。姉川は喧嘩《けんか》でもしそうな表情になった。奥野は知らぬ顔をしながら、眼の隅で姉川の表情を窺《うかが》っていた。

はっと気づいたように、姉川は、眼を画面からさりげなくはずした。実に何でもないような眼の移しかたであった。しかし、奥野には姉川の眼が興奮していることを知った。刺激された直後の表情は押さえても押さえきれるものでなかった。

「おそろしく幼稚な絵だね、描法《メチエ》もまるでできていない」

と姉川はすぐに批評した。

「中学生の自由画ですな。田舎者の心臓ですよ、こんなものを私のところに売りこみにくるんだから」

　と奥野が言った。

「それを、あんたが買ったんだね、名の出た新進作家でも容易に相手にしないあんたが」

「紹介者へののっぴきならない義理立てですよ、商売も辛いことです。まだ、この男の絵を買います」

「まだ？」

　と姉川の声はおどろいた。

「ええ、描いている絵はみな買ってやるから持ってこいと言ってやったんです。あんまりへたも桁《けた》のはずれた絵なんで道楽気が起こりましたよ。当人、貧乏して女房が働いているそうだしね」

　そう言いながら奥野が箸《はし》を置いて顔を上げると、姉川の大きい眼が、じっと彼に注いでいるのにぶつかった。怒っているような、憎悪《ぞうお》をこめたような激しい瞳であった。奥野は、その姉川の瞳を平然とうけとめた。宙で二つの眼は、火花でも出そうに闘った。しかしそれは一秒の何分の一という瞬時の間であった。

　姉川のほうが先に眼をそむけた。

「あんた、もっとビールを飲まんか」

六

奥野は、夜中に眼《め》が醒《さ》めた。二時ごろに眼がさめるのは、年とってから、ここ四五年の癖である。ためしに枕《まくら》もとのスタンドを灯《つ》けてみると腕時計は二時四分をさしていた。

虫の音がしきりとしている。ぐるりが山なのだ。それに雨の降るような音がする。浴室の湯がわいて、ざあざあ溢《あふ》れているのだった。奥野は、降るような虫の声と湯の音とを、枕に頭をつけて、じっと聞いていた。伊豆の山の湯に来たという心になった。

それから起きあがって浴室の方に行った。姉川の部屋と同じように、ここもバスになっている。夜中に、清冽《せいれつ》な湯に身体をのびのびと沈める贅沢《ぜいたく》を彼はよろこんだ。身体を洗うでなく、湯にはいったり出たり、たのしさを堪能《たんのう》した。

湯からあがって、縁の籐椅子《とういす》にかけて、しばらくじっとしていた。快い湯のあたたまりと、倦怠《けんたい》があった。縁は雨戸でなく大きな硝子《ガラス》戸だった。外灯が立っていて、裏山につづく庭の小径を照らしているのが見えた。それが奥野に、外に出てみる誘惑を起こさせた。

硝子戸をあけ、下駄《げた》をはいて庭におりた。冷たい夜気が一度に身体を包んだ。奥野は、風邪をひくかな、と思い庭を歩くのはよすつもりだった。その時、彼の眼がふと、別の部屋があかるいのに気づいた。それは姉川の部屋であった。

やっぱり、あの男も眼がさめているのかと思い、奥野は、そのまま小径の方へ歩いた。そこまで行くと、姉川の部屋が見えそうだった。はたして、硝子戸ごしに姉川の部屋の中がまる見えだった。

部屋の中では、姉川が起きあがって蒲団《ふとん》の上にすわりこんでいた。彼は何かを床の間に置いて見つめていた。あかあかとついた電灯の下で、その見つめている物が何かを知ったとき、奥野は予期はしていたが、ぎくりとなった。それは奥野が持ってきた、畠中良夫と名乗る満足に画家ともいえない青年の、あの絵だった。

姉川は身動きもせずに、その絵を見つめていた。その姿を、奥野はそれ以上に眺《なが》めることが忍びなくなった。彼は足音をしのばすようにして、自分の部屋に戻った。奥野はふたたび自分の籐椅子で煙草《たばこ》をふかした。彼の眼には蒲団の上にすわってあの絵を見つめている痩せた姉川の姿が残像のように消えずにいた。しかし、それは昼間、最初にあの絵を姉川に見せたときから、奥野には予期していたことであった。

畠中良夫の絵は、技術《メチエ》もまるで未熟な、幼稚な作品だったが、その稚拙な中に、不思議なエスプリがあった。エスプリといって当たらなければ、何かであった。その何かを奥野は説明することができない。ただ、漠然《ばくぜん》と考えたのは、その何かが、姉川に或《あ》る暗示を与えはしないか、という直感であった。

「われわれは児童の絵から多くのものを学ぶことができる」と画家はよく言う。そういえば畠中良夫の絵は一種の児童画であった。ただ、絵が好きだというだけで、先生がなかった。美校、研究所、画塾、あらゆる絵の技術を教える正規の教育環境に身を置いたことがなかった。指導する先輩もなかった。絵描きとしては無知な赤ン坊であった。――

朝、女中が来て、

「朝食は姉川先生とご一緒にお狩場《かりば》焼きにいたしますから」

と言った。姉川が言いつけたものらしかった。奥野が姉川の部屋に行くと、姉川は風呂にはいっていて、浴室から水の音がしていた。

茶を飲んでいると、姉川が女中と一緒にあらわれた。

「お早う、今から朝飯だ。お狩場焼きというのは面倒でも、外で食べないと風情《ふぜい》がないんでね」

と言った。奥野は風呂敷にまるめたものを持って、ついて出た。

女中が三人で、食器だの調味品だの入れた箱を持って案内した。旅館の庭を出て一町ばかり、秋草のしげっている道を歩いた。道の下は渓流があり、山が迫っている山峡《やまかい》であった。

道々、姉川はお狩場焼きの説明を奥野にした。

「源頼朝が伊豆にいる時、この辺まで来て狩りをしたときの弁当が由来だというのだがね。今ごろはウズラとヒメマスと里芋を焼くのだ。飯だって割り竹の中に入れてあるんだ」

そんなことを言う姉川は、昨日よりは元気に見えた。奥野には、姉川の元気の原因がわかる気がした。

道からおりて、渓流のすぐ横に公園風な広場があって、四阿《あずまや》が立っていた。その中に石で囲った炉があって、女中が横の小屋から炭俵をうつして火をおこした。

渓流の水勢は早く、岩に白い水沫《しぶき》をとばして流れていた。それを見ながら、ウズラやヒメマスを炉で焼いて、その熱い焼きたてに食いつくのは、舌をよろこばせた。

「どうだ、うまいだろう」

と姉川は、しきりと賛辞を催促した。

食事がすんで、女中たちがあと片づけをはじめた。一人が、火を消そうとすると、

「ちょっと待ってくれ、こいつが邪魔だから焼いておくから」

と奥野は風呂敷をあけた。ずたずたに切られた画布がまるめられてあった。何気なくそれを見た姉川の表情が変わった。しかし何も言わなかった。畠中良夫の絵の片々は火の中で勢いよく燃えた。煙が高く上がった。

姉川は、山峡の方を向いて黙って立っていた。

七

どこかに間違いがあるような、それがはっきりしない、漠然とした不安に畠中良夫は、近ごろになって捉《とら》われはじめた。

描いて、持っていけば、奥野画廊では絵を買ってくれるのである。廉《やす》いことはむろんだった。が、問題は値のことではなかった。（いや、それだって充分問題だが。十五号六千円の値は良夫にとってたいへんな収入であった。月に三枚かけば、二万円近い。これは、生活費を妻の津奈子の働きにかけていた良夫を有頂天にさせた）絵を持っていけば、無条件に買ってくれるということが、ただ喜んでばかりいられない気が

した。うれしいのはもちろんのことだが、そのうれしさも心に密着したものではなくなった。どこかに錯覚があり、たとえば、人違いをされていろいろ利益をうけとっているような、そういうズレた不安に脅《おびや》かされはじめた。

——いったい、おれの絵は、日本で一流の画商が買ってくれるほどの値打ちがあるのだろうか。


これは近ごろ持ちはじめた懐疑であった。


それというのが、佐伯という絵描《えか》きの知りあいが、良夫の絵を見て、

「へへえ、失敬だけど、この絵を画商が買うのかねえ」

と妙な感嘆で見ていたことから心が動揺した。美校を出て、十何年も苦労し、絵の団体にも所属しているが、いっこうに芽が出ず、少しも絵の売れない佐伯から見れば、技法も何も知らない素人《しろうと》の田舎者の、へたくそな良夫の絵が、画商に売れるというのだから、狐《きつね》につままれたような顔になるのだった。

「この絵のどこがいいのか」

と、どうしても言いたくなるような絵であった。せいぜい、素人か中学生の油絵である。

「いったい、おれの絵は、そんなにいいのかしら」

と良夫も考えるようになった。

そういえば、絵は田舎にいる時からがむしゃらに描いただけで、それも評判はよくなかった。東京に出てきてからは、展覧会に出したこともなければ、画壇の相当な人に見てもらったこともない。

絵は幼いころから好きで仕方がなく、これまで自分勝手に描いてきた。この絵が売れたらと思い、銀座に出て奥野画廊にはじめて飛びこんだのである。画商は絵の売買の商売だと率直簡単な考えであった。

画家が画商に絵を売ることがどんなにむずかしいか、あとで聞かされてわかった。自分の奇跡を知って、自分で茫然《ぼうぜん》となっているかたちだった。

奇妙な、何かがズレているような不安がそれから起こった。

津奈子にそれを話すと、

「そりゃ、あなたの絵はキレイな絵じゃないわ。でも、純粋な絵は、見た眼にキレイだとか、ウマイとかいうんじゃないでしょう。そら、展覧会に出ている有名な画家の絵でも、ずいぶんヘンなのがあるじゃないの？　あれだって、ちゃんと立派な絵なんだわ。素人眼にはわからないけれど。あなたのも、きっとそうよ、何だか子供の絵のようだけれど、きっといいところがあるんだわ、一流の画商が買うのだから、自信を持っていいと思うわ」

と、うがったことを言った。

そうであろうか、となかなか良夫は安心しなかった。そんなに、いいところがあるのなら、絵に詳しい人に見せたらわかるはずだ、有名な画家だとか、批評家だとか、それから画商にも。

「そうだ」

と良夫は叫んだ。

「これは、別の画商の所に行って、当たってみることだ。おれの絵を買うか買わないか」

その次に絵を描いた。奥多摩まで行って写生した八号のスケッチ。それを帰って、間借り部屋で十五号に描き直した。六畳と三畳の二部屋借りているのだが、三畳は絵の道具が散乱して足の踏みいれ場もなかった。

三軒の画商を歩いた。

一軒は、店員が見たが、これはどうも、といった顔を露骨に見せて断わった。

一軒は見もしないで断わられた。

一軒は、店主が一瞥《いちべつ》しただけで、無愛想に絵をつき戻した。

良夫は自信を失った。それで、おずおずして奥野画廊に持っていった。主人の奥野はいなかったが、番頭に言いつけてあったとみえて、すぐに引きとってくれた。金はその場で支払われた。

変だ、――と銀座の人ごみの間を歩きながら、良夫は憂鬱《ゆううつ》であった。どこかに間違いがある。やりきれない、落ちつかない変な気持であった。銀座へ出たら、いつものぞく、小さいがうまいコーヒーを飲ませるうちに行ったが、味がさっぱりなかった。

帰りに、佐伯のところに寄った。仲間らしい客が二人来ていて酒を飲んでいた。

「この人なんだ、話題の主は」

と佐伯が良夫を紹介した。

「今ね、君のこと、話してたところだ」

良夫の絵を画商が買ってくれる話だとすぐにわかった。彼は顔を赤くした。

「佐伯から聞きましたよ」

と少し酔っている仲間の一人が良夫の方を向いた。

「おどろきましたな。奥野画廊が君の絵を買ってくれるとは」

これは侮辱しているのではなかった。

「奥野などは古い老舗《しにせ》で見識を持っていますからね、無名の絵は買わないんですがね」

「無名どころか、長島の絵だって最近まで相手にされなかったのだ」

と別の一人が口を出した。長島というのは美術雑誌にも名前が出るようになった新進だった。

「その長島だって、画廊へ持ちこみの絵は十五号で四千円ぐらいというからな」

「こんな話があるよ。ＡＲ会の石井がね、金の要ることがあって、絵をまとめて売りたいって言ったら、画商がアトリエまで来てね、ずらりと懸けてある絵やならべてある絵を見まわして、全部で一万円、と値をつけたそうだよ。石井、泣く泣く画室ぐるみ一万円で売ったものだ」

「あのクラスでは、号いくらという値じゃないんだ。十五号でも二十号でも突っこみだ、一山いくらだ。十把《じっぱ》一山だ。八百屋の品と同じだよ」

聞いている良夫は辛《つら》くなった。絵が上手になりたいと必死に思ったのはこの時であった。激烈な画家の生存競争のすさまじさは想像以上であることを知った。

奥野画廊から見放されたくない、という切実感が良夫の身体《からだ》じゅうを揺すぶった。

「佐伯さん、ちょっと」

と言って佐伯を部屋の外まで呼んで、

「僕、絵を改めて勉強したいと思います。どこかの研究所にはいるか、先生につきたいと思います」

「それがいい。おれもそれをすすめようと思っていた。何しろ、そう言っては悪いが、君の絵は基礎的なものができていないし、技法《メチエ》がまずいね。うん、それはいい、僕がいい先生を考えてあげよう」

と佐伯は力強く言った。

八

奥野が杉並区善福寺の姉川滝治の邸《やしき》に行くと、姉川は画室の中にいた。

「モデルをよんで描いておられます」

と弟子が奥野に言った。

「どう、様子は?」

「はあ、近ごろ、前よりずっとお元気のようです。伊豆の温泉から帰られて以来です」

と弟子は告げた。

奥野はうなずいた。自然と微笑が頰《ほお》にのぼった。姉川滝治はこれから仕事をするに違いない。

応接間に待っていると、姉川が呼んでいるというので、奥野は画室にはいった。

「今、モデルさんを帰したところだ」

と姉川は洗った手を拭《ふ》きながら言った。

「伊豆では失敬したね」

「お元気そうで、結構ですね。お仕事、できそうですか？」

「うん、まあね、少し気分も変わったから」

とパイプに火をつけた。

奥野が、ふと見ると、画室の隅《すみ》に六七枚の絵が重ねて積んであった。それは畠中良夫が奥野画廊に持ちこんだ絵だ。奥野が店の者に姉川のところへ運ばせておいたのである。

「先生」

と奥野は言った。

「あの絵、ごらんになりましたか？」

と隅の絵を眼《め》でさした。

「うん、見たよ」

と返事した姉川の眼が心なしかキラリと光った。パイプの煙を静かに吐いた。

どうでしたか、とか、いかがですか、とかきく必要はなかった。奥野には、姉川の瞬間に見せた恐《こわ》いくらい厳しい表情でいっさいが満足であった。

――姉川は畠中の絵をスケッチ帳に描いたに違いない。

間違いない事実のように奥野に想像された。想像というよりも直感であった。

行きづまった姉川に、自由画のような畠中の絵の何かが暗示を注入している。それによって姉川は、今までの自分の絵に新しい野心を創《つく》るだろう。――

摂取は芸術の世界で必要なことだ、と画商の奥野は考える。また画室の隅の六七枚に眼をやった。摂取された抜け殻《がら》が積んである！

それについて触れる話題はなかった。

「先生、いま、ST展とPQ展とをやっています、いかがですか、お出かけになっては？」

「そうだな」

「少しは、若い人の作品展ものぞくものですよ」

「うん、行こう」

奥野が乗ってきた自動車が待たせてあった。甲州街道を新宿に向けて走り、四谷からお濠端《ほりばた》を通って銀座に出た。郊外の林も都心の並木も葉を落として冬の景色であった。

銀座と日本橋のデパートで開かれているST展とPQ展を見てまわった。

「つまらないね」

と会場を出てから姉川は感想を言った。

「技巧は達者になったがね、これというエスプリがないね、大きなものを描きたがる意欲がエスプリと結びつくといいんだがな。どの展覧会も量より質だと口ではよく言うが、むずかしいね」

茶を喫《の》んだ。

「先生、ここまで来たのですから、ちょっとうちの店にお寄りになりませんか」

「新しい絵、はいったの？」

「諸先生方のもだいぶはいりましたよ。それに、例のあの男の絵が十枚ばかり来ています。ちょっとおもしろいことがあります」

「まだ買ってるの？」

と眼が光った。

奥野画廊に着いた。

新しく仕入れた著名画家の作品を一通り観《み》たあと、

「これです」

と奥野が畠中良夫の絵をならべた。

「おや」

と姉川が言った。

「この三枚めの絵から描法が異っているね、うん、だんだん変わっている」

「本人にきいたら、或《あ》る有名な画家について習いはじめたそうです。描き方がうまくなっているでしょう」

と奥野は笑った。笑いは苦笑とも嘲笑《ちようしよう》ともとれた。

「なるほどね。マチエールは整ってきたね。その代わり、ひどくつまらん絵になっちゃったな。誰に習っているか知らないが、この男にひそんでいる個性とまではっきりしないが、何かおもしろいものがあったが、それが失《な》くなったな」

「もう、だめですよ、こんなことになっては」

と奥野は言った。

「あの男の身上は、美校も出ず、研究所にも通ったことがなく、グループに所属せず、教わっている先生もなかったことです。自分流に勝手に描いていたことです。こんな悪達者な先生がついたんじゃ、せっかくのものが台なしになりました」

「ずっと買ってやるの」

「いや、もう断わりました。こんな絵になっちゃごめんです」

と画商は言いきった。

「今までのお礼心に、最後の絵は少し奮発して買ってやりましたがね」

「お礼？」

「ええ、あの男の絵は、今まで何かを与えてくれましたからね」

と言って、奥野は画家の顔を、ちらりと見た。

「それで、彼の絵はまた焼くのかい？」

と姉川は眼を逸《そ》らしてきいた。

九

春が間近で、高い山脈《やまなみ》は寒い色をしていたが、近くの低地の林に薄い緑が乗った。風はまだ冷たかった。

畠中良夫と津奈子は修善寺の駅で降りた。スーツケースをぶら下げているので、すぐ客引きたちの目標になった。

「静かな温泉に行きたいんだが」

と良夫はうるさく付きまとう客引きの一人に言った。

「静かなのは、古奈、月ヶ瀬、船原あたりでございます」

とジャンパーの上に印入りの法被《はっぴ》を着た男が丁寧な口調で答えた。

「そのうち、いちばん静かな所はどこ?」

「そりゃ船原でございますよ、旦那《だんな》。山の中で閑静すぎるくらいでございます」

「そこがいい。そこに決めよう」

とにかく、寂しいくらい静かな温泉に浸ろうというのが夫婦の目的だった。

バスは松崎行に乗ればいいと教えてくれた。客引きは先方の旅館に電話で連絡をとった。

そのバスに乗っている旅行者らしい客はほとんど修善寺温泉で降りた。そこから先に行く乗客は土地の者ばかりだった。

「どちらへお泊まりですか、土肥《とい》温泉ですか?」

と隣りの男が良夫ににこにこして話しかけた。

「船原です」

「そりゃ静かな所ですな。お愉《たの》しみで結構ですな」

と男は言ったが、良夫がむっつりしているので、話をやめて窓の方に首を捻《ひね》った。

バスは山道をゆっくり登った。遠い山には雪が残っていた。

静かだ、静かだ、というので、どんな所かと思い、降ろされてみると、細い渓流《けいりゅう》が流れている山峡《やまかい》だった。梅が真っ白に咲いていた。

「いいとこね」

と津奈子が周囲の風景を見まわしながら言った。

良夫は、うん、と言ってうなずいた。いいところと言ったのは二通りの意味がある。景色がいいというのと、このような山中の辺鄙《へんぴ》な温泉が、今の自分たち二人の気持に合っているということだった。

しかし、旅館の新館の離れで、八畳ぐらいの座敷と四畳半の控えの間と、寝台《ベッド》を置いた寝室があった。それに、ざあざあ湯がこぼれている浴室《バス》が付属していた。

「少し贅沢《ぜいたく》ね」

と津奈子は首をすくめた。

「いいよ。二度と来れないもの」

と良夫は言った。

「そうね。一生の思い出になるわ」

と津奈子は答えた。

それは実感であった。故郷の山口県に帰ったら、死ぬまでこんな場所にふたたび来る気づかいはなかった。東京を去る記念のようなものだった。

すばらしいと思った東京の生活は一年もたたぬうちに破れてしまった。何とかできる、と思って出てきたのは夫婦の若さであった。

それにしても今になってもわからない。彼の絵を奥野画廊が文句なしに買いとってくれていたことがまだ解せないのだ。それから、先生について勉強し、少しは自分でも描き方がうまくなったと思ったとたんに断わられてしまったこともわからない。常識では逆であった。いや、今から考えて、常識として、断わられるほうが当然で、買ってもらっていたことが何かの間違いだった。間違いというよりほかはなかった。自分流で勝手に描いたあの絵を一流の画商が買ってくれたのだから、正当な理由は考えられなかった。魔物に化かされたような、夢みたいな話だった。

あれ以後、何度奥野画廊に足を運んでもだめだった。いったん断わられてからは、どんなに一生懸命描いて持っていっても、突き返された。いざそうなると、先方は冷酷無慚《むざん》なものだった。

どのように懊悩《おうのう》し、苦しんだかしれなかった。ようやく諦《あきら》めたのは故郷の友人から良夫の勤め口があるので帰らないかと手紙で言ってきてからである。希望を失ってからは、東京の生活の苦しさが加重してきていた。

「売れる絵を描くだけが画家じゃないわ。ひとりで愉しんで描いても立派な画家だわ」

と津奈子は言った。

そうだ、帰ろうと決心した。津奈子も酒場《バー》などに勤めさせておきたくなかった。初夏になると全体が真っ黄になるくらい夏蜜柑《なつみかん》がなる故郷で働きながら、好きなように勝手な絵を描こうと思った。

が、寂しさは心から消え去らなかった。帰郷を前に、旅費だけをのけて、持っている金をみんな使うつもりで、伊豆へ一泊の小旅行を思いたった。そうでもしなければ、やりきれなかった。

湯につかっていると、さすがに快い酔いに似た感じが四肢《しし》にのぼってきた。

「あなたお瘦《や》せになったのね」

と津奈子が横で良夫の身体を見て言った。

「これからお太りになれるわ」

それは妻のさりげない慰めだった。湯から上がって、散歩に早春の山峡を歩いた。

少しずつ、気持がはれてきた。

「いいところだわ」

「ああ」

人の話し声一つ聞こえなかった。川の音と、藪《やぶ》の奥にひそむ鳥の囀《さえず》りだけが高かった。良夫は懐《ふところ》からスケッチ帳を出して写生した。

それを旅館の女中が見ていたらしく、夕食を運んできた時に、

「旦那さま、絵をお描《か》きでございますか?」

ときいた。津奈子が、そうだと言うと、

「このお部屋は姉川滝治先生が二週間ばかりご滞在になっていらっしゃいました」

と女中は言った。

「へえ、いつ?」

「去年の秋でございました。おひとりで。静かな方でございました」

翌朝、湯からあがり、籐椅子《とういす》にかけていると、女中が朝刊を持ってきてくれた。ふと、文化欄に眼を止めると、美術評論家のY氏の「姉川滝治の近作」という一文がのっていた。

「姉川滝治は最近『青のある断層』ほか三点を発表した。注目すべき新しい作風で、彼は自己の領域をひろげた。常に野心をもって試みをつづける彼の制作態度は（時には失敗をみるが）高く評価してよい」

良夫は向かい側にすわっている津奈子にその記事を見せて言った。

「姉川滝治は、この部屋でその新しい創意を考えたかもしれないな」

「そうね」

と津奈子は部屋をぐるぐる見まわしながら答えた。

「わたしたちが姉川先生と同じ部屋に泊まったのも何かの因縁かもしれないわ」

「光栄ある因縁だな」

――二人は郷里《くに》に帰ってからも、伊豆の温泉で姉川滝治の滞在した部屋に泊まったことを、人に聞かせる生涯《しょうがい》の自慢話にするかもしれない。

喪失

一

男も女も職業をもっていた。田代《たしろ》二郎は運送会社の会計係を勤めて一万五千円を貰《もら》う。この月給で妻と子ひとりを養っていた。桑島《くわじま》あさ子は小さな製薬会社の事務員として八千円の給料をとっていた。それで田舎の母のもとに預けてある子供の養育費として千円を送り、二千円をアパート代に払い、五千円で生活していた。男は二十八歳の家庭持ち、女は同じ齢《とし》で夫を五年前に失っていた。二人の間はあさ子が姉ぶってふるまい、切りつめた金のなかから男の靴下《くつした》など買ってやり、ふだん粗食しているかわりに男の泊まりにくる夜は牛肉や刺身を彼に食わせた。時には男のせがむまま五百円、六百円の金を与えることもあった。

そういう関係が二年つづいていた。アパートの中では誰知らぬ者もない。男が顔を他人に見られるのを厭《いや》がっているようすが露骨にわかった。廊下で出会っても眼《め》を脇《わき》にそらして知らぬ顔をしている。裏長屋のようなこの安アパートでは、田代二郎の姿は嘲笑《ちようしよう》の的になっていた。

二郎は会社の帰りに寄った。彼は、あさ子が帰っているころを見はからって、それまでの時間をパチンコや本屋での立読みに消した。部屋にはいるとあさ子が、あなた、お帰りなさい、と迎えた。あなた、お気に入ったおかず無いのよ、困ったわ、と言う。あなた、と呼んでいることが近所の話題になっている。男は酒を飲まないので飯はいつも簡単に終わった。

十時が近くなると、二郎は蒲団《ふとん》から抜け出てズボン下をはき、靴下をはく。その忙しそうなしぐさを、あさ子はひとりになった床の中で顔をうずめて聞いている。男の心はもうここにない、帰って妻に言う遅くなった理由と時間の辻褄《つじつま》を合わせることにいっぱいだということを知っていた。それでも、男が上着を着おわるときには起きて送った。手を握り、男に別れのものをせがんだ。化粧の落ちたこの女の眉毛《まゆげ》は薄い。すえたようなかすかな身体《からだ》の臭《にお》いがあった。急に顔を離すと、男のためにかけ金をはずしてやった。それがいつもの癖である。その音と、たてつけの悪い扉《とびら》のきしむ音がする。この音をアパートじゅうが聞いていると思いながら、二郎は暑い廊下を歩いて外に出た。

二年間、妻は何も知っていなかった。帰りの遅いのは残業だと言い慣らされていた。気の合った友だちの名が言ってある。十日に一度はその家の麻雀《マージャン》で徹夜をしているように信じこませていた。

わたしのようなばかはないわ、とあさ子は二郎に言うことがあった。なんのためにこんなにつくしているかわからないと言うのだ。わたしと別れても、あなたは二度とわたしのような女に出会うことないわ、と言った。それはそのとおりであった。二郎のこれからの生涯《しょうがい》に、こんなにうちこんでくれる女があろうとは思われない。

あさ子が職を失った。その小さな製薬会社は、新薬の発売をどんどん宣伝する大資本につぶされたのであった。退職金をわずかばかりしか貰えなかった。

二郎は困った表情をして職を見つけると言った。しかし彼が一生懸命になったところで、彼の力の頼りなさをあさ子は知っていた。一日じゅう、仕切られた部屋の中で帳簿をいじっていて、世間に顔のせまい彼にその期待がもてるはずがなかった。

あさ子は自分で捜しまわった。女中、家政婦、仲居、保険勧誘員、そういうものの他はなかった。二十八ぐらいで技能をもたない女の摑《つか》みうる職業といったらそれくらいである。

何かあったかい、と二郎は気がかりげにきいた。彼はそんなききかたになっていた。それははじめからわかっていたことなのだ。だからアテにはしていなかった。この人はこの人なりに心配して捜しあぐねたすえだと思うと、腹は立たない。

何もないわ、仲居にでもなろうかしら、とあさ子は言ってみた。

二

つぶれた製薬会社の支配人だった男が口をきいて、あさ子をF相互銀行支店の集金人に世話してくれた。

見習期間が三カ月、それが過ぎたら本雇いにするという話だった。それも集金だけではいけない、契約もとってこなければ困ると言われた。そういう自信はなかったが、ともかくもやらなければいけない。

契約の募集手当は千対十であった。つまり一分の歩合である。五十万円の預金を勧誘してとれたら五千円の手当が貰える。しかし五十万円はおろか十万円の預金でも、この金づまりの世にそうやすやすととれるものではなかった。

集金のほうは千対八の歩合である。百万円の集金をして八千円の手当を貰う。簡単に百万円と言ってもおびただしい口数であった。だいいち、そんなにはじめからカードを持たせてくれはしなかった。

あさ子は毎日四里は完全に歩いた。集金は日掛と月掛とある。日掛は小商人が多かった。五十円掛け、百円掛けというのから集めるのである。諸式屋、魚屋、菓子屋、飲食店、八百屋といった商売人をまわる。カードによって道順をたてて歩く。平均五十軒以上はまわらねばならない。近いところにかたまっているわけではなかった。一軒の家でむだな時間は一分でもつかえなかった。ごめんください、とはいっていく。金を貰い、カードに判を捺《お》して、さよなら、と出ていく。世間話一つする余裕はなかった。

しかし先方はこちらの都合を考えない。客があれば客の用事を先にする、あとからあとから客がはいれば、どのように苛々《いらいら》していても片隅《かたすみ》に立って待っていなければならなかった。後に来てくれという家がある。何時ごろが都合がよいという家がある。留守だという家がある。道順どおりにはいかず、何回も往復しなければならなかった。もし一日でも抜かしてその日に集金に行かないと、どうして来ないか、かたまると金が払えなくなる、と客は小言《こごと》を言った。

月掛は月末が多いので二十五日を過ぎると日掛と両方で忙しさはひどくなった。足は感覚が麻痺《まひ》して自分の足とは思われない。暑くなった陽《ひ》ざしの下を歩きまわって眩暈《めまい》がしそうである。空腹も尿意も感じなかった。あたりの風景が黄色を帯びて見えるくらいである。それでも鞄《かばん》に金をもっている間は気が張っている。銀行の裏口からはいって当直の者に金を渡す。内勤の者が夜業していた。カードを計算し、集金と照合するのだってたっぷり一時間はかかった。残業の者が二三人で面白そうな話をしているが、誰も、こんなに遅くまで外を歩いて帰った彼女に声をかける者がない。金を引き渡して帰るとき、それでも当直は、ありがとうと言ってくれる。

アパートに帰った時は病人のようになっていた。何をする気力もない。食欲もあるのかないのかわからなかった。この仕事は続きそうにない、毎晩そう思っては、朝になると出ていった。出なければならなかった。

田代二郎は夜やってきては、そんな無理をしては今に身体をこわすよ、やめたらどうだな、と言う。それなら、やめたらあとの心配をしてくれるかというとそんな能力はないのだ。現に彼はあさ子が見習集金人になって、すっかりほっとした顔付になっている。彼女は男の性格の深奥まで知っていた。大丈夫、やれるところまでやるわ、あなた、心配しなくてもいいのよ、と言う。ずり落ちそうになりながら、落ちそうな下半身を隠して笑っているようなものであった。

見えない断崖《だんがい》を感じているのは田代二郎も同じであった。この女が完全に失職したとき、自分は面倒を見られるであろうか。どんなに切りつめてもアパート代の二千円をこめて生活費の六千円は必要なのだ。彼はさかさまになっても六千円はおろか三百円も出はしない。しかし、その場合になれば、面倒を見なければならないのだ。面倒を見なければならない義務の理由はアパートじゅうが知っている。

ああ、どうにかなる、なんとかなるよ、と二郎はあさ子を慰めた。こんな安易な根のない言葉でも彼のほうが自分の言ったことに慰められた。それからいつものことに移った。行為はその間だけでも麻酔の役目をつとめた。彼女もそれは求めていた。

三

月末の締切で、翌月の三日に桑島あさ子は給料を貰った。五千三百円が封筒の中にはいっていた。伝票に数字が書きこんであるが、どのような計算なのかはっきりわからない。とにかく、五千三百円がここにある。アパート代に二千円を出して三千三百円で今月は暮らしていかねばならなかった。

あさ子は疲労した身体を運んで帰って、田舎の母に手紙を書いた。子供の養育費がいつもほど送れない。六百円だけ送る。三カ月たったらわたしも本雇いになる。そのときまで我慢してください。そう書きながら涙を流した。千円は質屋に行ってつくるつもりだった。都会の中のひとり身の孤独が心を嚙《か》んだ。たよりにならぬ男を心の支えとしているのがわれながら哀れである。

見習期間を過ぎれば本雇いになる。その時は固定給が三千円つく。集金手当と合わせれば九千円ぐらいになって楽だ。が、そうたやすく本雇いにしないはずであった。預金の契約をとらなければならないのである。

相互銀行という名前に変わってはいたが、内容は昔のままの無尽会社であった。掛金をあつめることが本筋なのである。

集金だけじゃだめですよ、契約をとってきてください、と次長は桑島あさ子に言った。集金先の商店に、それはとうに勧めて言ってみたことなのだ。十万円はさておいて、一万円も契約はとれなかった。どこでも冷笑されて相手にされないのである。そのことの自信ははじめからなかった。

社内には至るところの壁がグラフ表であった。外務員の契約責任額と現在の成績、先月の成績表、各支店間の成績比較、三カ月間の成績表、目標額への現在成績表、すべてが競《せ》りあいという鞭《むち》で仕組まれてあった。

あさ子はそっと外務員の成績表《グラフ》を見た。須田、堀内、山本というような十いくつかの名前の上に赤線が伸びたり縮んだりしている。他より目立って長い数本の赤線は五十を過ぎたベテランたちであった。十年も二十年もこの道で鍛えた男たちだ。風采《ふうさい》も堂々としている。かれらがボテと呼んでいる募集手当が、多い者は六万円も七万円も懐《ふところ》にはいり、支店長の給料より上だと聞いては、あさ子は遠くから血色のいい初老の外務員の顔を眺《なが》めるだけであった。

あなた、誰か契約をすすめてくださいな、でないと、わたし三カ月でお払い箱かもわからないわ、と二郎と会う時、あさ子は言った。いいよ、おれ、一生懸命当たってみよう、と田代二郎は引きうけた。それからたびたび会っても一人もとれていなかった。

ほんとに勧誘してくれたのかどうかわからない。たとえしてくれても、口べたなこの人ではだめなのだとあさ子は早く諦《あきら》めていた。すると彼は、集金でくたくたになるまで働かせて、まだ契約を強要する相互銀行の無情酷薄を罵倒《ばとう》するのであった。しかし、田代二郎がいくら相互銀行をののしっても、あさ子の慰めにはならない。それで実際がどうなるというわけではなかった。

ある日の暮れがたのことだった。あさ子が小さなすし屋に集金に寄ると、片隅で酒を飲んでいる頭の真っ白い老人が声をかけてきた。みると彼は外務員の須田で、頭は真っ白いが実際は五十七八の、いつも契約は毎月一二番をとっている男であった。やあ遅くまでお疲れだな、まあこっちにお掛けなさい、とすすめた。二人は、今まで顔を合わせていたが、口をきいたことはなかった。こんな場所で同じ銀行のものというので先方は酒を飲んでいる折りから、親しみを起こしたのであろう。しりごみしているあさ子に、お腹《なか》が空《す》いたでしょう、おい、握りをつくってあげてくれ、さあ、お食べなさい、どんどんお食べ、としきりに言った。

あさ子は遠慮しながら三つか四つ食べた。すると須田は二人前の折詰をつくらせ、それをあさ子に無理に持たせて、どれ、わしも銀行に戻る用事があるから一緒に行こうと、連れになって出た。

須田は体格がよく背が高い。彼は、その背を曲げるようにして、道々、いろいろなことをあさ子にきいた。どれくらい飲んだか知らないが、酒臭い息はしていたが、足もとは乱れていなかった。あさ子は仕事のことなので警戒しなかった。問われるとおりにありのままを答えた。女一人で働くのは大変だなあ、と須田は、うなずきをくりかえしながら言った。鼻が大きく、眼は細かったが鋭さがあった。血色のいい皮膚はてかてかと艶《つや》がある。白い髪と、そういうあから顔は重役めいて堂々としていた。その押出しが数多い契約を集める因《もと》かもしれない。あさ子は銀行の裏口から須田と別れた。

翌日、昨夕の礼を言っただけで須田との間はその後も没交渉であった。しかしその月の月末の締切間ぎわに、須田は自分の契約の中から七十万円をあさ子の名前にまわしてくれた。須田はそのことを簡単に小声で言っただけであった。

七十万円のボテは七千円である。が、はじめの月は四千円で、次の月に三千円を貰う。あさ子は、だから、その月の収入は九千円を越していた。

四

田代二郎は須田のことをあさ子から聞き、面白がった。その後もあさ子は須田のことをいろいろ彼に伝えた。いよいよ本雇いになったのも、須田が翌月も契約をまわしてくれたおかげで、これからも少しずつは貰えるかもしれないが、せっかく苦労してとってきた契約をタダで貰うのは心苦しい、あの人はわたしがひとりだと思って同情してそんなことをしてくれるのだが、その好意に返しのしようがないなどと言った。二郎は仰向《あおむ》いて笑って、そりゃ、須田さんはおまえが好きなのかもしれんな、と言った。あさ子は、何をばかばかしいことを言ってるの、あんな爺《じい》さんが、と言ったが、多少思いあたらないでもない気がした。二郎が面白がるのは、この女はおれのものなのにという優越感からであろうか。そう思うと、あさ子は、ああ自分はこの人のものなのだという観念があらためて起きるのであった。

須田があさ子に日曜日にはアパートに遊びにいってもいいかと言いだした。須田は子供が大きくなって休みの日に家にいても面白くない。それで遊びにいきたいと言うのだった。そういう須田の顔には邪気があるとは思えなかった。

須田さんがこう言うの、いろいろ世話になっているから、何か手料理をつくってお酒でも上げたいが、いいでしょう、あなたの許可をいただくわ、とあさ子は田代二郎が来たときに言った。多少媚《こび》をつくって頼んでいるという調子になった。ああいいよ、と田代は言ってくれた。この部屋に客が来るのかい、と彼はわびしい六畳のぐるりを見まわした。恥ずかしいわ、こんな汚ないアパートに来てもらって、と彼女は呟《つぶや》いた。

その日曜日の夕方、田代二郎はアパートの外にたたずんだ。すでに暮れなずんで、見覚えの階下のあさ子の部屋にはあかあかと灯《ひ》がついている。彼は物干場のなかにはいり、その灯の窓の下まで来ると、内からあさ子の声と男の声がしていた。話はわからなかった。二郎はそこを立ち去って町の方に行き、パチンコを弾《はじ》いたがいつものように気が乗らなかった。心がなんとなく落ちつかないのだった。それで、またアパートの方へ引きかえした。

ちょうど、あさ子と須田が出るところであった。二郎は身をかくして見送ると、乏しい外灯の光の中でも、あさ子が外出着に着かえていることがわかった。それは、彼と遠出をするときにいつも着る見覚えの色であった。須田という男が想像したよりは背が高く肩幅がひろいことを知った。二つの後ろ姿はならんで歩いていく。外灯が途切れて道が暗くなっているところがあった。背の高いほうが一方に崩れかかった。あさ子がそれを避けるようによろけて、二つの影がもつれて見えた。そこまで後をつけてきた二郎の胸が騒いだ。彼がそのままの位置にしばらく立っていると、あさ子がひとりで戻ってきた。あら、あなた、こんなところにいらしたの、と言うのへ、彼は女の頰《ほお》を平手で鳴らした。何をなさるの、と女は鋭く言った。ばか、見ていたぞ、あんな奴《やつ》とつきあうな、とどなった。

誤解だ、いや確かにこの眼《め》で見ていたのだ、という口争いは、アパートの部屋に帰ってまでもつづいた。あいつ、おまえの肩を抱こうとしたのだと言うと、酔っていたのだわ、と女は抗弁した。嘘《うそ》を言うな、暗いところで抱きつこうとしたのだ、と二郎は言いはって蒼《あお》くなっていた。

ねえ、やめましょうよ、こんなこと、須田さんはわたしがひとりだと思って同情してくださってるのよ。契約をわたしに分けてくださって本雇いになれたのも、募集手当で収入があるのも須田さんのおかげだわ、お呼びしてご馳走《ちそう》するくらいいいでしょう、酔ったあの人を電車通りまでお送りしたのに、つまらないこと言ってへんな人ね、とあさ子は男をなだめにかかった。実際は二郎が見ていたと言うとおりであった。いやこの部屋では須田に手を握られたという二郎の知らないこともある。が、それが須田の本体であろうか。酔った初老男がおでん屋の女中の手をとった気持ぐらいに思いたい。とにかく、須田を怒らしてはならなかった。一円の契約もとる能力のない自分が、今ここで須田に突きはなされたら、どうなることか。

ねえ、こんなにあなたに夢中なのにわからないの、わたしを信じてよ、とあさ子は二郎にまつわりついた。須田のことが影になっているから、今夜はよけいにたぎるのかもしれなかった。

五

F相互銀行では集金人をふやして個々の手持ちカードを少なくし、その余力を契約の募集に当たらせることにした。契約のできない者は辞めさせるように仕向けた。

それで桑島あさ子は集金にまわる軒数が少なくなってそのほうは楽になったが、募集という負担が重くなった。彼女の契約責任額も月に八十万円となっている。それは今まで月々、彼女が須田から分けてもらっていた〝実績〟の数字だった。

あさ子が集金して銀行に帰り、計算の終わるのが五時ごろであった。すると、須田が自分の机で待っていて、おい、桑島さん、募集に行こうかと立ちあがるのである。須田内勤の者が声を出さずに笑う。今では須田とあさ子がしじゅう連れだって歩いていることは誰知らぬ者はなかった。

あさ子はそれを拒むことができない。契約の裾分《すそわ》けを貰《もら》うためには、勧誘先に同行せねばならなかった。たとえ自分の力ではないにしても、一緒に先方へ行くことで自分もその勧誘に立ち会ったという名目が立つのだ。何もしないで毎月ボテをただで貰うわけにはいかない。それではあまり虫がよすぎる。

須田はそのことを心得て誘っている。彼が勧誘に行くところは昼間もあれば夜もある。彼はあさ子を夜のほうに誘うのだった。

訪ねる先は商店もあり個人の家もあった。須田は餌《えさ》をもって契約を勧誘してまわる。餌は貸付給付である。これだけの契約でこれだけの回数をおかけになったら、これこれの現金をお貸しします、というのである。商店や中小企業は金に渇望《かつぼう》している。餌を獲ようとして契約にのってくる。しかし、その餌は勧誘者の切札だからその駆けひきは巧妙をきわめるのであった。貸付給付の枠《わく》も外務員の腕によって違う。十年以上もこの道で叩《たた》きあげた須田は最大の枠をもっていた。この仕事の内容がわかるにつれ、あさ子などが手もおよばぬのは当然である。

酒好きな須田はまず一杯、飲まなければならなかった。おでん屋のときもあるし、すし屋のときもあるし、給付を早く出してもらいたいお客の家が出してくれる時もあった。どこに行っても須田とあさ子は、先方から曰《いわ》くありげに見られた。実際そういうふうに露骨に言われたり、冷やかされたりした。須田は白い頭を傾け、艶のあるあから顔を光らせて、にやにや笑う。その表情はそれが満足だとうなずいているのだった。

帰りには必ず須田はあさ子の手を自分の掌の中に包んだ。六十近いのにこの男の掌はなまあたたかい。痛いくらい締めつけてくる。厭《いや》よ、とはじめは逃げていたが、今では諦めてなすままに任せた。握りかえさないことで、せめてこちらの意思のないことを思い知らせているつもりなのだ。しかし、あさ子は須田から手を握られるたびに、背筋に別なおそれが走る。暗闇《くらやみ》のどこからか二郎がじっとこの場面を見ているのではないかという不安だった。そんなはずはない。二郎は今ごろは電車の停留所で突っ立って当てもなく待っているのだ。そう想像しながら、やはりここにも二郎がいるような恐怖を感じるのであった。

田代二郎があさ子の帰りを夜の十一時でも十二時でも停留所に立って待ちはじめてから何カ月経《た》ったであろう。彼は八時ごろアパートを覗《のぞ》いてみて、あさ子が帰ってないと知ると、電車の停留所まで出て、立っているのだ。何台も十何台もむだな電車を待つ。遠くのカーブを曲がって、暗黒の中を、青白い閃光《スパーク》をはじきながら明かるい電車が近づいてくるのを凝視しながら待っている。必要のない乗客が降りる。また次の電車を待つ。その間じゅう、彼は須田とあさ子をならべた想像に、胸に修羅《しゆら》を燃やしているのであった。

アパート内では高い声が隣室に筒抜けである。電車通りからアパートまでの六七町の距離が、あさ子にたいする二郎の責め場であった。なぜ早く帰らないのだ、また須田と一緒だったのだろう、どこを歩いていたのだ、声をふるわせてつぎつぎに二郎は追及した。二時間も三時間も停留所に苛《い》らだって立ちつくして待っていたことよりも、こんな遅い時間まで男と歩いてきたということへ怒りがせきこむのだった。

それが一週間に二晩も三晩もであった。ああ今晩も遅くなった、と思うと必ず二郎が迎えにきていた。あさ子が電車を降りて暗い道にはいりかかると、とつぜん二郎の手が出てきて彼女の腕を摑《つか》む。強い力で犯人のように暗い道を連行されながら、責められ殴打《おうだ》されるのだった。

それにたいして、あさ子が歔泣《すすりなき》するときと、打擲《ちようちやく》に挑《いど》みかかっていくときとどちらが多いであろう。わたしと須田さんが歩くのがそんなに厭だったら今の勤めをやめさせてよ、あなたにわたしが養えるの、養ってくれるの、わたしは無収入になるのよ、そう叫びながらあさ子は男の折檻《せつかん》に反抗した。

二郎は口がきけなかった。ただ、打つだけであった。

六

おだやかな日も、もちろんあった。あさ子は帰りに牛肉を買い、卵を買い、二合瓶《びん》を買って帰る。酒は自分がたのしむためであった。二郎が八時ごろに来る。このごろはほとんど毎晩のぞきにくる。そのため会社で二時間の残業をしているのであった。

あなた、待っていたのよ、お腹が空いたわ、とあさ子はいそいそとしながら牛肉をすき焼鍋《なべ》にうつした。脂《あぶら》の焼ける煙と臭《にお》いが立つ。二郎は足を投げだした。あさ子はその靴下《くつした》を脱がせてやり、足袋をはかせた。こはぜを一つ一つとめてやる感触を二郎は喜ぶ。着がえの着物もここにはあった。下着がうすくよごれている。この人のことを奥さんはあまり構わないのであろうか。自分が洗ってやるわけにはいかない。夫婦と同じ二年間の関係がつづきながら、やはり踏みこめぬ場所があった。それが甘さをときどき突き落とす。

二年。死んだ夫とは四年間の同棲《どうせい》だった。その夫の記憶は遠くへはかなく消えてしまった。自分の皮膚にしみこんでいる記憶は田代二郎が占領している。新しく耕してくれた痕跡《こんせき》の深さである。

一合の酒を沸かして二人で飲んだ。酔った酔ったと言って二郎は寝ころんだ。あさ子は男の煙草《たばこ》を一本とって吸う。溶けた液体のような感情が流れて揺れあっている。

しかし、この愛情の平和はなんであろう。男は一万五千円の月給で妻子を養っている。女は九千円の月収で自活している。この収入の基盤の上での愛情の平和であった。この収入の平衡が崩れたら、男が失職しても、女が収入を失っても、愛情の破綻《はたん》は必至であった。どちらも一方が生活におぼれたときにそれを救ってやることのできない無能力者だった。

しかし桑島あさ子の九千円の収入の半分は須田の恩恵であった。F相互銀行では責任額を果たした者には三カ月間に二千円ずつの特別手当がついた。ボテの上にこれを加算すれば、いい収入になった。それらはことごとく須田の契約の分け前をもらうことから成り立っていた。須田から金を貰っているようなものである。

須田に逆らってはならなかった。今ではそれは彼女の生活を失うことであった。彼の底意はほぼわかっている。善良な老人であったが、六十男のいやらしさはすぐ顔に出てくる。あさ子は負けない自信はあった。しかし決して勝ってはならなかった。適当にあしらって抑えておけばよいのだ。そのうちに契約勧誘に自分も慣れてくるだろう。それが彼女ひとりの計算であった。

が、いつまで須田を抑えておくことができるであろう。その漠然《ばくぜん》とした不安は、自信と同じくらいに彼女の心にあった。すでに須田に手を握られることには慣らされていた。それを振りきっていたころの抵抗感も新鮮さもなくしているのであった。

それを感知しているように、愛情の平和なひとときはあったにせよ、田代二郎が苛立ちながら夜更《よふ》けの電車通りにたたずむことには変わりはなかった。一台一台と明るいが空《むな》しい電車をいくつも待った。もはや、彼女を占領しているという鷹揚《おうよう》な自負はとうに揺らぎ、うず巻いているものは恋着とも意地とも悲哀ともわからぬ真っ黒な心であった。

終電の一つか二つ前の電車からあさ子の見覚えの細い姿が降りた。二郎はそれに突進する。六七町の暗い夜道は、あさ子にとって、須田との行動を根掘り葉掘り詰問《きつもん》される責苦の場所であった。しかし、それを無実の拷問《ごうもん》と言えるであろうか。いつのまにかあさ子は暗い場所で須田の長身の腕に押さえられて、てかてかと脂の浮いた頰をすりつけられるまでになっていた。それは力ずくであろう。が、六十近い相手のもろい腕力はしりぞけられたはずであった。

ある日曜日の午後、あさ子は須田に連れられて契約の勧誘に行った。遠い道のりであった。しかし須田は若いあさ子を連れて歩くのがうれしいのである。

契約の話は先方の家で夕方までかかった。疲れていた。あさ子は無理に須田を残して先に帰った。

道の途中で思いがけなく後ろから田代二郎が追いついてきた。あさ子が息をのんで立ちどまると、二郎は蒼い顔をして、おいおれと一緒に歩こう、と言った。それから黙ったまま先に立って歩きだした。須田と歩いたとおりの道順だった。おい、おまえたちのあとをおれは見ていたのだぞという威嚇《いかく》をその行動で示していた。すると二郎はあさ子が家を出る時から後をつけていて、契約する家の前で彼女が出てくるのを今まで待っていたのだ。須田と肩をならべて歩いた道を、おのれが先になって復習させようとする二郎の心にあさ子はふるえた。たまらなくなって走りだした。

そんなに苦しむなら、わたしを相互銀行からしりぞかせて。それなら須田さんとの交際も切れて、あなたも安心する。わたしの生活をみてください。それだけの能力をもってください。あなた――。

七

夜、十一時ごろになって、須田が酔っぱらってアパートのあさ子の部屋に来た。知りあいらしい一人の男がついていた。

よう、今晩は、桑島さん。酔ったから、少し休ませてくれ、十分間、十分間、と須田はもつれた舌で言ってごろりと横になった。連れの男は当惑そうな顔をして、おい、だめじゃないか、須田君、須田君、こちらの迷惑じゃないか、としきりに揺り起こした。

あさ子は急いでガスで茶を沸かして出した。すみませんね、奥さん、こいつが知った家にちょっと寄るから来てくれと言うから、ついてきたら、こんなことです、と言いわけして、おい須田君、帰ろう、起きろ、起きろ、となおも揺すった。転がった須田は白い頭を畳に押しつけて身動きもしなかった。

まあ、よろしいですわ、もう少し寝かせてあげてください、とあさ子は言わないわけにはいかなかった。しかし三十分たってもその状態に変化はなかった。五十年配のその男は、もじもじして、じつは私は遠方で電車がなくなるから、須田の酔いが醒《さ》めかかったらタクシーを拾って乗せてやってください、ご迷惑ですみません、と押しつけるような格好で帰っていった。

あさ子はぼんやり十分間すわったままでいた。畳に這《は》った須田の身体《からだ》は、貼《は》りついたように動かなかった。時計を見ると十二時が近い。須田さん、須田さん、と背中に手をかけて揺り起こした。遅くなりますよ。起きてください、十二時よ、須田さん、と耳もとで言ったが、返事もなく起きるようすもなかった。

ある予感があさ子の胸に来た。伸びた長身の須田の背中を見つめたまま、その作意の予感に胸が騒ぎはじめた。この場の処置を迷った。隣室の誰かに来てもらって、今晩は一緒にここで寝てもらうのがいちばんの工夫であった。しかし、寝静まった隣りを起こす決心は容易につかなかった。決心のつかないことに投げやりな気持があった。

あさ子が立って畳をふむと、とつぜん、身動きしなかった須田の手が伸びて、彼女の脚を摑もうとした。距離があったので、手は宙を空しく撫《な》でた。それから須田は寝返りして、ふたたび動かなくなった。もう、彼の目的は明瞭《めいりよう》となった。そのとき、硝子《ガラス》窓が小さく鳴った。あさ子は今度は顔から血がひいた。田代二郎が外にいるのだ。暗い物干場に立って二郎は身体を小刻みにふるわせていた。いつから来ていたのであろう。あさ子の肩をおそろしい力で摑んだ。息を切らしていた。

あいつを殺す、と彼は興奮でかすれ声を出した。暗くて見えないが、唇の色まで、ないであろう。ポケットに手を入れていた。あさ子はとびついてその手を押さえた。細長い、堅い感触であった。匕首《あいくち》かナイフと感じた。抱きついたまま、あさ子は戦慄《せんりつ》した。いけない、いけない、あなた、ばかだわ、子供さんと奥さんのことを考えて、と押し殺した声で必死に言った。なぜ、奥さんと言ったかわからなかった。なにを言う、おれは女房子を捨てているのだ。あいつを殺してやる、たまらないのだ、と二郎はふるえながら二三歩あゆみかけた。

あさ子は彼の首に両手をかけて抱きつき、身体ごと密着して押し戻した。そうする効果を無意識に考えだしていた。低いが、荒らい呼吸と揉《も》みあう物音とが何秒かつづいた。

桑島さん、と不意にすぐ近くで須田の声がした。二人はおどろいて離れた。長身の須田がそこに立っていた。すみませんでしたね、ご迷惑かけました。お寝《やす》み。須田は感情のこもらない声でにべもなく言うと、背中を見せて立ち去った。酔っている足音ではなかった。

ついに恐れたとおりになった。生活が逃げた。桑島あさ子は足の力が抜けた。

弱味

一

眼《め》をさました。暗い。

森閑と静まっている。しとしとと雨の降るような音がしているが、雨降りではなかった。湯槽《ゆぶね》に溢《あふ》れた湯が流れる音である。

北沢《きたざわ》嘉六《かろく》は枕《まくら》に頭をつけたまま、じっとその音を聞いた。これだから温泉はいい、普通の旅館ではこの音は聞かれないのだと、温泉宿の醍醐味《だいごみ》を味わっていた。眼がさめたついでに、一風呂《ひとふろ》浴びようかなと思った。真夜中に人気のない温泉にとびこむのも彼の好きなことの一つだ。

志奈子《しなこ》は横で眠っている。彼より二十《はたち》も若いこの女はやはり健康なのであろう、よく眠る。ほんとによく眠る。

そういえば、このごろ夜中に二度は眼をさます習慣になったのは年齢のせいかもしれない。どうもいけないと思った。志奈子の若い肉体との差がだんだん開いていくような気がした。足でさわってもわかる。この女のふくらはぎから腿《もも》は、脂《あぶら》がのって象《ぞう》牙《げ》のようにすべすべとなめらかである。女房のしぼんで肉の落ちた皮膚の感触とはまるで違う。この瑞々《みずみず》しい魅力から離れられない。

嘉六は志奈子を起こして一緒に風呂にはいろうかと思った。しかし昨夜から三度もはいっているので、もう厭《いや》と言うかもしれない。どうしようかと思いながら、まず一服吸ってからと思って、腹ばいになった。手さぐりで枕もとのスタンドをぱちんとつけた。青いシェードがいきいきと色を灯《とも》した。

志奈子が寝返りをしたのは、急についた明かりを避けたのであろう。向こうむきになったので、髪が灯《ひ》にさらされた。濡《ぬ》れたように艶《つや》のある髪である。女房の光沢を失った埃《ほこり》っぽい髪とは、だいぶん違う。しかし、どうしてこういちいち女房と比較するのだろう。

灰皿をよせ、煙草《たばこ》に火をつけた。マッチをすった音まで高い。それほど静かなのである。胸まで吸いこんで煙を吐いた。

煙が横に流れた。二三度吸う。煙が横に流れる。

煙が横に流れる——おや、とはじめて気がついた。この部屋にかすかな風が吹いているのだ。

はっと思った。眼を襖《ふすま》の方にやった。たしかに襖は三センチほど開いていた。ほのあかるいスタンドの光線がそれをぼんやり見せた。三センチほど開いた隙間《すきま》は黒い棒のように鴨居《かもい》まで直線である。

嘉六はあわてて起きあがった。まさか、という心だのみはまだ残っていた。

壁のスイッチを点《つ》けた。急に明かるい光線が部屋を満たす。隙間をあけた襖を押し開いた。次は控えの間である。これはむざんに入口をいっぱいにあけて廊下を見せていた。

疑う余地はなかった。あわてて座敷の隅《すみ》にものものしく据《す》えてある洋服ダンスに走った。ぱちりという音もせず、タンスの扉《とびら》は空気のように無抵抗に開いた。

なかった。茶色のオーバーも渋い焦茶《こげちゃ》の上着もチョッキもズボンもあとかたもなかった。その横にならんでさがっていた志奈子の明かるい水色のオーバーも霜降りグレイのスーツも姿を消していた。残っているのは、嘉六のネクタイとワイシャツと、志奈子のナイロンの靴下《くつした》とだけである。それらが乱れて落ちていた。洋服掛けだけがあざけるようにぶらさがっていた。

大変なことになった、と嘉六は顔から血の気が引いてきた。洋服が一物も残さず盗まれたということはむろんであった。しかし、それよりも、もっと重大なことが彼の心に第一に来たのであった。

裸になった。このままでは帰れない。金があったらなんとか既成服でも買って帰れるのだが、それだけの持ちあわせがなかった。志奈子と二人で今晩の宿泊代がやっとであった。

帰れぬとなると、どうなる。警察が調べにくるであろう。被害者としての身もとをきく。R市都市計画課長という身分がすぐわかる。隠しおおせることではなかった。同伴の女は、女房ではない。二十も年齢が違う愛人だということも判明する。

嘉六の頭にはいろんな情景が閃《ひらめ》いた。R市の新聞にこのことが出る。市長や助役の苦い顔が映る。同僚や下僚の嘲笑《ちようしよう》する顔がうかぶ。部長が辞表を出せという声まで聞こえそうだ。身の破滅だ。おそろしい破局である。

泥棒《どろぼう》がうらめしかった。何も、よりによってこの部屋に忍びこまなくてもよかったろうに。そのため人間一匹が破滅するではないか。

世間の誰からも同情はない。いい恥さらしである。年がいもない話だとわらいあう。そうだ、こうなったのも天罰だと言うだろう。

女房が蒼《あお》すごんで泣き叫ぶ光景が眼に見えるようだ。ああ、どうすべきであろう。

耳鳴りがして嘉六はそこにべたりとすわりこんだ。

二

しかし、追いつめられた者は、必死に血路を求める。嘉六の頭脳は極度に働きだした。なんとか切りぬける工夫はないか。逃げ道は何かないか。夜明けまで数時間はある。それまでに何か考えつかないか。まだ諦《あきら》めてはいけない。何か考えねばならない。

こういう危機に立ったとき、人間の思考はあらゆる工夫を捜すのであろう。ついに嘉六は天才的な犯罪人のように血路を発見した。

嘉六は志奈子を揺り起こした。ゆっくりと騒がずに起こした。

志奈子は眼をあけた。細くあけたが、ううん、と言って顔をしかめた。その誤解を微笑するだけの余裕が嘉六にできていた。

「志奈子。起きるんだよ。用があるんだ」

大変なことが起きたよ、という言葉をつかって驚愕《きようがく》させたあげく、騒がせてはならなかった。

志奈子はやっと、ほんとうに眼をあけた。

「なに、どうしたの?」

と、彼女は不審そうに嘉六を見た。

「おどろいてはいけないよ。ちゃんと善後策はしてあるんだから。ね、いいかい。落ちついて聞くんだよ」

彼女の顔は今度は不安そうになった。

「だから、どうしたの。早くおっしゃいよ」

「泥棒がはいったんだ。ぼくたちが眠っている間にみんな服を持っていかれたんだ」

「えっ」

と、志奈子はとび起きた。嘉六は、それを柔らかく押さえた。

「大丈夫だよ。心配することはないのだ。ちゃんと対策はできている。平気なんだ」

嘉六はなだめた。そしてここで狼狽《ろうばい》して警察沙汰《ざた》になり、そのため二人の関係が白日の下にさらされたら、いったいどういうことになるか、そのためには、泥棒に見舞われて洋服を失った不幸ぐらい問題ではないと説明した。

「でも、裸では帰れないでしょ」

と、志奈子もその説明にやや落ちついてから、改めてきいた。

「それが、いいことを考えたのだ。市会議員の赤堀茂作な、あの男にここから夜が明けたら長距離電話をかけるんだ。あの男には、わしも仕事の関係から多少の恩恵は与えているはずだ。いやとは言うまい。頼めば秘密を守ってくれる男だ。何しろ彼は日ごろから俠気《おとこぎ》を売りものにしているからな。それに特飲店を経営しているから現金も持っている。あの男にわしとおまえの既成服を買わせ、この宿の払いの金も一緒に持ってこさせるのだ。どうだ、こんなうまい考えはないだろう」

どうだ、と女の顔をのぞいた。ようやく危機から抜ける目算を得たうれしさから口笛でも吹きたい気になった。

夜が明けてから、嘉六は、こっそり番頭を呼んで言った。

「じつは昨日、この部屋に泥棒がはいってなあ、番頭さん。洋服をごっそりやられたけれど、騒ぎを大きくしたくないから警察には届けないでくれ」

四十年配の番頭は顔色を変えて、眼を見開き、

「それはとんだことでございました。それはぜひ警察に届けて犯人を捜さなければなりません」

と言う。嘉六は、

「被害者のわしが我慢するのだから、警察に届けるのはやめてくれ」

と言っても、番頭は、

「いえ、お客さまがよいとおっしゃっても、手前どもとしては警察に届けねばいけません」

と強硬に主張した。これは意外であったし、あらためて狼狽した。嘉六を死地に追い落とすものは、今は泥棒ではなくて、この番頭であった。

「いや、番頭さん、じつは恥ずかしいことだが、わしたちには少し事情があって、警察に身分を知られたくないのだ。といって、決して怪しい者ではない。宿帳には申しわけないが偽名を書いた。こう言えば番頭さん、あんたも客商売だから、だいたいを察してもらえると思う」

と、ついそこまで嘉六は肚《はら》を割った。

番頭はやっと納得した。嘉六は思わず息をついた。

そこで、手帳を出して番号を調べ、卓上の電話機をとって、

「Rの二一三六番を至急報で頼む」

と申しこんだ。それから煙草をとりだして吸った。青い煙が流れた。

三

電話が通じた。少し遠い女の声であった。赤堀茂作が在宅していればいいと念じながらその名を呼んだ。

「あなたは？」

「北沢です。役所の北沢と言ってくだされればわかります」

「ちょっとお待ちください」

赤堀は留守ではないようだ。ほっとした。救われたという気持が正直に胸に来た。

「もしもし」

男の声にかわった。太い濁った声である。救いの神はだみ声であった。

「もしもし、赤堀さんですな？　わたしは北沢嘉六です。都市計画課長の北沢です」

「やあ北沢さん。お早う。どこからですか？」

ここの温泉地の名を言った。

「へええ、そりゃいい所にいますな。東京から来た役人でも招待したのですか？」

それならどんなにいいだろう。この事態をどう手短に説明すべきか。嘉六は顔が汗ばんだ。

「いや、そうじゃありません。じつは、じつは盗難にあったのです。盗まれたのです。宿で、この宿でね」

「盗難？　それは大変だ。何をやられました？」

「洋服をごっそり持っていかれました。金もポケットにあったから一緒です。それでね、赤堀さん。お頼みがあるのです。わたしに合うような洋服と金を少々お願いできませんか？」

「わかりました。すぐ奥さんに連絡をとってそちらに行ってもらいましょうか？」

と、相手は簡単に当然なことを言った。嘉六はうろたえた。

「いや、それにはおよびません。いや、じつは家内には内緒にしていただきたいのです。というのは、じつは、——これは弱ったな」

ちらっと志奈子の方を見た。志奈子は籐椅子《とういす》にすわって知らぬ顔をして新聞を読んでいた。白い横顔であった。

「もしもし、赤堀さん。じつは同伴《つれ》がいるんですよ。それで弱っているんです。家内には知らされないのです」

受話器がふるえるほどの笑い声が百二十キロの距離の向こうで爆発した。

「おやすくないですな、北沢さん。はははは。そうですか。わかりました。なんとかしましょう。それで、お同伴のひとはいくつくらいですか？　着るものの色の都合がありますからな」

「二十八です。いや、どうも」

「お若いですなあ。はははは。わかりました。私がそちらに行きます。夕方までには着くでしょう。むろん秘密は厳守しますよ」

電話は切れた。だみ声の笑いが耳に残っている。嘉六は落ちついた。よかった。助かったと思った。助けてもらったお返しはいずれ何かのかたちでしなければなるまい。その覚悟はあった。ただ、少し心が重い。

志奈子を誘って散歩に出た。宿の玄関を出るとき、帳場の者の表情が複雑であった。番頭がしゃべって、この宿の者に知れわたっているに違いなかった。

渓流《けいりゅう》が温泉町の真ん中を流れ、吊《つ》り橋《ばし》がかかっていた。その方角へ、どてら着のまま歩いていった。とにかく、夕方まではこの格好でいなければならない。どこへ行っても面白くなかった。

四時を過ぎた。嘉六は時間表を見て、この列車で来なければならないはずだと思った。はたしてそのとおりに、二十分もすると卓上電話が鳴った。

「赤堀さまとおっしゃる方がいらっしゃいました」

「そう。すぐ行く」

来た。これでいよいよ安心である。

「ねえ、わたし、会うの厭よ」

と、志奈子が言った。籐椅子にかけて外を見たまま不機嫌《ふきげん》な横顔であった。

「わかっている。おまえは会うことはないよ」

意を迎えるような言い方になった。廊下に出て急いで玄関に降りた。

赤堀茂作の肩の広い姿が立っていた。あから顔に白い歯をみせてにこにこと笑っている。地獄に迎えにきた仏の相であった。嘉六は頭に手をやった。

別の座敷を言いつけて、そこに通した。女中がトランクを運んで去ると、嘉六は手を畳に突いた。

「赤堀さん。面目しだいもありません。よく助けてくださいました。なんとお礼を申しあげてよいかわかりません。それもあなたご自身に来ていただいて」

「北沢さん」

と、赤堀は磊落《らいらく》に言った。

「武士は相見たがいですからな。そのご心配はいりませんよ。万事、内密に運びました。ほかの者にさせては機密漏洩《ろうえい》のおそれがありますからな、ここにこのとおり、トランクにお二人の衣装を詰めてきました」

「なんとも感激のほか言葉もありません」

「いや、そう恐縮なさることはありませんよ。私だって、いつ、あなたから助けていただくことになるかもわかりませんからな」

その最後の言葉を無心に聞くことはできない。充分、含みも意味もあるのだ。嘉六は見えぬ縄《なわ》が飛んでくるのを感じた。

「ははは。しかし、あなたはお若い。うらやましいですよ」

と、赤堀のだみ声は屈託がなかった。

四

この市では都市計画事業がすすんでいる。市の周辺に十三間幅の環状道路をつくり、それに沿って三つの小公園をつくる。設計も測量も終わり、いよいよ工事に着手することになった。工事は失業対策事業でもある。

その道路や公園に当たる予定地の家屋は立退《たちの》きである。その立退補償金の折衝で都市計画課長の北沢嘉六は多忙であった。

環状道路や公園は市の郊外であるから、家屋はわりに少なかった。だから田畑の買上げのほうが多かったが、それでも土地よりも家屋の補償のほうが面倒な交渉であった。

そういうある日、嘉六のところに電話がかかってきた。

「北沢課長さんですね。代わります」

女の声が、太い濁った声にかわった。

「やあ、北沢さん。赤堀です。しばらく」

と、先方は快活であった。

「しばらくでした。お変わりないですか」

と、嘉六の声はていねいになった。市会議員というだけではない。温泉地の恩義が意識の下に働いてそうさせるのだ。

「北沢さん。忙しいでしょうが、ちょっと会いたいんですがな。お手間はとらせませんが」

「今、どちらですか？」

「花廼家《はなのや》からです。ご都合、どうですかな？」

「伺いましょう。もう三十分もしたら参ります」

いやとは言えない。何を措《お》いても行かねばならなかった。赤堀のおかげで何事もなくすんだのであった。女房も知らない。新聞も知らない。役所の誰も知った者がない。秘密裏にことは終わった。こうして平穏に課長席についているのも赤堀茂作のおかげであろう。危なかった。今、考えても深淵《しんえん》を覗《のぞ》きこんだ記憶のように寒気がする。

三時半に、怱々《そうそう》に仕事のキリをつけて花廼家にかけつけた。この市の一流の料亭であった。

「やあ、ようこそ。お呼びたてをして」

と、すでに酒がはいっている赤堀は嘉六を上座にすえた。

「先日はどうも」

と、赤堀は礼を言った。嘉六があの時の返しにつけて礼心に品物を贈ったことに対してであった。

「いえいえ、その節はたいへんお世話になって、まことにお礼の申しあげようもありません」

嘉六は頭を下げた。世辞でなく、ほんとうの気持であった。

「いや、あなたも義理がたい。それはおたがいさまですよ。私も今まで、あなたには仕事のほうで面倒をみてもらっていますからな。まあ、それはもういいですよ」

それから酒になった。嘉六は杯を含みながら、赤堀の用件はなんだろうと考えた。

その気持を見抜いたように赤堀はそこにいる女を去らせた。

「あのね、北沢さん。今、都市計画道路上の家屋立退きの補償をやっていますね。私の工場も道路B号線の上にあるのですよ」

「へええ、それはちっとも知りませんでしたな。それで補償請求をなさいましたか？」

「それがね、じつを言うと、無届け建築なんです。三年前に建てた工場ですがね。ああいう草ぶかい場所だったものですから、まあいいだろうと横着をきめて届けださなかったのです。なんですか、無届け建築には補償金は出ないそうですね？」

「そうです。市の規則として無届け建築には出さないことになっています」

と嘉六は重々しくうなずいた。彼には早くも赤堀の用件の輪郭がわかってきたように思えた。

「うん。それは弱ったね。規則とあればこちらに落度があるから仕方がないが、じつはね、その工場というのはソースを造ってたんですが、大しくじりをしましてね。今は、休業しているのです。しかし、私も、これにはずいぶん金をかけて損をしているので、このさい、補償金を貰《もら》えると、たいへん助かると思ったことですよ。まあ損をしているときは、ワラでも摑《つか》みたい気持で、なんとかして少しでも回復したいと心に焦慮《あせ》るものですがね。どうでしょう、北沢さん、あなたの力でどうにかなりませんか？」

温泉地で飛んできた見えぬ縄は嘉六の首にかかった。赤堀の大きな眼《め》が嘉六を見すえた。ドスのきいた彼の太いだみ声が、嘉六の心をすくませた。

「なにしろ規則があるので、私には自信がありませんが、いったい、どれくらいご入用なのですか?」

と、嘉六はうつむいて弱い声を出した。

赤堀は、じろりと嘉六を見て、

「五百万円いただけたらと思いますがね」

と言って、指先で杯をもてあそんだ。

五

陽《ひ》はあかるく照っているが、風が冷たい。

嘉六はオーバーのポケットに手を突っこんだまま立っていた。眼は一棟の荒れたバラック工場に向けられていた。窓硝子《ガラス》もみんなこわれていて、建物そのものも傾きかけていた。

枯れた雑草が一面に蔽《おお》い、葉を落とした雑木林が後ろにあった。赤い崖《がけ》が遠くに切りたっていて、ちょっと洋画の画材にもなりそうな寂寥《せきりょう》たる風景であった。

嘉六はくろずんだその建物に近づいていって破れ窓から内部《なか》を覗いた。器材の部分品だの、大きな樽《たる》のようなものが転がっている。床一面に雑多な屑《くず》が埃《ほこり》と一緒に散乱していた。休業中の工場ではなく、荒涼とした廃屋であった。

――これで五百万円か。

呆《あき》れる思いであった。一文の補償も必要とせぬ無届け建築なのだ。それを、このボロ空屋を五百万円で買えと吹きかけたのである。赤堀がいよいよ牙《きば》をむいてきたことを嘉六は感じた。

あの時の救助を赤堀に頼むのではなかったという後悔が胸を締めつけた。俠気《おとこぎ》を売りものにしている男なので、つい彼に頼んだ。前に多少の便利をはかってやったこともあるし、現金の自由になる男と考えたので、ふらふらと思いついたのが不覚であった。

一難去ってまた一難、という言葉が彼の頭をかすめた。まさにそのとおりだと古来の諺《ことわざ》に真理を感じた。

それに、五百万円はおろか、一文でも金を役所から出してやる自信はなかった。規則を無視することはできない。どんな事務上の操作をやっても、これは融通のしようがなかった。

できない、と断わるのは容易である。しかしあとの災難が彼を脅《おびや》かす。赤堀は暴力的背景も持っている。市会議員のなかでもうるさいほうだ。ここで断わったら、どのような災難が、都市計画課長という彼の椅子の上にのしかかってくるかしれない。それでなくとも、市役所の吏員間には嫉妬《ねたみ》や競争や対立があって、いつ誰に乗せられて追い落とされるかわからないのだ。そのさいに、有力な市会議員に睨《にら》まれているのと庇護《ひご》されているのとでは天地の違いである。

赤堀の言うことを聞いてやらなければならない。しかし、要求の五百万円の半額としても二百五十万円はどこから捻《ひね》りだすか。規則が石の壁のように前にふさがっている。上司の裁決は得られまい。

手品が必要である。どこで手品を使うか。

嘉六は窮地に追いこまれて頭脳がきりきり舞いしている自分をふたたび意識した。


――


頭が痛くなった。彼はそのまま役所に帰る気になれず志奈子の家に行った。

彼女はごみごみした裏町に住んでいる。海が近く、磯《いそ》の香りがする。漁師の家が多く、網だの櫂《かい》だの魚籠《びく》だのが狭い通路にまで置いてあった。たいていの家が軒から若布《わかめ》を吊りさげて干していた。戸口から覗くと、どの家も暗い。

志奈子の家も、そういう小さい暗い家であった。漁師であった父親が死んで、志奈子は母親と二人暮らしである。

嘉六がはいっていくと、その母親が迎えて、

「おや、いらっしゃいまし」

と、ていねいなお辞儀をした。靴《くつ》を揃《そろ》えて、奥の方に、

「志奈子や。課長さんがお見えになったよ」

と、娘を呼んだ。娘はもと飲み屋に勤めていた。嘉六のものとなってから店を退《ひ》いた。巧妙に逢瀬《おうせ》をつづけたから誰も知っていなかった。店を退かせたのは、嘉六の地位の安全からであった。

つまり彼女の家で会ったほうが安全なのである。

そのかわり母子《おやこ》二人の生活の面倒を見てやらなければならなかった。市役所でとる課長の給料は知れている。いろいろな諸手当をごまかして志奈子に入れていた。それとても余裕のある暮らしができる金額ではない。嘉六も苦しいが志奈子も苦しい生活であった。

「もっといただけません？」

と、時にはねだるが、これ以上は無理とわかっていた。また働きに出ようかと言うが、これは嘉六が許さなかった。それでいて貧乏暮らしをさせるのだから、志奈子の機嫌は悪かった。嘉六はいつも下手に出ている。この間の温泉行きも、そのご機嫌とりの無理算段だったのだ。

「志奈子や。課長さんだよ」

と、母親は奥にまた叫んだ。志奈子が働いていたころの客としての呼び名が〝課長さん〟であった。いまだにその呼び名は変わらない。

娘はいるはずだが、奥から出てこなかった。機嫌のよくない時の癖である。

「いいですよ」

と、嘉六は母親に言って、苦笑しながら、勝手のわかった奥にはいった。それを見送って母親は外に出た。嘉六が来た時は近所歩きに外で時間を消すのが、この母親であった。

六

志奈子の家を出たのが八時ごろであった。

すっかり夜の世界になっていた。嘉六は暗い道をとぼとぼと歩く。機嫌の悪い志奈子をなだめるのに骨を折った。その気苦労と肉体的な疲労とで嘉六は歩くのに元気を失っていた。

頭脳の一画には赤堀の要求がこびりついている。その解決のうまい方法がまだ考えつかない。考えあぐねて、思考力がすりきれてしまったように思われた。

もう何も考えまいと思った。志奈子のことも金のことも女房のことも。ぼんやりしているのがいちばんいいかもしれない。

寂しい道路であったから、人通りもあまりなかった。街灯が遠い間隔を置いて灯《とも》っていた。

ふと気づくと暗いところから提灯《ちょうちん》が揺れて移動していた。鈍く、茶色にくすんだような頼りない灯《ひ》の色である。動いている黒い輪郭で荷車をつけた馬だとわかった。提灯は手綱をもって馬に付いている人間のものだとわかった。

道路の角であったから、嘉六は立ちどまってぼんやり荷車の過ぎるのを待っていた。いや提灯を見ていたというほうが正確であろう。別に見る必要があってのことではなかった。ただ、ぼんやりとその鈍い円形の光の移動を眼で追っていたのであった。

その時、なんの前ぶれもなく、一つの霊感が彼の頭に閃《ひらめ》いた。急にある考えを思いついたというのは弱い言い方であろう。いくら頭を捻っても、頭脳を働かせても、解決のできなかったものが、思考力の真空状態の時にすばらしい着想が湧《わ》いたのだから、これはやはり霊感なのである。

少なくとも嘉六にはそう思われた、それほどの妙案であった。彼の頭の中に、颯々《さつさつ》として春風が送りこまれてくるように感ぜられた。手品は考案された。その夜、家に帰った彼はぐっすりと眠った。――

あくる日、嘉六は見違えるように元気になって役所に出た。彼は一日じゅう机にしがみついて書類の作成に没頭した。日ごろは部下の持ってくる書類に眼を通し、認印《みとめ》を捺《お》して怠惰に既決箱に投げこむだけの彼であったが、その日は彼みずから起案書類を書いたのであった。

彼は途中で役所を出て公衆電話のボックスにはいって赤堀茂作を電話口に呼んだ。

「もしもし、赤堀さん。この間のお話の件、ほら、立退補償の件ですが、五百万円はとてもだめですが、半分の二百五十万円なら、私のほうでなんとかやってみましょう」

赤堀の声は歓喜に躍っていた。

「ええできますか、それはありがたい。半分とは辛《つら》いですが、あなたの顔を立てて辛抱しましょう。承知しました。いいですよ。よろしく願います」

何が顔を立てて辛抱するというのだ。この野郎と肚《はら》の中で悪態をついた。

書類の仕上がりは三時をすぎた。彼はそれを持ってこつこつと階段をあがって助役の部屋の前に立った。隣りの市長室の扉《とびら》の前には在否の指示標があって、〃出張〃と出ていた。それはもとよりわかっていたことである。市長の上京中でもないと、こういう手品はできないのだ。

助役は大きな机の前から首をあげた。豊かな頰《ほお》と白い頭をしていた。うすい微笑をたたえて、愛想がよい。

助役が愛想がよいのは理由があった。彼は次の市長選挙に出馬するつもりなのだ。今の市長とは仲がよくなかった。ことごとに確執がある。助役は市会議員連の多くに自己の勢力を伸ばしている。そのため市長はこの助役をクビにすることができなかった。

次の選挙には今の市長を蹴落《けお》として当選するというのが助役の念願だ。そのため彼は部下にものわかりがよく、やさしかった。人気とりであることはもちろんである。

部下はそれをよく知っていた。狡猾《こうかつ》な彼らは上司のこの弱点につけいっていた。かれらは助役の決裁が寛容であることを、意識のかくれたところで要求していた。嘉六の狙《ねら》いもそれなのだ。

助役は、嘉六の起案した書類に眼を通した。嘉六は机の前に立って、助役の右手を注視している。その右手の指が印判を握った。嘉六は胸が鳴った。

「設計変更かね。工事というものはなかなか面倒なものだね」

「はあ」

それだけの会話であった。一言の質問があるわけではない。助役は決裁印を無造作に捺して書類を戻した。

事務にうるさい市長は上京中であった。助役の決裁はその代印である。嘉六の思う壺《つぼ》に事はやすやすと運んだ。二百五十万円が一瞬に捻り出た。

手品のタネはこうである。環状道路第三号線第二区排水工事予算は当初六百八十一万円であったが、排水工事の設計変更という理由をつけて、既決予算の中から二百二十五万四千円を流用追加したのである。つまり都市計画道路線上の立退補償では規則に縛られて不可能だし、強引にやっては目立つので、比較的に人目の届かない排水工事の設計変更による家屋移転費としたのであった。既決予算から流用したのも目立たない方法であった。これが嘉六が夜の街路で天啓のように得た書類操作の妙案であった。

しかしこの書類手品にはミスがある。書類にはたんに〝排水工事設計変更ニヨル家屋移転費〟としてあるだけで、移転費の見積単価はいくらか、家屋はどんな大きさか、誰の所有か、どこからどこに移すのか、いっさい明記してない。〝寛容〟な助役の人気取り的な盲判《めくらばん》が、この破綻《はたん》を救っていた。

七

二百五十万円の支払命令書を貰ったという報告と礼を兼ねた電話が、赤堀茂作からあったのはまもなくであった。

嘉六は息をついた。これで赤堀に対しての義務をはたした。もうこれ以上に弱味につけこまれることはないであろう。安心をした。しかし、思えば二つの危機をよく切りぬけてきたものであった。ことに二百五十万円を浮かばせた手ぎわは自分ながら感心した。人間、窮地に立つとどんな知恵でも働くものだと思った。

赤堀のほうからは二カ月も経《た》ったが、なんの音沙汰《おとさた》もなかった。嘉六には、そのほうがいっそ安心であった。ああいう男とかかりあいをつづけていては、ろくなことはない。借りは返してこっちから貸しになっているくらいな現在で、知らぬ顔をしているほうが最善であった。

そう思っている矢先に、赤堀から電話がかかった。

「やあ北沢さん。この間はいろいろお世話になりました。その後、ご無沙汰していますがこれからご一緒に昼飯でも食べませんか。花廼《はなの》家《や》でお待ちしています」

赤堀から太い濁った声で言われると、不思議に抵抗できなかった。一種の威圧を感じるのだ。弱味が卑屈にこびりついていた。

十二時すぎに役所を出た。花廼家の二階の部屋で、赤堀は酔った顔で待っていた。

「やあ、どうも。先日はひとかたならぬご尽力をいただきまして、おかげで助かりました。お礼を申しあげます」

赤堀は頭を下げた。

「いや、それにはおよびませんよ。赤堀さん。まあ、都合よくいって結構でした」

書類操作の手品のことを赤堀が知るわけはなかった。しかし彼とてもその金の出所が正規のものでないくらいなことは、その嗅覚《きゆうかく》で感づいていた。

「なにしろ、助かりました」

と、赤堀はくり返した。嘉六は多少鷹揚《おうよう》な微笑で、その赤堀の感謝を見まもっていた。温泉場の時とは位置が反対であった。

少しばかりの酒を飲み、簡単な食事をすませた。

「ところで北沢さん。ちょっと、あなたに見ていただきたいものがあるのですが」

と、赤堀は果物をむきながら言った。

「なんですか?」

「私と一緒にそこまでつきあってください。品物が大きいのです。お手間はとらせません」

車を呼ばせて、二人で花廼家の玄関から乗った。どこに行くのか見当がつかなかった。車は商店街をはなれて静かな住宅街を抜けた。郊外で、百姓家が疎《まば》らに普通の住宅の間に残っている。垣《かき》の中の梅が白く咲いているのが走りながら見えた。

車が停《と》まった。

「ここです。降りてみましょう」

曲がった細い道を五十メートルぐらい歩いた。道をはさんで家があったり畑があったりした。

赤堀は立ちどまった。

「北沢さん、これです。これを見てください」

彼は右側に指をあげた。

新築の家が建っていた。十五六坪ぐらいの建坪だが、玄関など瀟洒《しょうしゃ》にできていた。まだ建ったばかりで、人のはいっている気配はなかった。

「わりといい家ですな」

と、嘉六は漫然とほめた。

「お気に入りましたか」

と、赤堀はにやにや笑って言った。

「この家をね、失礼ですが貰《もら》っていただきたいのです。そのために建てたのです。ほんのお礼のしるしです」

嘉六はとっさに言葉が出なかった。身体《からだ》が石のように動かなかった。

「志奈子さんの住居にしてあげてください。はははは。温泉場ではお眼《め》にかかれなかったがちゃんと名前までぞんじあげていますよ。どうぞ、どうぞ遠慮なく受けとってください。登記もすでにあなたの名前にしてあります」

嘉六はあたりの光景が一瞬に色を失ったように感じた。思考も理解も一時に麻痺《まひ》した。

「これは無届け建築ではありませんからご安心ください。はははははは」

八

志奈子は有頂天になった。

魚の臭《にお》いのただよう、暗い、古びた自分の家からくらべると、夢のようであった。

玄関、廊下、六畳、六畳、四畳半、浴室、台所、回り縁、どこも檜《ひのき》の木の香でぷんぷん匂《にお》う。建具も凝っている。陽光をいっぱいにとり入れて、新しい畳の座敷は戸外のように明かるい。四十坪ばかりの庭がついていて、芝生と石と花園がある。その庭に突き出て、かわいいテラスもあった。

「うれしい。わたし、こんな家に住めるなんて、ほんとうに思いもよりませんでしたわ」

とはしゃいだ。

彼女の母親は、もったいない、もったいないと嘉六を拝んでいる。

志奈子が底ぬけにご機嫌《きげん》なのは、嘉六はうれしかった。が、心《しん》からこれを無条件に喜んでいるのであろうか。

嘉六の心には不安がわだかまっていた。二百五十万円をタダでとってやったのだから、その報酬としては、これくらいは普通かもしれない。土地は借地だから地代はこちらが払わなければならない。この家は坪当たり四万五千円か。五万円はしていまい。してみると八十万円足らずだ。貰えるはずのない金を、タダで貰ったのだから、三割ぐらいのリベートは当然であろう。しかしそういう授受を嘉六は赤堀としたくなかったのだ。こんなことをされて、この先、何が赤堀から持ちだされるかわからない。妾《しょう》宅《たく》を建ててもらった！　はっきり、それに違いないのである。

しかし、嘉六は志奈子の有頂天な歓喜に負けていた。こういう新築の家に住まわせたということで、彼は志奈子の眼から、〝甲斐性《かいしよう》のある男〟にのしあがっていた。その志奈子の幻影から、ふたたびすべり落ちたくなかった。嘉六は志奈子から去られることが、死ぬように辛かった。

彼は志奈子の幸福そうな笑顔を見ることで、この晴れた空の黒雲のような不安を忘れようとした。

新築祝いとして、当然、赤堀茂作を新居に招くことにした。

すると、当日の早朝、〝御祝〟として奉書と紅白の水引のかかった箱詰めのビール、角樽《つのだる》の銘酒、大鯛《おおだい》などが、たくさんに持ちこまれた。

嘉六が役所から大まわりして新しい家に来ると、

「あら、大変だわ、課長さん。これ、このとおり」

と、志奈子が少女のような声をあげて、床の間にならべたお祝いの品の数々を見せた。

嘉六は走りよって、贈り主の名を見て、ぎくりとした。

赤堀の名は別として、二軒の土建業者の名刺が水引をかけた奉書にべたりと貼《は》ってあった。それは悪質な工事をすることで札つきの業者だった。

嘉六は背筋に寒気が走った。来た。おそれたものが早くも来たのである。

その夜の新築祝いの座敷には、赤堀茂作が「敬意を表したい」というその二人の業者をひっぱってきてすわらせた。

「お若いだけに、きれいですなあ」

「課長さんがうらやましい」

こんな女を傍《そば》に置いて、などと、彼らは酒を飲みながら、しゃべった。お追従《ついしょう》を言っているのか、冷やかしているのかわからなかった。

志奈子は厚い化粧をして、うきうきと酌《しゃく》をしてまわった。冗談なども言いあっている。

ああ、何もかも見られてしまった。完全に秘密は彼らにわかってしまった。弱点はすっかり握られたのだ。やがていろいろな要求を仕事の上から次から次に持ちだしてくるだろう。もはや、いくら後悔しても、追いつくことではなかった。

「課長さん、いっこうにお杯が空きませんね」

「さあ、もう一つ、も一つ」

嘉六は三人の悪魔と酒盛りしている自分を見た。彼は、ぼんやり自分の暗い末路を考えて酒を飲んでいた。

箱根心中

一

八時十分すぎに、中畑健吉は新宿駅の東口にきた。地下道を上がって、改札口の正面が待合わせ人たちの溜《た》まり場のようになっているが、このような早朝でも三人か四人がたたずんでいた。夜とちがって、その辺の空気が寒々としていた。

やはり、喜玖子《きくこ》の姿はまだ見えなかった。予想したとおりだが、来る、という自信はあった。健吉は小田急の窓口に行って〝特急〟の切符を二枚求めた。九時の発車の分だった。ふだんの日だが、その日の切符が手にはいるのは珍しい。季節はずれのせいである。

そこに突っ立っているのもてれくさいので、健吉は公衆電話室の方へ行ってみたり、二幸側の方をぶらぶらしてみたが、八時三十分になっても、喜玖子は姿を見せなかった。三日前、短い時間に忙しく約束したので、あるいは小田急の駅と間違えているかもしれない。そんなはずはないのだが、ふとそういう錯覚が起こってくるのは健吉の不安である。

長い地下道を急いで歩いた。途中も流れて行き会う人たちの顔を検《しら》べるようにして見た。小田急の広場では、通勤客の混雑があるだけで、喜玖子の姿はなかった。

また、もとの場所に引きかえしてみると、グレーのオーバーの高い姿が、人気のまばらな出札口前の広場を、せまい幅で、ゆっくり歩きまわっていた。

「遅いわ。もう、五分待って、いらっしゃらなかったら、帰るつもりだったわ」

喜玖子が低い声で言った。眼《め》もとは笑っていたが、その言葉に嘘《うそ》はあるまいと健吉は思った。

女は臆病《おくびょう》をもっていた。かくしても、身体《からだ》の動作のぎごちなさに、それが出ていた。会えば、いつも軽口ばかり言いあっている従兄妹《いとこ》の間であった。このときに健吉の応《こた》えた言葉も、それだった。

「もう一分で、切符、金で返してもらうとこだった」

箱根行特急は、ロマンス・カーで、白いカバーの座席にすわると、歩廊の向かい側から出る車が貧乏たらしかった。乗客が混《こ》んでいて、どの窓も真っ黒に見えた。

「会社、さぼっちゃって、悪い人ね」

喜玖子がその電車を眺《なが》めて言った。勤め人が後から後からつめて乗っている。今日を待っていたよ、とは言えなかった。言うのが滑稽《こっけい》に聞こえる。電車が動きだ

してから、

「よく、出られたね」

と言った。喜玖子が表情を見せずに窓の方を向いた。

家の並びが切れて、田園の風景になったとき、健吉は煙草《たばこ》の煙を吐いてきいた。

「雄さん、どうしている？」

不安なききかたであったが、喜玖子の返事はすぐにはなかった。窓に向けた横顔は、動きが静止していた。

「昨夜、帰らなかったわ」

きかれた夫のことだった。電車の音に消されなかったのは、気丈に、普通の声だったからである。

健吉は黙った。

前の座席の外国婦人が紅茶を給仕からとっているのが見えた。

「紅茶、いるかい？」

ええ、という頷《うなず》きがあった。かたちのいい顎《あご》に、幼いころの記憶の線が、まだあった。それを眼に残して、健吉は売店のある二号車に注文にいった。

電車は、多摩川の鉄橋を渡っていたが、冬の、寒い水の色が低い距離にあった。喜玖子の心を連想するような色であった。

昨夜、帰らなかったわ、というのは彼女のうったえであろうか。うったえではあるまい。そうとるのは、自分の心の勝手な都合のように思えた。

親類では、雄さんで通っている喜玖子の夫の雄治には女遊びのくせがあった。川崎の方にある大工場の技師である彼には、それだけの資力もあったが、自慢するだけに、女にもてそうな、いい顔をしていた。華奢《きやしや》な身体つきで、貴公子のような感じの、なか高な、細い顔のつくりであった。

喜玖子夫婦の別れ話も健吉は前に二度きいた。そのつど、親類の年よりが出て話をさばいた。健吉のあずかり知るところではなかった。もっともそのほうが彼には助かった。

会えば、喜玖子とは冗談口を言いあうだけの間にしてもらいたかった。喜玖子が結婚してしばらくして、雄治から、

「健吉君は、おまえが好きだったんだろう」

と言われたということを、健吉は親類の誰からか聞いて、よけいに喜玖子とは、そんな口のきき方になった。七年も前のことである。

喜玖子は、自分ら夫婦のいざこざを健吉が知っているとわかっていても、彼の前で

はまじめにその話をすることはなかった。それが健吉の心に、そのことについて喜玖子が深入りをさせないのだという禁制をつくりあげさせた。

二

三日前、健吉のいる銀座の社に喜玖子が電話をかけてきた。ちょうど、仕事のあいた時だったので、有楽町駅近くの〝アマンド〟という喫茶店を教えて、そこで会った。デパートの包みを喜玖子はもっていた。

きれいな店で、アベックが多く、女の人はたいてい磨《みが》きたてたように美しく見えた。このときも、あたりの意匠硝子《ガラス》のような空気が知らずに健吉と喜玖子を感染させた。

「喜玖ちゃん。君と澄ちゃんと三人で今井浜に行ったのは、いつだったかな」

「もう、十四五年も昔になるわ。戦時中だったもの」

それは他家に嫁に行ったもう一人の従妹《いとこ》と三人で伊豆の東海岸から天城《あまぎ》を越えて湯ケ島に出た旅で、健吉がひそかに愉《たの》しい思い出にしているものであった。いつだったかなあというのは彼の空とぼけである。

「ねえ、喜玖ちゃん」

健吉は身体をのりだした。

「このごろ、気がくさくさして仕方がないんだ。日帰りで箱根にでも行ってみないか？」

喜玖子は、ちらりと健吉の顔を見て、

「行ってみたいわ、どこかに」

と、少し投げやりな調子で言った。健吉は彼女の顔に血の色のさしてくるのを見て、胸がさわいだ。

九時に特急が新宿から出ることを知っていた。急いで頭の中で、休める日を考えて、その日と時間を彼女に言った。

喜玖子は手袋をしたり、買物の包みをとりあげたりする忙しい動作のなかで、それを聞いた。そういう動作でごまかしているような臆病が見えた。だから、かえって、来る、と健吉は確信した。

――電車は座間《ざま》を通りすぎた。

喜玖子は、ビラの時間表を見ていた。

「ねえ、帰りは湯本発十七時よ。ちょうどいいわ」

それは男に、日帰りよ、と念を押している利発な言い方なのであろうか。

「十七時。五時は少し早いな」

「あら、どうして。これ、最後の急行よ」

「小田原から湘南《しようなん》電車で帰ってもいいじゃないか」

「遅くなるわ」

低い声であった。昨夜も帰らなかった夫が、その声に存在していた。健吉は煙草をくわえた。

小田原駅をはずれると、箱根の山塊の上にだけ、重たげな黒い雲がかぶり、真鶴《まなづる》の方角に雨の縞《しま》が立っていた。

乗客が立ちはじめた。外国婦人に日本人のガイドがコートをやさしく着せている。

窓に箱根の景色がすべってきていた。

湯本駅から外に出た。やはり観光客は少なかった。宮の下、強羅《ごうら》から湖尻《こじり》に出て、元箱根に回る見あきたコースは厭《いや》だと二人の考えは一致した。

「では、どうする？」

「ね、旧街道を通ってみましょうか。健さん、バスの都合きいてよ」

バスは二時間おきであった。健吉はタクシーにも当たったが、

「山の中でね、見るとこなんか、ありませんよ。今ごろは道が悪くてね」

と運転手は尻《しり》ごみした。

「じゃね、このコースどう？　まだ一度も行ったことないわ。途中を少し歩いてもいいわ」

喜玖子は案内所の地図を指さした。宮の下から岐《わか》れて、木賀、宮城野、俵石《たわらいし》、仙石原《せんごくはら》を経て、湖尻に出る箱根裏街道であった。それは健吉も行ったことがなかった。

「よし、それにしよう」

宮の下まではバスで行った。乗客も観光客が少なく、土地の人が多かった。宮の下から木賀までは近いから歩いた。底倉からすぐに右側は早川の深い渓流《けいりゅう》になっていて、崖《がけ》ふちには石の柵《さく》があり、のぞくとかなりの高さであった。

「健さん、ここから飛びこむと死ぬかしら」

喜玖子が立って、下を見ていた。

「死ねないよ。けがするくらいだろう」

「そう」

三

木賀からバスに乗った。仙石原の方へ行く方角だった。山道の峠のようなところにかかった。

「ねえ、降りない？　歩きたいわ」

次の停留場でとめてくれと健吉は車掌に告げた。

そこで降りたのは健吉たちだけではなかった。リュックを負った青年が三人おりた。青年の二人は温泉寮のある山道の方へ曲がっていき、ひとりは少し離れて明神岳《みようじんだけ》の方へ登っていった。

人の影もなかった。雨の降ったすぐあとらしく、道は濡《ぬ》れて、歩くのに骨が折れた。空は黒い雲がすぐ上にのしかかっていた。遠い方は青空があって、その下の山が明かるい光線に当てられていた。

早春というより、まだ冬の権威のなかに風景の色は塗られていた。山は黝《くろず》み、森林は煩瑣《はんさ》な枝の構成だけであった。その中を一本の裏街道が赤い土の色を見せてどこまでものびていた。

「寒いわね」

喜玖子はオーバーの襟《えり》を立てた。湿気を含んだ風が冷たかった。

二人は一つの距離をおいて歩いた。これまでもたびたび会っている時と同じ間隔を、この人気のない箱根の裏街道でも保っていた。

「健さん、芳子さんはお仕合わせね」

健吉の妻のことだった。

「仕合わせとは思っていないよ。いつもぶうぶう言っている。おたがいでね」

「もったいないわ」

「どっちのことかね？」

「あら、芳子さんが健さんによ。何よ、健さんなんか――」

どこまで歩いても人の姿はなかった。たまに家は見えても、空家のように戸を閉めていた。銀行や会社の山寮の立札が道ばたにところどころあった。鳥の啼《な》き声も聞こえず、暗い光線に支配されて、荒涼とした静寂さだった。駒ヶ岳の頂上はやはり雲がかぶさっていた。

「来てよかったわ」

喜玖子が山の方を向いて言った。弾んだ喜びという声ではなく、低い呟《つぶや》きのようだった。山の頂上あたりの肌《はだ》には雪が残っていた。

急にうしろから自動車が姿を見せてきた。大型のタクシーだった。こんなところを流しが通るわけはない。

が、それは二人が道をよけて脇《わき》によった前を徐行した。

「旦那《だんな》、どちらですか。仙石原なら、お供しましょうか。客を送った帰りですからね」

窓から首を出した運転手は、四十近い年配の人の良さそうな顔だった。

「箱根だな、帰り駕籠《かご》と言っている」

健吉と喜玖子は笑った。

「仙石原から湖尻に回ってくれ」

「へえ」

運転手は喜んでいた。

密雲に丸山の半分がのまれていて、ゴルフ場の建物がくすんで見えていた。高原一帯は濁った黄蘗《きはだ》色になってひろがっていた。

峠をこすと、芦の湖がちらちらと見えてきた。下り坂の曲がった途中で、ストップさせて、健吉は車の外に出て立った。芦の湖の半分が展望できた。喜玖子も出てきた。

やはり重なりあっている深い雲のために、湖面はうそ寒い色をしていた。とり囲んでいる山の色も暗い翳《かげ》りの中で、殺気だっていた。健吉の踏んでいる靴《くつ》は、雨を吸った枯草でびっしょり濡れた。

「いやな色だね。これじゃ湖尻に降りても仕方がない。運転手さん、強羅の方に回ってくれ」

先に車の中にはいってそう言った。喜玖子が乗ってくる時、その手をとってやった。そのまま放さなかった。

「いや」

喜玖子は細い声で言い、手の中で一度もがいたが、それなりに預けた。身体を横にねじむけるようにして、顔は窓に向けて隠した。うら寂しい湖尻の船着場の前から回って、車は登り坂にかかっていた。今まで、ずいぶん、喜玖子の手を握っているように思ったが、本当にこれがはじめてだったと気づいた。

「お客さん、大涌谷《おおわくだに》を回りますか？」

運転手がハンドルを握ったまま きいた。

「いいよ。まっすぐにやってくれ」

「はい」

運転手に見つかったような気がした。喜玖子が指をふりほどいて、その掌を、自分の頬《ほお》に当てた。自分の表情を必死に隠していた。

姥子《うばこ》をすぎた。両方が山の登り坂であった。この山峡《やまかい》を抜けると、大きい穴のような谷間の向こうに明神岳が姿を見せるはずであった。

不意に右の窓に黒い物体が迫ってくるのが見えた。それを見たというところまで覚えていた。衝撃で健吉は意識を失った。

四

大涌谷からかけ降りた空のタクシーが、姥子の方角からのぼってきたタクシーの横腹に突っこんだのだった。T字型になった自動車道路の上の出来事であった。突っこまれたほうのタクシーには男女二人の乗客があった。男は意識を失っていた。この運転手のほうはカスリ傷だけだったが、突っこんだ運転手は頭部を骨折して即死した。

乗客はそのまま別の車に乗せかえて、強羅の医院まで運んだ。男は意識を回復した。傷はたいしたことはなかった。女は肩に、男は胸部に打撲傷があった。男のほうが、ずっと苦しそうだった。

喜玖子は、医者の顔を下から見上げて、

「先生。どうですの？」

ときいた。初老の医師が手当てをしてくれた。

「ご災難でしたね、たいしたことはありません」

「今日、帰りたいんですが」

「どちらですか？」

「東京です」

「さあ、ちょっと無理でしょうね」

「どうしても帰りたいんです」

喜玖子は蒼《あお》くなって、すがりつくような眼《め》つきになっていた。医者は困った顔になった。

「さあ。しかし、あちらは絶対だめですからね。二日は動かせませんよ」

あちらというのは健吉のことだった。どう呼んでよいか医者にはわからなかった。夫婦か、そうではないか判断がつかないようだった。

せまい医院で、病室の設備がなかった。医者の言うことは、同じ部屋に寝ている健吉の耳にじかに聞こえた。

「二日なんて困ります。どうしても、今晩のうちに帰らなければ、困るんです。ぼく、帰りますよ」

健吉はそう言った。声が上ずっていた。

「君、無茶を言っちゃいけない」

医者はたしなめた。動いてはならぬ理由を説いた。健吉にも、息苦しいので、それがわかっていた。が、いま、どんな絶望的な状態に二人が置かれているか、冷たい脂《あぶら》汗《あせ》が流れる思いであった。後悔しても追いつくことではなかった。

警察から来て、氏名をきかれた。

「言わないといけませんか?」

健吉は反問した。

「これだけの事故の参考人ですから、おっしゃってくださらないと困ります」

警官は薄い微笑を漂わせて、おだやかに言った。健吉は、警官の眼を見て観念した。

「申します」

二人の友人の住所と名前をくっつけて言った。ほんとらしく口からすらすらと出た。警官はうなずいて手帳に書きとめた。信用しているらしかった。喜玖子は知りあいの女の名を借りた。妻だと言った。

警官が帰ると、タクシー会社の役員が見舞に来た。治療代と旅館代は持ちます、と申し出た。

「旅館代? なんのことですか?」

この医院は病室がない。これから移る病室代わりの旅館のことであった。もう部屋も取ってあると言った。医者とも相談したうえだとも述べた。

「奥さん。申しわけありませんでしたね。二日ばかり、ゆっくり、おやすみ願ったら、旦那は快《よ》くなられますよ」

タクシー屋は、見舞金を水引かけた紙に包んで喜玖子にさしだした。車が、表に待たせてあった。看護婦三人で健吉をたすけて、それに乗せた。喜玖子がその横に、タクシー屋は助手台に乗った。もう夜になっていた。

「病人だからな、ゆっくりやれよ」

四十ぐらいの、太った血色のよいタクシー屋は、ひとりでのみこんでいた。旅館に着いても、その調子だった。部屋は彼が勝手にきめていた。八畳ぐらいで、もう、床をのべさせてあった。女中たちにも、聞こえよがしの声で扱いを言いふくめていた。落ち度の申しわけというよりも親切をひけらかして帰った。

旅館は、高台にあって、強羅の駅の灯《ひ》が下に見えた。静かな旅館で、唄声《うたごえ》も聞こえなかった。思ったより遅い時間であった。十時に近かった。

「喜玖ちゃん、お帰りよ」

健吉は言った。喜玖子は黙って、彼の枕《まくら》もとにすわっていた。

今から車で行けば、小田原の駅には十一時に着くだろう。すぐ上りがあるとして、東京駅着は午前一時である。彼女の家は西荻窪《にしおぎくぼ》の奥だった。帰れと言っても、帰れる時間ではなかった。

電車の音が聞こえてきた。

強羅駅を出た湯本行の最終登山電車が、あかあかと灯を連らねて闇《やみ》のなかを走っていくのが、障子窓から見えた。

それが二人と東京を結んでいるロープの切断のように思えた。

「大変なことになったわ」

喜玖子が慄《ふる》えていた。

健吉は手を伸ばして、彼女の指を握った。

五

寝苦しい夜が明けた。

健吉は寝つくことができなかった。眠ってもすぐに眼がさめた。ながく眠った気がしても、じつは一時間と経《た》っていなかった。それからまた浅い睡眠に落ちた。夢を見ているのか眼がさめているのかわからないような、きれぎれの眠りであった。

喜玖子の要求で、電灯は消してなかった。彼女は女中の敷いた床を離してずらせ、傷をしたまるい肩を上に見せて蒲団《ふとん》の中に横たわっていた。眼覚めているのか、眠っているのか、向こうむきの姿勢は石のように動かなかった。

障子が白くなってきた。外から射《さ》す乳色のその白さが、電灯の黄色い光をゆっくりと褪《あ》せたものにしはじめた。

健吉は、この蒼白い光線が、自分の家にも喜玖子の家にも訪れている今を想像した。妻はまだ気づいていない。単純な外泊と思っているだろう。その重大さがわかるのは昼ごろか少なくとも今日の夕方ごろに違いない。喜玖子の夫の雄治が女房の無断の外泊を怪しんで中野の実家に訪ねていき、それが近所にいる健吉の家にもわかるだろうから、騒ぎはそれからのことである。

喜玖子の母、健吉にとっては叔母がまず仰天してうろたえるであろう。人のいい、おとなしい年寄りであった。健吉が幼い時からかわいがってもらったおぼえのある叔母なのである。

雄治がどのようにこの叔母に怒ることであろうか。顔のやさしさに似ず、ののしるときの彼の口汚なさを健吉は知っていた。

「いったい、いつからできていたのですか？」

と叔母を責めるに違いない。

妻は、ただ泣くだけであろうか。今まで嫉妬《しっと》ということを知らぬ女であった。健吉はその材料を与えたことがない。が、今度は異《ちが》う。狂乱するかもしれない。男と女がいきなり一緒に外泊するということがあろうか。従兄妹《いとこ》同士がそこまで思いきった行動をするとしたら、それまでになった仲を、

「いったい、いつごろからなんですか?」

と、妻も叔母を責めるであろう。だまされた、と怒るであろう。——

そういう場面を健吉は、うとうとと夢に見ていた。眠っていて夢とわかっている妙なゆめのみかたであった。

次に眼がさめた時は、障子に早朝の陽射《ひざ》しがあった。いちばん多く眠った時間だった。誰かに胸をさわられているなと思ったら、喜玖子が彼の胸部にはった湿布をとりかえてくれるところだった。

眼が合うと、彼女は少し笑うような顔をして、

「痛む?」

ときいた。眼が充血し、まぶたがあかく腫《は》れていた。眠れなかったせいとも、泣いたあとのためとも思えた。

健吉は、その顔を見上げて、

「君は今朝東京に帰れよ。帰れるじゃないか。なんにも無かったんだから」

と言った。

喜玖子は眼をそらしていたが、

「健さんは？」

と小さな声で返した。

「ぼくは二三日いるよ。医者もとめているしな。誰にも黙ってここにいてやるんだ」

誰にも、というのは妻のことだった。

しかし、喜玖子は午《ひる》に近くなっても帰る支度をしなかった。障子窓の硝子《ガラス》には、時折り、登山電車の走るのが見られた。それを眺《なが》めながら彼女はぼんやりしていた。何を思っているのか、何を考えているのか、それがいちいち、健吉の胸に伝わってくるのだった。事情をどのように考えても簡単に帰れるはずはなかった。どう言って帰れるだろう？

宿の女中たちが隣室を掃除する音が聞こえてきた。滞在客がわびしく聞く音である。その白々として乾いたわびしさが二人の心をしめあげた。

一日じゅう、ふたりは駆落者のように部屋にひそんでいた。女中が運んできた火鉢《ひばち》の赤い炭火を、ままごとのように大切にまもった。二時になれば、東京の家で騒いでいる二時の状態を想像した。三時になれば三時のような、四時になればその時刻に起こっているような騒動を空想した。声も、物音も立てず、二人はそのはてしない想像に自失した。

こうして二日めが暮れてきた。

六

八時ごろになって、喜玖子は浴室に降りていく用意をした。箱根に来て、はじめてであった。「健さん、わたし、明日の朝、帰るわ」

そうか、と男は言っただけだった。眼を網代《あじろ》にくんだ天井に向けて、表情が弱いものとなった。

ひとりになって健吉は、周囲にひそんでいた物音を急に大きく聞くことができた。人の歩く音とか、遠いところで鳴らしているラジオとか、車の走っている音とかが、神経をつっついた。ひとりで残されていることの寂寥《せきりよう》の深さを試されたような気がした。

明日の朝帰るわと言った彼女の言葉が、どろ汁のような真っ黒さで彼の心に注ぎかけられた。

喜玖子が上がってきた。化粧していた。それまでの疲労の顔がなくなって、いきいきとした白い顔であった。化粧と湯の匂《にお》いがその肌《はだ》からしていた。

健吉は起きあがって喜玖子の手を握って引いた。それは素直に倒れかかってきた。肩を抱き、顔を近づけると喜玖子はそれを避け、健吉の胸に顔をうつぶせて下からすべり抜けようとした。

健吉はそれを抱きとめた。彼女の髪が彼の頰に当たっていた。

「だめよ」

と喜玖子は腕の中で低く言った。

「どうしても？」

「いけないい。健さん、明日の朝、わたしを帰せるようにして」

その言葉のもつ意味の哀願が健吉を喜玖子から離させようとした。

喜玖子は執拗《しつよう》に唇《くちびる》をかばっていた。健吉は、彼女の額に自分の唇を押しつけた。彼女はじっと身を動かさずに、それだけ受けた。

離れると、喜玖子は、

「湿布、いいの？」

ときいた。上気した顔だった。

健吉は、

「ああ」

と言った。そういえば、胸の打撲の痛みも、呼吸も、ずいぶん楽になっていた。健吉は明日、喜玖子のいないこの宿に残っているのが耐えられそうになかった。

「ぼくも帰るよ、明日」

喜玖子は、その言葉を予期していたようであった。

「そう、それがいいわ」

それから自分のハンカチを竹細工の電灯のシェードにかぶせた。健吉の顔が少し暗くなった。

「電灯、消さないわ、健さん。これでも眠れるでしょう。昨夜、よく眠れなかったようね。今晩は、ゆっくりおやすみなさいね」

――しかし、白い朝が来る前、喜玖子は健吉に負けてしまった。

その旅館を出たのは十時すぎだった。

小田原の方へ行くバスにも、電車にも乗らなかった。ゆっくり坂をのぼって石の多い公園に出た。“Stone Park”と外人向きの看板が立っていた。四五人の学生連れが猿《さる》のオリの前で騒いでいた。旅館の印入りの半てんを着た庭師のような男が三人、健吉と喜玖子の腰かけている方を見ながら通りすぎた。観光の客はまばらだった。バスに乗って元箱根に出た。

途中の駅からケーブルに乗って早雲山《そううんざん》に出た。

今日は、うすい雲がかかっているだけで、湖面はずっと明かるく静かだった。人々が遊覧船に乗るのを、二人は立って眺めていた。

行動は、帰る意志とはまるで反対であった。勇気の喪失が、意志を奪っていた。陽のある間、その辺を遊びまわった。

夕方、また強羅にかえった。駅の前から急な勾配《こうばい》の坂道をくだった。外人の家があったり教会があったりした。窓に灯があって、人の影が動いていた。薄暮のなかに、白い道だけが、うねうねと曲がって下降していた。

夕闇がせまい盆地に降りていて、小さい灯が散っていた。その灯の方に、二人は坂を降りていった。

木賀から底倉の方にいく道路を歩いた。左に早川の流れが、うす白く暮れ残っていた。灯の群れている宮の下の方に行かず、橋を渡って御用邸の前を通り、道路からはずれて山の方に登っていった。

足もとは暗くて、枯れた雑草と小径《こみち》の区別がわからなかった。ふりかえると、意外に高い山の頂上に強羅ホテルの灯が輝いていた。薪をかついだ土地の老人が、早川の流れている断崖《だんがい》の方へぼそぼそと話しながら行く二人の男女と行き会った。

解説

平野謙

この松本清張短篇シリーズは現代小説と歴史小説と推理小説とに分け、それぞれ二巻ずつの割合いで、全六巻になるそうである。私はこれまでかなり松本さんの作品を解説してきた因縁があって、今度も全巻の解説を担当することとなった。もう一度松本さんのめぼしい短篇を読みかえすことのできる愉《たの》しみから、よろこんでこの仕事をひきうけた次第である。かねがね私は、松本清張の文学のエッセンスはその短篇小説にある、と信じているものである。

ところで、現代小説、歴史小説、推理小説という分けかたは、松本清張の場合、題材の選定や主題の処理におけるアクセントの打ちかたの相違からきた便宜的なものにすぎない。森鷗外が現代小説から歴史小説へ、さらに晩年の史伝ものへすすんでいったような文学観上、人生観上の必然的推移をあらわすものではない。早い話が、本巻に収録されている「火の記憶」などは推理小説に分類されても一向におかしくない。

本質的には、松本清張という一個性のひびかせる音色の相違にほかならぬのである。

しかし、そうはいっても、そのさまざまな音色には、よりおもしいものと、よりかろやかなものとがあるのは事実である。当然のことだ。本巻のなかでいえば、「或る『小倉日記』伝」「菊枕」「断碑」「笛壺」「石の骨」などの諸作は、いわば松本清張をして松本清張たらしめたおもおもしい作品に属する。それに対して「箱根心中」などはかろやかな作品に属する、といっていい。

よく知られているように、「或る『小倉日記』伝」は昭和二十七年『三田文学』に発表され、第二十八回芥川賞を受賞した作者の出世作である。作中に引用されている森潤三郎の著書『鷗外森林太郎』の一節からも明らかなように、この作品の主人公田上耕作は実在の人である。おそらく薄幸の人田上耕作の生涯《しょうがい》は、ここにほぼ精確に写しとられていることと思う。そういう意味では、この作品は一種の実名小説あるいはモデル小説である。おなじように、「菊枕」の女主人公も小倉在住の女流俳人杉田久《ひさ》女《じょ》をモデルとし、「断碑」の主人公も実在の考古学者森本六爾《ろくじ》をモデルにしたものである。「石の骨」もまた早大教授直良《なおら》信夫をモデルにしたものだという。つまり、「或る『小倉日記』伝」「菊枕」「断碑」などはみな一種のモデル小説あるいは伝記小説といえるだろう。しかし、これらの作品はいわゆるモデル小説や伝記小説とはいささか趣きを異にしている。どこがちがっているかといえば、ここには作者の強い自己投影がある。主体的な感情移入といってもいい。作者はほとんど私小説を書くように、これらの伝記小説を書いているのである。田上耕作、杉田久女、森本六爾らに作者はそれぞれ自己の分身を発見し、その発見と共感を制作モティーフの根幹にすえているのである。そういう強い主体性をぬきにしては、もともとこれらの作品は成立しなかった、とさえいえるのである。その点が普通の伝記小説などと截然《せつぜん》と面目を異にしている所以《ゆえん》だろう。

田上耕作は生れながらにして白痴かとみまごう風貌《ふうぼう》をしている。歩行も不自由だ。しかし、そういう肉体的な欠陥にもかかわらず、頭脳は明敏だった。その肉体と精神のアンバランスが、いわば田上耕作の不幸を決定づけたのである。なぜ自分は学問なぞして、なまじ自由とか平等などという意味を知ってしまったろう。もし知らなかったら、かえって自分は獣のように気ままに野山を駆けめぐれたろうに、という痛切な嘆きを『破戒』の主人公瀬川丑松《うしまつ》はもらしているが、この境遇と才能のアンバランスは、もっと直截なかたちで田上耕作を終生さいなんだにちがいない。いっそ白痴に生れていたら、自分の不幸を意識することもなかったろうに、というひそかな嘆きを、田上耕作はいくたびとなく嚙《か》みしめたにちがいない。しかし、注意すべきは、田上耕作がそういう嘆きにそのまま身をゆだね、いわば腑甲斐《ふがい》なくくずおれてしまわずに、けなげにもそこから這《は》いあがろうと刻苦しつづけた点である。だが、彼はついに自己の宿命的なアンバランスを克服することはかなわなかった。そこに田上耕作の悲劇性がある。作者が強く共感したのも、そのいたましい悲劇性のゆえだろう。森鷗外によってはからずも「でんびんや」という幼時の記憶の由来を学び、そこから鷗外の文学に親しみ、ブランクのままの鷗外の小倉時代の足跡を調査しようと思いたち、しかし、業なかばにして「でんびんや」の鈴の音を幻聴しながら逝《い》った田上耕作の酬《むく》われざる生涯は、いかにも哀れである。おそらく作者はそこに自己の分身を予感し、自己の運命をみはるかす思いがしたのだろう。無名の一好事家《こうずか》の哀切な生涯を作品化する主体的な感情移入が、ここに定立するのである。

「菊枕」の女主人公や「断碑」の主人公に対する作者の感情移入も「或る『小倉日記』伝」と全く同型である。境遇と才能のアンバランス、そこに生ずるコンプレックスを逆手に取って、あるいは芸術の世界にあるいは学問の世界に、自己の才能の声価を確立しようと焦慮して、ついに狂気したり身を破ったりする人々の轗軻《かんか》不遇の生涯を、作者は執拗《しつよう》に追跡している。世俗的に成功する望みをなかば先天的に絶たれているような主人公たちが、みずから恃《たの》む才能の保証を、反世俗的、非功利的とみなされる学芸の世界にみいだそうとするのは、自然でもあり必然でもある。しかし、ここで注意すべきは、現世的な立身出世に望みを断念させられた主人公たちが、非現世的な学芸の世界に没入し得たこと自体に、ほとんど全く自足していない点だろう。彼らが学芸の世界に身を投じたのは、そこで認められることによって、自分の才能をそのものとして認めようとせぬ世間を見返してやりたい、という熱烈な希《ねが》いからであって、そういう彼らはついに現世のコンプレックスの呪縛《じゆばく》からのがれることができないままに終るのである。そこに彼らの奇矯《ききよう》や狷介《けんかい》や圭角《けいかく》が生じ、性格的に固着せざるを得ない。たしかに学問芸術の世界も現世のミニアチュアにはちがいない。一見非世俗的を建て前にしていればいるほど、学閥、閨閥《けいばつ》その他もろもろの現世的な人間関係が、より醜い陰湿なかたちで圧縮されているだろう。しかし、それが全部ではないはずである。むしろ、世間を見返してやりたいという復讐《ふくしゆう》的な希いのままに、いわば現世の栄達の代用品として学芸の世界をえらんだ人々の前には、いつまでたっても現世のミニアチュアとしての学芸の世界の側面しか扉《とびら》がひらかれていないのではないか。たとえば「或る『小倉日記』伝」の主人公はその業績の価値を木下杢太《もくた》郎《ろう》や森潤三郎に一応認められている。これは世俗的な人間関係ではほとんどあり得ぬ稀有《けう》のことである。また「菊枕」の女主人公は女流俳人としての才能を、一応も二応も俳壇に容認させたのである。しかし、彼らはそれで満足せぬのである。小成に安んじないのは一応嘉《よみ》すべきとしても、彼らはそこから世俗からの独立、精神の自律を定立すべき内部的な方向には立ちむかわず、それをてがかりとして、ますます世間を見返してやりたいという現世的な保証を学芸の世界に求めるようになるのである。無論、そういう彼らのやむにやまれぬ外部的な志向には同情すべきものがある。しかし、現世的な保証をのみ学芸の世界に求めれば、学芸の世界の方でも現世のミニアチュアとしての側面しか扉をひらいてみせぬのも必定だろう。ひとたびは現世的なものを超えるために学芸の世界に身を投じながら、その学芸の世界を現世的な保証に代置したいという彼らのコンプレックスの悪循環をぬきにして、ただ学芸の世界の現世的な側面だけを責めるわけにもゆかぬはずである。しかし、彼らはついにそのことを悟らない。「断碑」の主人公の無謀な外遊なぞ、その明らかな証《あか》しである。実はここにこそ彼らのアンバランスな不幸が胚胎《はいたい》しているのである。無論、作者はそういう彼ら特有の不幸を洞察《どうさつ》している。現に、この作者は陋巷《ろうこう》に窮死せず、中年にしてよく文学の世界に身を立てたのが、なによりの証拠というべきだろう。ただ作者は彼らの不幸の真因をなかばは彼らの心がらによる、などとあらわに書くのをさしひかえたまでである。平たくいえば、そんなことを露骨に書けば、小説としてぶちこわしになるからである。つまり、松本清張は彼らに自己の分身を発見し、彼らの生涯に自己の運命を予感しながら、彼らの限界を洞察することによって、よくこれらの物語の作者となり得たのである。

ここに私はこの作者の出発当初のなみなみならぬ文学的手腕を認めたい。作者は主人公らの不幸の真因をあらわにつつきだすかわりに、配するに献身的な母親、良人、妻を以《もっ》てしたのである。「或る『小倉日記』伝」の母親や「菊枕」の良人や「断碑」の妻などは、おそらく実際にもここに描かれたような無私な人々だったにちがいあるまい。しかし、ここには現実以上の一種の理想化がほどこされているように思う。美貌の未亡人と白痴めいた息子、しがない凡庸な中学教師と鬼才の女流俳人、有能な女教師と世俗的には不能力な考古学者というような、ほとんど通俗的にもみえかねぬ対照の妙は、なかば以上は作者の文学的手腕によるものではないか。この母親、この良人、この妻の無私な献身があればこそ、ひとたびは主人公たちも出世間的な学芸の世界に身をおくことができたのである。いちばん理想化がほどこされていないかにみえる「菊枕」の良人にしてからが、こんな世にも善良な良人に支えられていたからこそ、女主人公はその才能を存分に伸ばすこともできたのだ、ということは誰の眼《め》にも一目瞭然《りょうぜん》である。この妻にこれ以上の良人はあるまい。それを知らないのは主婦として完全な失格者たる女主人公だけである。そういうアクセントの打ちかたで、作者はおのずと女主人公の偏狭な性格上の限界を読者に語りかけているわけである。それを私はこの作者のなみなみならぬ文学的手腕と呼ぶのである。しかし、そういう文学的理想化が「断碑」においてはいささか度がすぎて、少々通俗的に堕していることもまた事実だが、実はそこに出発当初から作者の体得していた文学上のポピュラリティも存するのである。

この「或る『小倉日記』伝」「菊枕」「断碑」のパターンをすこしずらすと、「笛壺」となり、「石の骨」となるのもまた必定だろう。「笛壺」は一応功なり名とげた学者がある種の悪女にひっかかって、学界から顚落《てんらく》する話である。学問によって堅固に身を鎧《よろ》っているかにみえる大学教授も、一皮はげばただの男性、という外貌のもとに、学問の魅力と女性の魅力とを等価の次元にひきなおしてみせたものだ。「石の骨」は読めば誰でも明らかなように、学閥のヒエラルヒーを背景として、他人の学問的業績を横領するところにアクセントが打たれてある。ともに学問の世界が醜い功利的な現世のミニアチュアにほかならぬことを主題としている。そういう主題の切りとりかたに、出発当初からのこの作者の文学的なポピュラリティがある。

一口にいって、象牙《ぞうげ》の塔などとよばれた出世間的な学問や芸術の世界における現世的な悲苦哀歓を、特定の視野から描破することによって、作者はユニックな作品世界の造立によく成功したのである。それを支えているものは、この作者独得の主体的な感情移入にほかなるまい。

本巻で解説すべき作品は以上にとどまらない。「火の記憶」と「父系の指」における一種の私小説的類縁や「喪失」における下積みの庶民の哀れげな生活描写や「弱味」における官僚機構の剔抉《てっけつ》など多々あるが、いずれ次巻以下の作品群と一括して解説する機会もあるはずだから、ひとまず本巻の解説は以上にとどめることにする。

（昭和四十年六月、評論家）

或《あ》る「小《こ》倉《くら》日《にっ》記《き》」伝《でん》 傑作短編集(一)

新潮文庫 ま-1-2

昭和四十年六月三十日 発行
平成十六年五月十五日 六十四刷改版
令和六年十二月二十日 八十七刷

著者 松《まつ》本《もと》清《せい》張《ちょう》
発行者 佐藤隆信
発行所 株式会社 新潮社
郵便番号 一六二―八七一一
東京都新宿区矢来町七一
電話 編集部(〇三)三二六六―五四四〇
読者係(〇三)三二六六―五一一一
https://www.shinchosha.co.jp

価格はカバーに表示してあります。

乱丁・落丁本は、ご面倒ですが小社読者係宛ご送付ください。送料小社負担にてお取替えいたします。

印刷・錦明印刷株式会社 製本・錦明印刷株式会社

ISBN978-4-10-110902-2 C0193